精选中外名篇佳作

感时伤怀

赵宏兴 | 编选

Boutique Appreciation

中国书籍出版社
China Book Press

图书在版编目（CIP）数据

感时伤怀 / 赵宏兴编选 . —北京：中国书籍出版社，2014.6
（中国书籍文学馆·精品赏析）
ISBN 978-7-5068-3985-3

Ⅰ.①感… Ⅱ.①赵… Ⅲ.①散文集－世界 Ⅳ.① I116

中国版本图书馆 CIP 数据核字（2013）第 305262 号

感时伤怀

赵宏兴　编选

图书策划	武　斌　崔付建
责任编辑	杨铠瑞
责任印制	孙马飞　马　芝
出版发行	中国书籍出版社
地　　址	北京市丰台区三路居路 97 号（邮编：100073）
电　　话	（010）52257143（总编室）（010）52257153（发行部）
电子邮箱	chinabp@vip.sina.com
经　　销	全国新华书店
印　　刷	三河市华东印刷有限公司
开　　本	710 毫米 ×960 毫米　1/16
字　　数	238 千字
印　　张	20
版　　次	2014 年 6 月第 1 版　　2021 年 1 月第 3 次印刷
书　　号	ISBN 978-7-5068-3985-3
定　　价	48.00 元

目　录

真爱只求一件事

真爱只求一件事

我们的情感常常在我们之间或在我们之后，去追忆那不可再得的过去，或去预想那也许永远不会有的未来。

　　　　　　　　　　　　　　　　　　　　——卢梭

藤野先生 ▌▏▏▁ ▁▁ ▁

□［中国］鲁迅

东京也无非是这样。上野的樱花烂熳的时节，望去确也像绯红的轻云，但花下也缺不了成群结队的"清国留学生"的速成班，头顶上盘着大辫子，顶得学生制帽的顶上高高耸起，形成一座富士山。也有解散辫子，盘得平的，除下帽来，油光可鉴，宛如小姑娘的发髻一般，还要将脖子扭几扭。实在标致极了。

中国留学生会馆的门房里有几本书买，有时还值得去一转；倘在上午，里面的几间洋房里倒也还可以坐坐的。但到傍晚，有一间的地板便常不免要咚咚咚地响得震天，兼以满房烟尘斗乱；问问精通时事的人，答道，"那是在学跳舞。"

到别的地方去看看，如何呢？

我就往仙台的医学专门学校去。从东京出发，不久便到一处驿站，写道：日暮里。不知怎地，我到现在还记得这名目。其次却只记得水户了，这是明的遗民朱舜水先生客死的地方。仙台是一个市镇，并不大；冬天冷得利害；还没有中国的学生。

大概是物以希为贵罢。北京的白菜运往浙江，便用红头绳系住菜根，倒挂在水果店头，尊为"胶菜"；福建野生着的芦荟，一到北京就请进温室，且美其名曰"龙舌兰"。我到仙台也颇受了这样的优待，不但学校不收学费，几个职员还为我的食宿操心。我先是住在监狱旁边一个客店里的，初冬已经颇冷，蚊子却还多，后来用被盖了全身，用衣服包了头脸，只留两个鼻孔出气。在这呼吸不息的地方，蚊子竟无从插嘴，居然睡安稳了。饭食也不坏。但一位先生却以为这客店也包办囚人的饭食，我住在那里不相宜，几次三番，几次三番地说。我虽然觉得客店兼办囚人的饭食和我不相干，然而好意难却，也只得别寻相宜的住处了。于是搬到别一家，离监狱也很远，可惜每天总要喝难以下咽的芋梗汤。

从此就看见许多陌生的先生，听到许多新鲜的讲义。解剖学是两个教授分任的。最初是骨学。其时进来的是一个黑瘦的先生，八字须，戴着眼镜，挟着一叠大大小小的书。一将书放在讲台上，便用了缓慢而很有顿挫的声调，向学生介绍自己道：

"我就是叫作藤野严九郎的……。"

后面有几个人笑起来了。他接着便讲述解剖学在日本发达的历史，那些大大小小的书，便是从最初到现今关于这一门学问的著作。起初有几本是线装的；还有翻刻中国译本的，他们的翻译和研究新的医学，并不比中国早。

那坐在后面发笑的是上学年不及格的留级学生，在校已经一年，掌故颇为熟悉的了。他们便给新生讲演每个教授的历史。这藤野先生，据说是穿衣服太模胡了，有时竟会忘记带领结；冬天是一件旧外套，寒颤颤的，有一回上火车去，致使管车的疑心他是扒手，叫车里的客人大家小心些。

他们的话大概是真的，我就亲见他有一次上讲堂没有带领结。

过了一星期，大约是星期六，他使助手来叫我了。到得研究室，见他坐在人骨和许多单独的头骨中间，——他其时正在研究着头骨，后来有一篇论文在本校的杂志上发表出来。

“我的讲义，你能抄下来么？”他问。

　　“可以抄一点。”

　　“拿来我看！”

　　我交出所抄的讲义去，他收下了，第二三天便还我，并且说，此后每一星期要送给他看一回。我拿下来打开看时，很吃了一惊，同时也感到一种不安和感激。原来我的讲义已经从头到末，都用红笔添改过了，不但增加了许多脱漏的地方，连文法的错误，也都一一订正。这样一直继续到教完了他所担任的功课：骨学，血管学，神经学。

　　可惜我那时太不用功，有时也很任性。还记得有一回藤野先生将我叫到他的研究室里去，翻出我那讲义上的一个图来，是下臂的血管，指着，向我和蔼的说道：

　　“你看，你将这条血管移了一点位置了。——自然，这样一移，的确比较的好看些，然而解剖图不是美术，实物是那么样的，我们没法改换它。现在我给你改好了，以后你要全照着黑板上那样的画。”

　　但是我还不服气，口头答应着，心里却想道：

　　“图还是我画的不错；至于实在的情形，我心里自然记得的。”

　　学年试验完毕之后，我便到东京玩了一夏天，秋初再回学校，成绩早已发表了，同学一百余人之中，我在中间，不过是没有落第。这回藤野先生所担任的功课，是解剖实习和局部解剖学。

　　解剖实习了大概一星期，他又叫我去了，很高兴地，仍用了极有抑扬的声调对我说道：

　　“我因为听说中国人是很敬重鬼的，所以很担心，怕你不肯解剖尸体。现在总算放心了，没有这回事。”

　　但他也偶有使我很为难的时候。他听说中国的女人是裹脚的，但不知道详细，所以要问我怎么裹法，足骨变成怎样的畸形，还叹息道，“总要看一看才知道。究竟是怎么一回事呢？”

有一天，本级的学生会干事到我寓里来了，要借我的讲义看。我检出来交给他们，却只翻检了一通，并没有带走。但他们一走，邮差就送到一封很厚的信，拆开看时，第一句是：

"你改悔罢！"

这是《新约》上的句子罢，但经托尔斯泰新近引用过的。其时正值日俄战争，托老先生便写了一封给俄国和日本的皇帝的信，开首便是这一句。日本报纸上很斥责他的不逊，爱国青年也愤然，然而暗地里却早受了他的影响了。其次的话，大略是说上年解剖学试验的题目，是藤野先生在讲义上做了记号，我预先知道的，所以能有这样的成绩。末尾是匿名。

我这才回忆到前几天的一件事。因为要开同级会，干事便在黑板上写广告，末一句是"请全数到会勿漏为要"，而且在"漏"字旁边加了一个圈。我当时虽然觉到圈得可笑，但是毫不介意，这回才悟出那字也在讥刺我了，犹言我得了教员漏泄出来的题目。

我便将这事告知了藤野先生；有几个和我熟识的同学也很不平，一同去诘责干事托辞检查的无礼，并且要求他们将检查的结果，发表出来。终于这流言消灭了，干事却又竭力运动，要收回那一封匿名信去。结末是我便将这托尔斯泰式的信退还了他们。

中国是弱国，所以中国人当然是低能儿，分数在六十分以上，便不是自己的能力了：也无怪他们疑惑。但我接着便有参观枪毙中国人的命运了。第二年添教霉菌学，细菌的形状是全用电影来显示的，一段落已完而还没有到下课的时候，便影几片时事的片子，自然都是日本战胜俄国的情形。但偏有中国人夹在里边：给俄国人做侦探，被日本军捕获，要枪毙了，围着看的也是一群中国人；在讲堂里的还有一个我。

"万岁！"他们都拍掌欢呼起来。

这种欢呼，是每看一片都有的，但在我，这一声却特别听得刺耳。此后回到中国来，我看见那些闲看枪毙犯人的人们，他们也何尝不酒醉似的喝采，——呜呼，无法可想！但在那时那地，我的意见却变化了。

到第二学年的终结，我便去寻藤野先生，告诉他我将不学医学，并且离开这仙台。他的脸色仿佛有些悲哀，似乎想说话，但竟没有说。

"我想去学生物学，先生教给我的学问，也还有用的。"其实我并没有决意要学生物学，因为看得他有些凄然，便说了一个慰安他的谎话。

"为医学而教的解剖学之类，怕于生物学也没有什么大帮助。"他叹息说。

将走的前几天，他叫我到他家里去，交给我一张照相，后面写着两个字道："惜别"，还说希望将我的也送他。但我这时适值没有照相了；他便叮嘱我将来照了寄给他，并且时时通信告诉他此后的状况。

我离开仙台之后，就多年没有照过相，又因为状况也无聊，说起来无非使他失望，便连信也怕敢写了。经过的年月一多，话更无从说起，所以虽然有时想写信，却又难以下笔，这样的一直到现在，竟没有寄过一封信和一张照片。从他那一面看起来，是一去之后，杳无消息了。

但不知怎地，我总还时时记起他，在我所认为我师的之中，他是最使我感激，给我鼓励的一个。有时我常常想：他的对于我的热心的希望，不倦的教诲，小而言之，是为中国，就是希望中国有新的医学；大而言之，是为学术，就是希望新的医学传到中国去。他的性格，在我的眼里和心里是伟大的，虽然他的姓名并不为许多人所知道。

他所改正的讲义，我曾经订成三厚本，收藏着的，将作为永久的纪念。不幸七年前迁居的时候，中途毁坏了一口书箱，失去半箱书，恰巧这讲义也遗失在内了。责成运送局去找寻，寂无回信。只有他的照相至今还挂在我北京寓居的东墙上，书桌对面。每当夜间疲倦，正想偷懒时，仰面在灯光中瞥见他黑瘦的面貌，似乎正要说出抑扬顿挫的话来，便使我忽又良心发现，而且增加勇气了，于是点上一枝烟，再继续写些为"正人君子"

之流所深恶痛疾的文字。

十月十二日

▪佳作点评 ▐▏▖

　　这是鲁迅怀念老师的文章。年轻时期的鲁迅曾求学日本，遇见了一位令人尊敬的老师——藤野先生。藤野先生除了在课堂上教授鲁迅知识以外，更重要的是影响了鲁迅的做人。在鲁迅的文章中出现的日本教授仅藤野先生一人，可见鲁迅对自己的这位老师是非常尊重的。

　　在这篇著名的散文中，鲁迅用生动的细节描写了藤野先生对自己的关爱。通过对藤野先生外貌的描写和有关掌故的介绍，刻画出了一位生活俭朴、治学严谨的良师形象。

中　年

□ ［中国］周作人

虽然四川开县有二百五十岁的胡老人，普通还只是说人生百年。其实这也还是最大的整数，若是人民平均有四五十岁的寿，那已经可以登入祥瑞志，说什么寿星见了。我们乡间称三十六岁为本寿，这时候死了，虽不能说寿考，也就不是夭折。这种说法我觉得颇有意思。日本兼好法师曾说，"即使长命，在四十以内死了最为得体。"虽然未免性急一点，却也有几分道理。

孔子曰，"四十而不惑。"吾友某君则云，人到了四十岁便可以枪毙。两样相反的话，实在原是盾的两面。合而言之，若曰，四十可以不惑，但也可以不不惑，那么，那时就是枪毙了也不足惜云尔。平常中年以后的人大抵胡涂荒谬的多，正如兼好法师所说，过了这个年纪，便将忘记自己的老丑。想在人群中胡混，执着人生，私欲益深，人情物理都不复了解，"至可叹息"是也。不过因为怕献老丑，便想得体地死掉，那也似乎可以不必。为什么呢？假如能够知道这些事情，就很有不惑的希望，让他多活几年也不碍事。所以在原则上我虽赞成兼好法师的话，但觉得实际上还可稍加斟酌，这倒未必全是为自己道地，想大家都可见谅的罢。

我决不敢相信自己是不惑，虽然岁月是过了不惑之年好久了，但是我总想努力不至于不不惑，不要人情物理都不了解。本来人生是一贯的，其中却分几个段落，如童年，少年，中年，老年，各有意义，都不容空过。譬如少年时代是浪漫的，中年是理智的时代，到了老年差不多可以说是待死堂的生活罢。然而中国凡事是颠倒错乱的，往往少年老成，摆出道学家超人志士的模样，中年以来重新来秋冬行春令，大讲其恋爱等等，这样地跟着青年跑，或者可以免于落伍之讥，实在犹如将昼作夜，"拽直照原"，只落得不见日光而见月亮，未始没有好些危险。我想最好还是顺其自然，六十过后虽不必急做寿衣，唯一只脚确已踏在坟里，亦无庸再去请斯坦那赫博士结扎生殖腺了，至于恋爱则在中年以前应该毕业，以后便可应用经验与理性去观察人情与物理，即使在市街战斗或示威运动的队伍里少了一个人，实在也有益无损，因为后起的青年自然会去补充。（这是说假如少年不是都老成化了，不在那里做各种八股。）而别一队伍里也就多了一个人，有如退伍兵去研究动物学，反正于参谋本部的作战计画并不什么妨害的。

话虽如此，在这个当儿要使它不发生乱调，实在是不大容易的事。世间称四十左右曰危险时期，对于名利，特别是色，时常露出好些丑态，这是人类的弱点，原也有可以容忍的地方。但是可容忍与可佩服是绝不相同的事情，尤其是无惭愧地、得意似地那样做，还仿佛是我们的模范似地那样做，那么容忍也还是我们从数十年的世故中来最大的应许，若鼓吹护持似乎可以无须了罢。我们少年时浪漫地崇拜好许多英雄，到了中年再一回顾，那些旧日的英雄，无论是道学家或超人志士，此时也都是老年中年，差不多尽数地不是显出泥脸便即露出羊脚，给我们一个不客气的幻灭。这有什么办法呢？自然太太的计画谁也难违拗它。风水与流年也好，遗传与环境也好，总之是说明这个的可怕。这样说来，得体地活着这件事或者比得体地死要难得多，假如我们过了四十却还能平凡地生活，虽不见得怎么得体，也不至于怎样出丑，这实在要算是侥天之幸，不能不知所感谢了。

　　人是动物，这一句老实话，自人类发生以至地球毁灭，永久是实实在在的，但在我们人类则须经过相当年龄才能明白承认。所谓动物，可以含有科学家一视同仁的"生物"与儒教徒骂人的"禽兽"这两种意思，所以对于这一句话人们也可以有两样态度。其一，以为既同禽兽，便异圣贤，因感不满，以至悲观。其二，呼铲曰铲，本无不当，听之可也。我可以说就是这样地想，但是附加一点，有时要去纵核名实言行，加以批评。本来棘皮动物不会肤如凝脂，怒毛上指栋的猫不打着呼噜，原是一定的理，毋庸怎么考核，无如人这动物是会说话的，可以自称什么家或主唱某主义等，这都是别的众生所没有的。我们如有闲一点儿，免不得要注意及此。譬如普通男女私情我们可以不管，但如见一个社会栋梁高谈女权或社会改革，却照例纳妾等等，那有如无产首领浸在高贵的温泉里命令大众冲锋，未免可笑，觉得这动物有点变质了。我想文明社会上道德的管束应该很宽，但应该要求诚实，言行不一致是一种大欺诈，大家应该留心不要上当。我想，我们与其伪善还不如真恶，真恶还是要负责任，冒危险。

　　我这些意思恐怕都很有老朽的气味，这也是没有法的事情。年纪一年年的增多，有如走路一站站的过去，所见既多，对于从前的意见自然多少要加以修改。这是得呢失呢，我不能说。不过，走着路专为贪看人物风景，不复去访求奇遇，所以或者比较地看得平静仔细一点也未可知。然而这又怎么能够自信呢？

佳作点评

　　本篇散文是周作人 1930 年 3 月 18 日在《益世报·副刊》上发表的，这一年周作人已四十六岁了，确实过了不惑的年龄了。这一时期的周作人，已少了五四时期的激情和冲动。对于现实严重失望、对于民主和自己都失去信心使得周作人有些落寞和保守，开始渐渐地走上了消沉之路，这反应在他的创作中。在《中年》一文中，周作人的中年感叹充满了辛辣和沧桑，所叙中年之虑有着一种苍凉，字里行间透露出他满怀着失望和无奈去逃避着现实的心态。

故乡的野菜

□ ［中国］周作人

我的故乡不止一个，凡我住过的地方都是故乡。故乡对于我并没有什么特别的情分，只因钓于斯游于斯的关系，朝夕会面，遂成相识，正如乡村里的邻舍一样，虽然不是亲属，别后有时也要想念到他。我在浙东住过十几年，南京东京都住过六年，这都是我的故乡，现在住在北京，于是北京就成了我的家乡了。

日前我的妻往西单市场买菜回来，说起有荠菜在那里卖着，我便想起浙东的事来。荠菜是浙东人春天常吃的野菜，乡间不必说，就是城里只要有后园的人家都可以随时采食，妇女小儿各拿一把剪刀一只"苗篮"，蹲在地上搜寻，是一种有趣味的游戏的工作。那时小孩们唱道："荠菜马兰头，姊姊嫁在后门头。"后来马兰头有乡人拿来进城售卖了，但荠菜还是一种野菜，须得自家去采。关于荠菜向来颇有风雅的传说，不过这似乎以吴地为主。《西湖游览志》云："三月三日男女皆戴荠菜花。谚云：三春戴荠花，桃李羞繁华。"顾禄的《清嘉录》上亦说，"荠菜花俗呼野菜花，因谚有三月三蚂蚁上灶山之语，三日人家皆以野菜花置灶陉上，以厌虫蚁。清晨村童叫卖不绝。或妇女簪髻上以祈清目，俗号眼亮花。"但浙东人却不很理会这些事情，只是挑来做菜或炒年糕吃罢了。

黄花麦果通称鼠曲草，系菊科植物，叶小微圆互生，表面有白毛，花黄色，簇生梢头。春天采嫩叶，捣烂去汁，和粉作糕，称黄花麦果糕。小孩们有歌赞美之云：

> 黄花麦果韧结结，
>
> 关得大门自要吃，
>
> 半块拿弗出，一块自要吃。

清明前后扫墓时，有些人家——大约是保存古风的人家——用黄花麦果作供，但不作饼状，做成小颗如指顶大，或细条如小指，以五六个作一攒，名曰茧果，不知是什么意思，或因蚕上山时设祭，也用这种食品，故有是称，亦未可知。自从十二三岁时外出不参与外祖家扫墓以后，不复见过茧果，近来住在北京，也不再见黄花麦果的影子了。日本称做"御形"，与荠菜同为春天的七草之一，也采来做点心用，状如艾饺，名曰"草饼"，春分前后多食之，在北京也有，但是吃去总是日本风味，不复是儿时的黄花麦果糕了。

扫墓时候所常吃的还有一种野菜，俗称草紫，通称紫云英。农人在收获后，播种田内，用做肥料，是一种很被贱视的植物，但采取嫩茎滴食，味颇鲜美，似豌豆苗。花紫红色，数十亩接连不断，一片锦绣，如铺着华美的地毯，非常好看，而且花朵状若蝴蝶，又如鸡雏，尤为小孩所喜，间有白色的花，相传可以治痢。很是珍重，但不易得。日本《俳句大辞典》云："此草与蒲公英同是习见的东西，从幼年时代便已熟识。在女人里边，不曾采过紫云英的人，恐未必有罢。"中国古来没有花环，但紫云英的花球却是小孩常玩的东西，这一层我还替那些小人们欣幸的。浙东扫墓用鼓吹，所以少年常随了乐音去看"上坟船里的姣姣"；没有钱的人家虽没有鼓吹，但是船头上篷窗下总露出些紫云英和杜鹃的花束，这也就是上坟船的确实的证据了。

一九二四年

▎佳作点评 ▎▎▁

作者在《故乡的野菜》中，通过对故乡几种野菜的介绍，描绘了浙东乡间的民情风俗，表达了对故乡的怀想和对童年的眷恋。

开篇先用淡淡的笔墨试图掩盖起浓浓的乡情，其实其中追怀过往的故园深情却是始终无法阻挡的。在文中有一段别有生趣的描写：调皮小孩听到上坟船鼓吹声或发现篷宙下的紫云英（还有杜鹃），便带着好奇和新鲜的冲动去追看，生活情趣非常浓郁，对故乡的怀想和对童年的眷念可见一斑。

全文淡笔浓情，意味深长。

蛛丝和梅花

□［中国］林徽因

真真地就是那么两根蛛丝，由门框边轻轻地牵到一枝梅花上。就是那么两根细丝，迎着太阳光发亮……再多了，那还像样么。一个摩登家庭如何能容蛛网在光天白日里作怪，管它有多美丽，多玄妙，多细致，够你对着它联想到一切自然造物的神工和不可思议处；这两根丝本来就该使人脸红，且在冬天够多特别！可是亮亮的，细细的，倒有点像银，也有点像玻璃制的细丝，委实不算讨厌，尤其是它们那么洒脱风雅，偏偏那样有意无意地斜着搭在梅花的枝梢上。

你向着那丝看，冬天的太阳照满了屋内，窗明几净，每朵含苞的，开透的，半开的梅花在那里挺秀吐香，情绪不禁迷茫缥缈地充溢心胸，在那刹那的时间中振荡。同蛛丝一样的细弱，和不必需，思想开始抛引出去；由过去牵到将来，意识的，非意识的，由门框梅花牵出宇宙，浮云沧波踪迹不定。是人性，艺术，还是哲学，你也无暇计较，你不能制止你情绪的充溢，思想的驰骋，蛛丝梅花竟然是瞬息可以千里！

好比你是蜘蛛，你的周围也有你自织的蛛网，细致地牵引着天地，不怕多少次风雨来吹断它，你不会停止了这生命上基本的活动。此刻……

"一枝斜好，幽香不知甚处，"……

拿梅花来说吧，一串串丹红的结蕊缀在秀劲的傲骨上，最可爱，最可赏，等半绽将开地错落在老枝上时，你便会心跳！梅花最怕开；开了便没话说。索性残了，沁香拂散同夜里炉火都能成了一种温存的凄清。

记起了，也就是说到梅花，玉兰。初是有个朋友说起初恋时玉兰刚开完，天气每天的暖，住在湖旁，每夜跑到湖边林子里走路，又静坐幽僻石上看隔岸灯火，感到好像仅有如此虔诚的孤对一片泓碧寒星远市，才能把心里情绪抓紧了，放在最可靠最纯净的一撮思想里，始不至亵渎了或是惊着那"寤寐思服"的人儿。那是极年轻的男子初恋的情景，——对象渺茫高远，反而近求"自我的"郁结深浅——他问起少女的情绪。

就在这里，忽记起梅花。一枝两枝，老枝细枝，横着，虬着，描着影子，喷着细香；太阳淡淡金色地铺在地板上：四壁琳琅，书架上的书和书签都像在发出言语；墙上小对联记不得是谁的集句；中条是东坡的诗。你敛住气，简直不敢喘息，巅起脚，细小的身形嵌在书房中间，看残照当窗，花影摇曳，你像失落了什么，有点迷惘。又像"怪东风着意相寻"，有点儿没主意！浪漫，极端的浪漫。"飞花满地谁为扫？"你问，情绪风似地吹动，卷过，停留在惜花上面。再回头看看，花依旧嫣然不语。"如此娉婷，谁人解看花意，"你更沉默，几乎热情地感到花的寂寞，开始怜花，把同情统统诗意地交给了花心！

这不是初恋，是未恋，正自觉"解看花意"的时代。情绪的不同，不止是男子和女子有分别，东方和西方也甚有差异。情绪即使根本相同，情绪的象征，情绪所寄托，所栖止的事物却常常不同。水和星子同西方情绪的联系，早就成了习惯。一颗星子在蓝天里闪，一流冷涧倾泄一片幽愁的平静，便激起他们诗情的波涌，心里甜蜜地，热情地便唱着由那些鹅羽的笔锋散下来的"她的眼如同星子在暮天里闪"，或是"明丽如同单独的那颗星，照着晚来的天"，或"多少次了，在一流碧水旁边，忧愁倚下她低垂的脸"。

惜花，解花太东方，亲昵自然，含着人性的细致是东方传统的情绪。

此外年龄还有尺寸，一样是愁，却跃跃似喜，十六岁时的，微风零乱，不颓废，不空虚，踮着理想的脚充满希望，东方和西方却一样。人老了脉脉烟雨，愁吟或牢骚多折损诗的活泼。大家如香山，稼轩，东坡，放翁的白发华发，很少不梗在诗里，至少是令人不快。话说远了，刚说是惜花，东方老少都免不了这嗜好，这倒不论老的雪鬓曳杖，深闺里也就攒眉千度。

最叫人惜的花是海棠一类的"春红"，那样娇嫩明艳，开过了残红满地，太招惹同情和伤感。但在西方即使也有我们同样的花，也还缺乏我们的廊庑庭院。有了"庭院深深深几许"才有一种庭院里特有的情绪。如果李易安的"斜风细雨"底下不是"重门须闭"也就不"萧条"得那样深沉可爱；李后主的"终日谁来"也一样的别有寂寞滋味。看花更须庭院，常常锁在里面认识，不时还得有轩窗栏杆，给你一点凭藉，虽然也用不着十二栏杆倚遍，那么慵弱无聊。

当然旧诗里伤愁太多：一首诗竟像一张美的证券，可以照着市价去兑现！所以庭花、乱红、黄昏、寂寞太滥，时常失却诚实。西洋诗，恋爱总站在前头，或是"忘掉"，或是"记起"，月是为爱，花也是为爱，只使全是真情，也未尝不太腻味。就以两边好的来讲。拿他们的月光同我们的月色比，似乎是月色滋味深长得多。花更不用说了；我们的花"不是预备采下缀成花球，或花冠献给恋人的"，却是一树一树绰约的，个性的，自己立在情人的地位上接受恋歌的。

所以未恋时的对象最自然的是花，不是因为花而起的感慨，——十六岁时无所谓感慨，——仅是刚说过的自觉解花的情绪。寄托在那清丽无语的上边，你心折它绝韵孤高，你为花动了感情，实说你同花恋爱，也未尝不可，——那惊讶狂喜也不减于初恋。还有那凝望，那沉思……

一根蛛丝！记忆也同一根蛛丝，搭在梅花上就由梅花枝上牵引出去，虽未织成密网，这诗意的前后，也就是相隔十几年的情绪的联络。

午后的阳光仍然斜照，庭院阒然，离离疏影，房里窗棂和梅花依然伴和成为图案，两根蛛丝在冬天还可以算为奇迹，你望着它看，真有点像银，也有点像玻璃，偏偏那么斜挂在梅花的枝梢上。

二十五年新年漫记

▮佳作点评 ▮▮▮

人们常说，林徽因有着一颗聪慧颖悟的心灵，若不是这样，这蛛丝与梅花，这在常人眼中风马牛不相及的事物，怎会绽放出绝美的意境？在林徽因思想和情感、情绪的驰骋里，蛛丝与梅花的牵连，牵引出了赏梅品花的含蓄、凄清、韵致。当窗解花的诗意是如此的浪漫温存，而东方人独有的纯净、内敛、细腻、婉约的情感特质与审美倾向更是显露无疑。蛛丝恰如一根思维的藤蔓，给它装上联想的翅膀，便延展出一片美妙无比的审美空间。

给庐隐

□ ［中国］石评梅

《灵海潮汐致梅姊》和《寄燕北诸故人》我都读过了。读过后感觉到你就是我自己，多少难以描画笔述的心境你都替我说了，我不能再说什么了。一个人感到别人是自己的时候，这是多么不易得的而值得欣慰的事，然而，庐隐，我已经得到了。假使我们的世界能这样常此空寂，冷寂中我们又这样彼此透彻的看见了自己，人世虽冷酷无情，我只愿恋这一点灵海深处的认识，不再希冀追求什么了。

在你这几封信中，我才得到了人间所谓的同情，这同情是极其圣洁纯真，并不是有所希冀有所猎获才施与的同情，廿余年来在人间受尽了畸零，忍痛含泪挣扎着，虽弄得遍体鳞伤，鲜血淋淋，仍紧嚼着牙齿作勉强的微笑！我希望在颠沛流离中求一星星同情和安慰以鼓舞我在这人世界战斗的勇气；然而得到的只是些冷讽热笑，每次都跌落在人心的冷森阴险中而饮泣！此后我禁受不住这无情的箭镞，才想逃避远离开这冷酷的世界和人类；因之我脱离了学校生活，踏入了世界的黑洞后，我往昔天真烂漫的童心，都改换成冷枯孤傲的性情。一年一年送去可爱的青春，一步一步陷落在满是荆棘的深洞，嘲笑讪讽包围了我，同情安慰远离着我，我才诅咒世界，厌恶人类，怨我的希望欺骗了自己。想不到遥远的海滨，扰攘的人群中，你寄来这深厚的安慰和同情，我是如何的欣喜呵！惊颤地揭起了心幕收容她，收容她在我心的深处；我怕她也许不久会消失或者飞去！这并不是我神经过敏，朋友！我也曾几度发现过这样的同情，结果不是赝鼎便是雪杯，不久便认识了真伪而消灭。这种同情便是我上边所说有所希冀猎获而施与的，自然我不能与人以希冀猎获时，同情安慰也是终于要遗弃我的。朋友！写到这里我不能再写下去了，你百战的勇士，也许曾经有过这样的创伤！

自从得到了你充满热诚和同情的信后，我每每在静寂的冷月寒林下徘徊，虽然我只看见是枯干的枝丫，但是也能看见她含苞的嫩芽，和春来时碧意迷漫的天地。我知所忏悔了，朋友！以后我不再因自己的失意而诅咒世界的得意，因为自己未曾得到而怨恨人间未曾有了；如今漠漠干枯的寒林，安知不是将来如云如盖的绿荫呢！人生是时时在追求挣扎中，虽明知是幻象虚影，然终于不能不前去追求，明知是深涧悬崖，然终于不能不勉强挣扎；你我是这样，许多众生也是这样，然而谁也不能逃此网罗以自救拔。大概也是因此吧！才有许多伟大反抗的志士英雄，在辗转颠沛中，演出些惊人心魂的悲剧，在一套陈古的历史上，滴着鲜明的血痕和泪迹。朋友！追求挣扎着向前去吧！我们生命之痕用我们的血泪画写在历史之一页上，我们弱小的灵魂，所滴沥下的血泪何尝不能惊人心魂，这惊人心魂的血泪之痕又何尝不能得到人类伟大的同情。命运是我们手中的泥，一切生命的铸塑也如手中的泥，朋友！我们怎样把我们自己铸塑呢？只在乎我们自己。

说得太乐观了，你要笑我吧？怕我们才是命运手中的泥呢！我也觉这许多年中只是命运铸塑了我，我何尝敢铸塑命运。真是梦呓，你也许要讥我是放荡不羁的天马了。其实我真愿做个奔逸如狂飙似的骏马，把我的生命都载在小小鞍上，去践踏翻这世界的地轴，去飞扬起这宇宙的尘沙，使整个世界在我的足下动摇，整个宇宙在我铁蹄下毁灭！然而朋友！我终于是不能真的做天马，大概也是因为我终于不是天马，每当我束装备鞍，驰驱赴敌时，总有人间的牵系束缚我，令我毁装长叹！至如今依然蜷伏槽下咀嚼这食厌了的草芥，仍然整天回旋在这死城而不能走出一步；不知是环境制止我，还是自己的不长进，我终于是四年如一日的过去。朋友！你也许为我的抑郁而太息，我不仅不能做一件痛快点不管毁灭不管建设的事业，怕连个直捷了当极迅速极痛快的死也不能，唉！谁使我这样抑郁而生抑郁而死呢！是社会，还是我自己？我不能解答，怕你也不能解答吧！因之，我有许多事要告诉你，结果却只是默无一语，"多少事欲说还休"，所以我望着"征鸿过尽，万千心事难寄"！

我默无一语的，总是背着行囊，整天整夜的向前走，也不知何处是我的归处？是我走到的地方？只是每天从日升直到日落，走着，走着，无论怎样风雨疾病，艰险困难，未曾停息过；自然，也不允许我停息，假使我未走到我要去地方，那永远停息之处。我每天每夜足迹踏过的地方，虽然都让尘沙掩埋，或者被别人的足踪踏乱已找不到痕迹，然而心中恍惚的追忆是和生命永存的，而我的生命之痕便是这些足迹。朋友！谁也是这样，想不到我们来到世界只是为了踏几个足印，我们留给世界的也是几个模糊零碎不可辨的足印。

我们如今是走着走着，同时还留心足底下践踏下的痕迹，欣慰因此，悲愁因此；假使我们如庸愚人们的走路，一直走去，遇见歧路不彷徨，逢见艰险不惊悸，过去了不回顾，踏下去不踟蹰；那我们一样也是浑浑噩噩从生到死，绝没有像我们这样容易动感，践了一只蚂蚁也会流泪的。朋友！太脆弱了，太聪明了，太顾忌了，太徘徊了，才使我们有今日，这也欣慰也悲凄的今日。

庐隐！我满贮着一腔有情的热血，我是愿意把冷酷无情的世界，浸在我热血中；知道终于无力时，才抱着这怆痛之心归来，经过几次后，不仅不能温暖了世界，连自己都冷凝了。我今年日记里有这样一段记述：

> 我只是在空寂中生活着，我一腔热血，四周环以泥泽的冰块，使我的心感到凄寒，感到无情。我的心衰衰地哭了！我为了寒冷之气候也病了。

> 这几天离开了纷扰的环境，独自睡在这静寂的斗室中，默望着窗外的积雪，忽然想到人生的究竟，我真不能解答，除了死。火炉中熊熊发光的火花，我看着它烧成一堆灰烬，它曾给与我的温热是和灰烬一样逝去；朝阳照上窗纱，我看着西沉到夜幕下，它曾给与我的光明是和落日一样逝去。人们呢，劳动着，奔忙着，从起来一直睡下，由梦中醒来又入了梦中，由少年到老年，由生到死……人生的究竟不知是什么？我病了，病中觉的什么都令人起了怀疑。

> 青年人的养料唯一是爱，然而我第一便怀疑爱，我更讪笑人们口头笔尖那些诱人昏醉的麻剂。我都见过了，甜蜜，失恋，海誓山盟，生死同命；怀疑的结果，我觉得这一套都是骗，自然不仅骗别人连自己的灵魂也在内。宇宙一大骗局。或者也许是为了骗吧，人间才有一时的幸福和刹那的欣欢，而不是永久悲苦和悲惨！我的心应该信仰什么呢？宇宙没有一件永久不变的东西。我只好求之于空寂。因为空寂是永久不变的，永久可以在幻望中安慰你自己的。

我是在空寂中生活着，我的心付给了空寂。庐隐！怔视在悲风惨日的新坟之旁，含泪仰视着碧澄的天空，即人人有此境，而人人未必有此心；然而朋友呵！我不是为了倚坟而空寂，我是为了空寂而倚坟；知此，即我心自可喻于不言中。我更相信只有空寂能给与我安慰和同情，和人生战斗的勇气！黄昏时候，新月初升，我常向残阳落处而挥泪！"望断斜阳人不见，满袖啼红。"这时凄怆悲绪，怕天涯只有君知！

北京落了三尺深的大雪，我喜欢极了，不论日晚地在雪里跑，雪里玩，连灵魂都涤洗得像雪一样清冷洁白了。朋友！假使你要在北京，不知将怎样的欣慰呢！当一座灰城化成了白玉宫殿水晶楼台的时候，一切都遮掩涤洗尽了的时候。到如今雪尚未消，真是冰天雪地，北地苦寒；尖利的朔风彻骨刺心一般吹到脸上时，我咽着泪在挣扎抖颤。这几夜月色和雪光辉映着，美丽凄凉中我似乎可以得不少的安慰，似乎可以听见你的心音的哀唱。

间接的听人说你快来京了。我有点愁呢，不知去车站接你好呢，还是躲起来不见你好，我真的听见你来了我反而怕见你，怕见了你我那不堪描画的心境要向你面前粉碎！你呢，一天一天，一步一步走近了这灰城时，你心抖颤吗？哀泣吗？

我不敢想下去了。好吧！我静等着见你。

十六年一月二十三日 北京

▎佳作点评▎

石评梅和庐隐是同在五四时期步入文坛的女作家，两人是情谊甚深的挚友，两人都不幸过早离开人世，但在年轻而短暂的生命中都拥有美好而炽热的恋情。

感伤、抑郁是石评梅的散文基调，而清丽的文笔、浓郁的抒情则是她的写作风格。在这封信中，作者一边感叹人生的不如意，一边又在做"乐观"

的挣扎，只是失去的爱情使她变得痛苦而又无助，面对高君宇的坟墓，她只能发出感叹："我在空寂里生活，我的心付给了空寂。"爱人已去，生活在空寂中，美景也是悲凉的，城市也是灰暗的，这就是作者当时的感情世界。

寄海滨故人 ▌██▁▁▁▁▁

□ ［中国］石评梅

一

这时候我的心流沸腾的像红炉里的红焰，一支一支怒射着，我仿佛要烧毁了这宇宙似的；推门站在寒风里吹了一会，抬头看见冷月畔的孤星，我忽然想到给你写这封信。

露沙！你听见我这样喊你时，不知你是惊奇还是抖颤！假如你在我面前，听了我这样喊你的声音，你一定要扑到我怀中痛哭的。世界上爱你的母亲和涵都死了，知道你同情你可怜你，看你由畸零而走到幸福，由幸福又走到畸零的却是我。露沙！我是盼望着我们最近能见面，我握住你的手，由你饱经忧患的面容上，细认你逝去的生命和啼痕呢！

半年来，我们音信的沉寂，是我有意的隔绝，在这狂风恶浪中挣扎的你，在这痛哭哀泣中辗转的你，我是希望这时你不要想到我，我也勉强要忘记你的。我愿你掩着泪痕望着你这一段生命火焰，由残余而化为灰烬，再从凭吊悼亡这灰烬的哀思里，埋伏另一火种，爆发你将来生命的火焰。这工作不是我能帮助你，也不是一切人所能帮助你，是要你自己在深更闭门暗自鸣咽时去沉思，是要你自己在人情炎凉世事幻变中去觉醒，是要你自己披刈荆棘跋涉山川时去寻觅。如今，谢谢上帝，你已经有了新的信念，你已经有了新的生命的火焰，你已经有了新的发现；我除了为你庆慰外，便是一种自私的欣喜，我总觉如今的你可以和我携手了，我们偕行着去走完这生的路程，希望在沿途把我们心胸中的热血烈火尽量的挥洒，尽量的燃烧，"焚毁世界一切不幸者的手铐足镣，扫尽人间一切愁惨的阴霾"；假使不能如意，也愿让热血烈火淹沉烧枯了我们自己。这才不辜负我们认识一场，和这几年我所鼓励你希望你的心，两年前我寄给你信里曾这样说过：

> 你我无端邂逅，无端缔交，上帝的安排，有时原觉多事；我于是常奢望你在锦帷绣幕之中，较量柴米油盐之外，要承继着你从前的希望，努力去作未竟的事业，因之不惮烦厌，在你香梦正酣时，我常督促你的惊醒。不过相信一个人，由青山碧水，到了崎岖荆棘的山路，由崎岖荆棘中又到了柳暗花明的村庄，已感到人世的疲倦，在这期内彻悟了的自然又是一种人生。
>
> 在学校时我看见你激昂慷慨的态度，我曾和婉说你是女儿英雄，有时我逢见你和莹坐在公园茅亭中大嚼时，我曾和婉说你是名士风流。想到《扶桑余影》，当你握着利如宝剑的笔锋，铺着云霞天样的素纸，立在万崖峰头；俯望着千仞飞瀑的华严泷，凝视神往时，原也曾独立苍茫，对着眼底的河山，吹弹出雄壮的悲歌；曾几何时，栉风沐雨的苍松，化作了醺醉阳光的蔷薇。

原谅我，露沙！那时我真不满意你，所以我常要劝你不要消沉，湮灭了你文学的天才和神妙的灵思。不过，你那时不甘雌伏的雄志，已被柔情万缕来纠结，我也常叹息你实有不得已的苦衷。涵的噩耗传来时，我自然为了你可怜的遭遇而痛心，对你此后畸零漂泊的身世更同情，想你经此重创一定能造成一个不可限量的女作家，只要你自己肯努力；但是这仅仅是远方故人对你在心头未灰的一星火烬，奢望你能由悲痛颓丧中自拔超脱，以你自己所受的创痛，所体验的人生，替多少有苦说不出来的朋友们泄泄怨恨，也是我们自己借此忏悔借此寄托的一件善事。万想不到露沙，你已经驰驱赴敌，荷枪实弹地立在阵前了。我真喜欢，你说：

> 朋友，我现在已另找到途径了，我要收纳宇宙间所有的悲哀之泪泉，使注入我的灵海，方能兴风作浪；并且以我灵海中深渊不尽的百流填满这宇宙无底的缺陷。吾友！我所望的太奢吗？但是我绝不以此灰心，只要我能作的时候，总要这样作，就是我的躯壳成灰，倘我的一灵不泯，必不停止的继续我的工作。

我不知你现在心情到底怎样？不过，我相信你心是冷寂宁静的，况且上帝又特赐你那样幽雅辽阔的境地，正宜于一个饱经征战的勇士，退休隐息。你仔细去追忆那似真似梦的人生吧，你沉思也好，你低泣也好，你对着睡了的萱儿微笑也好，我想这样美妙的缺陷，未尝不是宇宙间一种艺术。露沙！原谅我这话说得过分的残忍冷酷吧！

暑假前我和俊因、文菊常常念着你，为了减少你的悲绪，我们都盼望你能北来；不过露沙！那时候的北京和现在一样，是一座伟大的死城，里边乌烟瘴气，呼吸紧促，一点生气都没有，街市上只看见些活骷髅和迷人眉目的沙尘。教育界更穷苦，更无耻，说起来都令人掩鼻。在现在我们无力建设合理的新社会新环境之前，只好退一步求暂时的维持，你既觉在沪尚好，那你不来这死城里呼吸自然是我最庆欣的事。

这两年来，我在北京看见不少惊心动魄的事，我才知道世界原来是罪恶之薮，置身此中，常常恍非人间，咽下去的眼泪和愤慨不知有多少了，我自然不能具体的告诉你：不过你也许可以体会到吧，这人为刀俎，我为鱼肉的生活。

二

如今，说到我自己了。说到我自己时，真觉羞愧，也觉悲凄；除了日浸于愁城恨海之外，我依然故我，毫无寸进可述。对家庭对社会，我都是个流浪漂泊的闲人。读了《蔷薇》中《涛语》，你已经知道了。值得令你释念的，便是我已经由积沙岩石的旋涡中，流入了坦平的海道，我只是这样寂然无语的从生之泉流到了死之海；我已不是先前那样呜咽哀号，颓丧沉沦，我如今是沉默深刻，容忍含蓄人间一切的哀痛，努力去寻求真实生命的战士。对于一切的过去，我仍不愿抛弃，不能忘记，我仍想在波涛落处，沙痕灭处，我独自踟蹰徘徊凭吊那逝去的生命，像一个受伤的战士，在月下醒来，望着零乱烬余，人马倒毙的战场而沉思一样。

玉薇说她常愿读到我的信，因为我信中有"人生真实的眼泪"，其实，我是一个不幸的使者，我是一个死的石像，一手执着红灧的酒杯，一手执着锐利的宝剑，这酒杯沉醉了自己又沉醉了别人，这宝剑刺伤了自己又刺伤了别人。这双锋的剑永远插在我心上，鲜血也永远是流在我身边的；不过，露沙！有时我卧在血泊中抚着插在心上的剑柄会微笑的，因为我似乎觉得骄傲！

露沙！让我再说说我们过去的梦吧！

入你心海最深的大概是梅窠吧，那时是柴门半掩，茅草满屋顶的一间荒斋。那里有我们不少浪漫的遗痕，狂笑，高歌，长啸低泣，酒杯伴着诗集。想起来真不像个女孩儿家的行径。你呢，还可加个名士文人自来放浪不羁的头衔；我呢，本来就没有那种豪爽的气魄，但是我随着你亦步亦趋的也学着喝酒吟诗。有一次秋天，我们在白屋中约好去梅窠吃菊花面，你和晶清两个人，吃了我四盆白菊花。她的冷香洁质都由你们的樱唇咽到心底，我私自为伴我一月的白菊庆欣，她能不受风霜的欺凌摧残，而以你们温暖的心房，作埋香殡骨之地。露沙！那时距今已有两年余，不知你心深处的冷香洁质是否还依然存在？

自从搬出梅窠后，我连那条胡同都未敢进去过，听人说已不是往年残颓凄凉的荒斋，如今是朱漆门金扣环的高楼大厦了。从前我们的遗痕豪兴都被压埋在土底，像一个古旧无人知的僵尸或骨殖一样。只有我们在天涯一样漂泊，一样畸零的三个女孩儿，偶然间还可忆起那幅残颓凄凉的旧景，而惊叹已经葬送了的幻梦之无凭。

前几天飞雪中，我在公园社稷台上想起《海滨故人》中，你们有一次在月光下跳舞的记述。你想我想到什么呢？我忽然想到由美国归来，在中途卧病，沉尸在大海中的瑜，她不是也曾在海滨故人中当过一角吗？这消息传到北京许久了，你大概早已在一星那里知道这件惨剧了。她是多么聪慧伶俐可爱的女郎，然而上帝不愿她在这污浊的人间久滞留，把她由苍碧的海中接引了去。露沙！我不知你如今有没有勇气再读《海滨故人》？真怅惘，那里边多是些不堪回首的往事。

有时我很盼能忘记了这些系人心魂的往事，不过我为了生活，还不能抛弃了我每天驻息的白屋，不能抛弃，自然便有许多触目伤心的事来袭击我，尤其是你那瘦肩双耸，愁眉深锁的印影，常常在我凝神沉思时涌现到我的眼底。自从得到涵的噩耗后，每次我在深夜醒来，便想到抱着萱儿偷偷流泪的你，也许你的泪都流到萱儿可爱的玫瑰小脸上。可怜她，她不知道在母亲怀里睡眠时，母亲是如何的悲苦凄伤，在她柔嫩的桃腮上便沾染了母亲心碎的泪痕！露沙！我常常这样想你，也想到如今唯一能寄托你母爱的薇萱。

如今，多少朋友都沉尸海底，埋骨荒丘！他们遗留在人间的不知是什么？他们由人间带走的也不知是什么？只要我们尚有灵思，还能忆起梅窠旧梦；你能远道寄来海滨的消息，安慰我这"踞石崖而参禅"的老僧，我该如何的感谢呢！

三

《寄天涯一孤鸿》我已读过了。你是成功了，"读后竟为之流泪，而至于痛哭！"那天是很黯淡的阴天，我在灰尘的十字街头逢见女师大的仪君，她告我《小说月报》最近期有你寄给我的一封信，我问什么题目，她告诉我后我已知道内容了。我心海深处忽然汹涌起惊涛骇浪，令我整个的心身受其拨动而晕绝！那时已近黄昏，雇了车在一种恍惚迷惘中到了商务印书馆。一只手我按着搏跳的心，一只手抖颤着接过那本书，我翻见了"寄天涯一孤鸿"六字后，才抱着怆痛的心走出来。这时天幕上罩了黑的影，一重一重的迫近像一个黑色的巨兽；我不能在车上读，只好把你这纸上的心情，握在我抖颤的手中温存着。车过顺治门桥梁时，我看着护城河两堤的枯柳，一口一口把我的凄哀咽下去。到了家在灯光下含着泪看完，我又欣慰又伤感，欣慰的是我在这冷酷的人间居然能找到这样热烈的同情，伤感的是我不幸我何幸也能劳你濡泪滴血的笔锋，来替我宣泄积闷。

那一夜我是又回复到去年此日的心境。我在灯光下把你寄我的信反复再读，我真不知泪从何来，把你那四页纸都染遍了湿痕，露沙！露沙！你一个字一个字上边都有我碎心落泪的遗迹。你该胜利的一笑吧！为了你这封在别人视为平淡在我视为箭镞的信，我一年来勉强挣扎起来的心灵身躯，都被你一字一字打倒，我又躺在床上掩被痛哭！一直哭到窗外风停云霁，朝霞照临，我才换上笑靥走出这冷森的小屋，又混入那可怕的人间。露沙！从那天直到如今，我心里总是深画着怆痛，我愿把这凄痛寄在这封信里，愿你接受了去，伴你孤清时的怀忆。

　　许久未痛哭了，今年暑假由山城离开母亲重登漂泊之途时，我在石家庄正太饭店曾睡在梅隐的怀里痛哭了一场。因为我不能而且不忍把我的悲哀露了，重伤我年高双亲的心；所以我不能把眼泪流在他们面前，我走到中途停息时才能尽量的大哭。梅隐她也是漂泊归来又去漂泊的人，自然也尝了不少的人世滋味，那夜我俩相伴着哭到天明。不幸到北京时，我就病了。半年来我这是第二次痛哭，读完你《寄天涯一孤鸿》的信。

　　我总想这一瞥如梦的人生，能笑时便笑，想哭时便哭；我们在坎坷的人生道上，大概可哭的事比可笑的事多，所以我们的泪泉不会枯干。你来信说自涵死你痛哭后，未曾再哭，我不知怎样有这个奢望，我觉你读了我这封信时你不能全忘情吧！？

　　这些话可以说都是前尘了，现在我心又回到死寂冷静，对一切不易兴感；很想合着眼摸索一条坦平大道，卜卜我将来的命运呢！你释念吧，露沙！我如今不令过分的凄哀伤及我身体的。

　　晶清或将在最近期内赴沪，我告她到沪时去看你，你见了她梅寰中相逢的故人，也和见了我一样；而且她的受伤，她的畸零，也同我们一样。请你好好抚慰她那跋涉崎岖惊颤之心，我在京漂泊详状她可告你。这或者是你欢迎的好消息吧！？

　　这又是一个冬夜，狂风在窗外怒吼，卷着尘沙扑着我的窗纱像一个猛兽的来袭，我惊惧着执了破笔写这沥血滴泪的心痕给你。露沙！你呢？也许是在睁着枯眼遥望银河畔的孤星而咽泪，也许是拥抱着可爱的萱儿在沉睡。这时候呵！露沙！是我写信的时候。

一九二六、十二、二十五日，圣诞节夜

佳作点评

这是石评梅散文的又一代表作，写于高君宇逝世后的第二年。

露沙是庐隐的小说《海滨故人》中的主角，在石评梅的文章里，露沙实际指的就是庐隐。深藏着悲痛的石评梅反身安慰和她一样处在不幸中的庐隐，"我已不是先前那样呜咽哀号，颓丧沉沦，我如今是沉默深刻，容忍含蓄人间一切的哀痛，努力去寻求真实生命的战士。"从悲伤中走出来的石评梅以自己的经历鼓励露沙不要放弃生活，要勇敢，要做一个新式的女性。

作者向友人公开着自己的秘密，倾诉着内心的苦闷；同时，她又深深地同情、慰藉着他人的痛苦与不幸。

童年的悲哀（节选）

□ ［中国］鲁彦

这是如何的可怕，时光过得这样的迅速！

它像清晨的流星，它像夏夜的闪电，刹那间便溜了过去，而且，不知不觉地带着我那一生中最可爱的一叶走了。

像太阳已经下了山，夜渐渐展开了它的黑色的幕似的，我感觉到无穷的恐怖。像狂风卷着乱云，暴雨掀着波涛似的，我感觉到无边的惊骇。像周围哀啼着凄凉的鬼魅，影闪着死僵的人骸似的，我心中充满了不堪形容的悲哀和绝望。

谁说青年是一生中最宝贵的时代，是黄金的时代呢？我没有看见，我没有感觉到。我只看见黑暗与沉寂，我只感觉到苦恼与悲哀。是谁在这样说着，是谁在这样羡慕着，我愿意把这时代交给他。

呵，我愿意回到我的可爱的童年时代，回到那梦幻的浮云的时代！

神呵，给我伟大的力，不能让我回到那时代去，至少也让我的回忆拍着翅膀飞到那最凄凉的一隅去，暂时让悲哀的梦来充实我吧！我愿意这样，因为即使是童年的悲哀也比青年的欢乐来得梦幻，来得甜蜜呵！

那是在哪一年，我不大记得了。好像是在我十一二岁的时候。

时间是在正月的初上。正是故乡锣声遍地、龙灯和马灯来往不绝的几天。

这是一年中最欢乐的几天。过了长久的生活的劳碌，乡下人都一致的暂时搁下了重担，用娱乐来洗涤他们的疲乏了。街上的店铺全都关了门。祠庙和桥上这里那里的一堆堆地簇拥着打牌九的人群。平日最节俭的人在这几天里都握着满把的瓜子，不息地剥啄着。最正经最严肃的人现在都背着旗子或是敲着铜锣随着龙灯马灯出发了。他们谈笑着、歌唱着，没有一个人的脸上会发现忧愁的影子。孩子们像从笼里放出来的一般，到处跳跃着，放着鞭炮，或是在地上围做一团，用尖石划了格子打着钱，占据了街上的角隅。

母亲对我拘束得很严。她认为打钱一类的游戏是不长进的孩子们的表征，她平日总是不许我和其他的孩子们一同玩耍，她把她的钱柜子锁得很紧密。倘若我偶然在抽屉的角落里找到了几个铜钱，偷偷地出去和别的孩子们打钱，她便会很快的找到我，赶回家去大骂一顿，有时挨了一场打，还得挨一餐饿。

但一到正月初上，母亲给与我自由了。我不必再在抽屉角落里寻找剩余的铜钱，我自己的枕头下已有了母亲给我的丰富的压岁钱。除了当着大路以外，就在母亲的面前也可以和别的孩子们打钱了。

打钱的游戏是最方便最有趣不过的。只要两个孩子碰在一起，问一声"来不来？"回答说"怕你吗？"同找一块不太光滑也不太凹凸的石板，就地找一块小的尖石，划出一个四方的格子，再在方格里对着角划上两根斜线，就开始了。随后自有别的孩子们来陆续加入，摆下钱来，许多人簇拥在一堆。

我虽然不常有机会打钱，没有练习得十分凶狠的铲法，但我却能很稳当的使用刨法，那就是不像铲似的把自己手中的钱往前面跌下去，却是往后落下去。用这种方法，无论能不能把别人的钱刨到格子或线外去，而自己的钱却能常常落在方格里，不会像铲似的，自己的钱总是一直冲到方格外面去，易于发生危险。

常和我打钱的多是一些年纪不相上下的孩子，而且都知道把自己的钱拿得最平稳。年纪小的不凑到我们这一伙来，年纪过大或拿钱拿得不平稳的也常被我们所拒绝。

在正月初上的几天里，我们总是到处打钱，祠堂里、街上、桥上、屋檐下，划满了方格。我的心像野马似的，欢喜得忘记了家，忘记了吃饭。

但有一天，正当我们闹得兴高采烈的时候，来了一个捣乱的孩子。

他比我们这一伙人都长得大些，他大约已经有了十四五岁，他的名字叫做生福。他没有母亲也没有父亲。他平时帮着人家划船，赚了钱一个人花费，不是挤到牌九摊里去，就和他的一伙打铜板。他不大喜欢和人家打铜钱，他觉得输赢太小，没有多大的趣味。他的打法是很凶的，老是把自己的铜板紧紧地斜扣在手指中，狂风暴雨似的錾了下去。因此在方格中很平稳地躺着的钱，在别人打不出去的，常被他錾了出去。同时，他的手又来得很快，每当将錾之前，先伸出食指去摸一摸被打的钱，在人家不知不觉中把平稳地躺着的钱移动得有了蹊跷。这种打法，无论谁见了都要害怕。

……

◢▎佳作点评 ▍◣▁

鲁彦是著名乡土文学作家，他的创作以中国江南小镇为背景，描摹了浙东农村的人情世态、民风习俗，显示了朴实细密的写实风格。

"这是如何的可怕，时光过得这样的迅速！"作者开篇就表达了对童年逝去的无奈和悲伤。接着又回忆起童年一些有趣的生活，如打钱游戏、自己的贪玩、被母亲在街头找到揪回家的场景。现在回想起来不再是对母亲的埋怨，而是对时光的伤感。"呵，我愿意回到我的可爱的童年时代，回到那梦幻的浮云的时代！"是啊，童年时代无忧无虑，但时间是向前的，我们只能做一个回望者，缅怀我们逝去的童年！

苦 笑

你走了，我却没有送你。我那天不是对你说过，我不去送你吗。送你只添了你的伤心，我的伤心，不送也许倒可以使你在匆忙之中暂时遗忘了你所永不能遗忘的我，也可以使我存了一点儿濒于绝望的希望，那时你也许还没有离开这古城。我现在一走出家门，就尽我的眼力望着来往街上远远近近的女子，看一看里面有没有你。在我的眼里天下女子可分两大类，一是"你"，一是"非你"，一切的女子，不管村俏老少，对于我都失掉了意义，她们唯一的特征就在于"不是你"这一点，此外我看不出她们有什么分别。在 Fichte 的哲学里世界分做 ego 和 non-ego 两部分，在我的宇宙里，只有 you 和 non-you 两部分。我憎恶一切人，我憎恶自己，因为这一切都不是你，都是我所不愿碰到的。所以我虽然睁着眼睛，我却是个盲人，我什么也不能看见，因为凡是"不是你"的东西都是我所不肯瞧的。

我现在极喜欢在街上流荡，因为心里老想着也许会遇到你的影子，我现在觉得再有一瞥，我就可以在回忆里度过一生了。在我最后见到你以前，我已经觉得一瞥就可以做成我的永生了，但是见了你之后，我仍然觉得还差了一瞥，仍然深信再一瞥就够了。你总是这么可爱，这么像孙悟空

037

用绳子拿着银角大王的心肝一样，抓着我的心儿，我对于你只有无穷的刻骨的愿望，我早已失掉我的理性了。

你走之后，我变得和气得多了，我对于生人老是这么嘻嘻哈哈敷衍着，对于知己的朋友老是这么露骨地乱谈着，我的心已经随着你的衣缘飘到南方去了，剩下来的空壳怎么会不空心地笑着呢？然而，狂笑乱谈后心灵的沉寂，随和凑趣后的凄凉，这只有你知道呀！我深信你是饱尝过人世间苦辛的人，你已具有看透人生的眼力了。所以你对于人生取这么通俗的态度，这么用客套来敷衍我。你是深于忧患的，你知道客套是一切灵魂相接触的缓冲地，所以你拿这许多客套来应酬我，希冀我能够因此忘记我的悲哀，和我们以前的种种。你的装做无情正是你的多情，你的冷酷正是你的仁爱，你真是客套得使我太感到你的热情了。

今晚我醉了，醉得几乎不知道我自己的姓名。但是一杯一杯的酒使我从不大和我相干的事情里逃出，使我认识了有许多东西实在不是属于我的。比如我的衣服，那是如是容易破烂的；比如我的脸孔，那是如是容易变得更清瘦，换一个样子，但是在每杯斟到杯缘的酒杯底我一再见到你的笑容，你的苦笑，那好像一个人站在悬岩边际，将跳下前一刹那的微笑。一杯一杯干下去，你的苦笑一下一下沉到我心里。我也现出苦笑的脸孔了，也参到你的人生妙诀了。做人就是这样子苦笑地站着，随着地球向太空无目的地狂奔，此外并无别的意义。你从生活里得到这么一个教训，你还它以暗淡的冷笑，我现在也是这样了。

你的心死了，死得跟通常所谓成功的人的心一样地麻木；我的心也死了，死得恍惚世界已返于原始的黑暗了。两个死的心再连在一起有什么意义呢？苦痛使我们灰心，把我们的心化做再燃不着的灰烬，这真是"哀莫大于心死"。所以我们是已经失掉了生的意志和爱的能力了，"希望"早葬在坟墓之中了，就说将来会实现也不过是僵尸而已矣。

年纪总算青青，就这么万劫不复地结束，彼此也难免觉得惆怅罢！这么人不知鬼不觉地从生命的行列退出，当个若有若无的人，脸上还涌着红潮的你怎能甘心呢？因此你有时还发出挣扎着的呻吟，那是已堕陷阱的走兽最后的呼声。我却只有望着烟斗的烟雾凝想，现到以前可能，此刻绝难办到的事情。

今晚有一只虫，惭愧得很我不知道它叫做什么，在我耳边细吟，也许你也听到这类虫的声音罢！此刻我们居在地上听着，几百年后我们在地下听着，那有什么碍事呢，虫声总是这么可喜的。也许你此时还听不到虫声，却望着白浪滔天的大海微叹。你看见海上的波涛没有？来时多么雄壮，一会儿却消失得无影无踪，你我的事情也不过大海里的微波罢，也许上帝正凭阑远眺水平线上的苍茫山色，没有注意到我们的一起一伏，那时我们又何必如此夜郎自大，狂诉自个的悲哀呢？

真爱只求一件事

039

▂▃佳作点评 ▐▌▂▃

梁遇春是我国现代著名的散文家，英年早逝，短暂的文学创作生涯中给读者留下很多著名的文章，此文便是其中之一。他的散文笔调效仿英国作家兰姆，具有诗化的特征，智慧的灵光，奇妙的思想和情趣盎然的审美意象在他的散文中焕发出生命的活力。

《苦笑》一文，作者抒写"你走了"之后，"我"颓废的生活状态，笔调哀而不伤，意味悠长。"今晚有一只虫，惭愧得很我不知道它叫做什么，在我耳边细吟，也许你也听到这类虫的声音罢！此刻我们居在地上听着，几百年后我们在地下听着，那有什么碍事呢，虫声总是这么可喜的。也许你此时还听不到虫声，却望着白浪滔天的大海微叹。"灵智的语言，让文章显得严密、精巧，也幻化化出爱的力量。

悼夏丏尊先生

□［中国］郑振铎

夏丏尊先生死了，我们再也听不到他的叹息，他的悲愤的语声了；但静静的想着时，我们仿佛还都听见他的叹息，他的悲愤的语声。

他住在沦陷区里，生活紧张而困苦，没有一天不在愁叹着。是悲天？是悯人？

胜利到来的时候，他曾经很天真的高兴了几天。我们相见时，大家都说道"好了，好了"，个个人的脸上似乎都泯没了愁闷，耀着一层光彩。他也同样的说道："好了，好了！"

然而很快的，便又陷入愁闷之中。他比我们敏感，他似乎失望，愁闷得更迅快些。

他曾经很高兴的写过几篇文章，很提出些正面的主张出来。但过了一会，便又沉默下去，一半是为了身体逐渐衰弱的关系。

他是一个自由主义者，反对一切的压迫和统制。他最富于正义感，看不惯一切的腐败、贪污的现象。他自己曾经说道："自恨自己怯弱，没有直视苦难的能力，却又具有着对于苦难的敏感。"又道："记得自己幼时，逢大雷雨躲入床内；得知家里要杀鸡就立刻逃避；看戏时遇到《翠屏山》

《杀嫂》等戏，要当场出彩，预先俯下头去；以及妻每次产时，不敢走入产房，只在别室中闷闷地听着妻的呻吟声，默祷她安全的光景。"（均见《平屋杂文》）

这便是他的性格。他表面上很恬淡，其实心是热的，他仿佛无所褒贬，其实，心里是泾渭分得极清的。在他淡淡的谈话里，往往包含着深刻的意义。他反对中国人传统的调和与折中的心理。他常常说，自己是一个早衰者，不仅在身体上，在精神上也是如此。他有一篇《中年人的寂寞》：

> 我已是一个中年的人。一到中年，就有许多不愉快的现象，眼睛昏花了，记忆力减退了，头发开始秃脱而且变白了，意兴、体力甚么都不如年轻的时候，常不禁会感觉得难以名言的寂寞的情味。尤其觉得难堪的是知友的逐渐减少和疏远，缺乏交际上的温暖的慰藉。

在《早老者的忏悔》里，他又说道：

> 我今年五十，在朋友中原比较老大。可是自己觉得体力减退，已好多年了。三十五六岁以后，我就感到身体一年不如一年，工作起不得劲，只得是恹恹地勉强挨，几乎无时不觉到疲劳，甚么都觉得厌倦，这情形一直到如今。十年以前，我还只四十岁，不知道我年龄的，都以我是五十岁光景的人，近来居然有许多人叫我"老先生"。论年龄，五十岁的人应该还大有可为，古今中外，尽有活到了七十八十，元气很盛的。可是我却已经老了，而且早已老了。

这是他的悲哀，但他的并不因此而消极，正和他的不因寂寞而厌世一样。他常常愤慨，常常叹息，常常悲愁。他的愤慨、叹息、悲愁，正是他的入世处。他爱世、爱人，尤爱"执著"的有所为的人，和狷介的有所不为的人。他爱年轻人；他讨厌权威，讨厌做作、虚伪的人。他没有机心，表里如一。他藏不住话，有什么便说什么，所以大家都称他"老孩子"。他的天真无邪之处，的确够得上称为一个"孩子"的。

他从来不提防什么人。他爱护一切的朋友，常常担心他们的安全与困苦。我在抗战时逃避在外，他见了面，便问道："没有什么么？"我在卖书过活，他又异常关切的问道："不太穷困么？卖掉了可以过一个时期吧。"

"又要卖书了么？"他见我在抄书目时问道。

我点点头：向来不做乞怜相，装做满不在乎的神气，有点倔强，也有点傲然。但见到他的皱着眉头，同情的叹气时，我几乎也要叹出气来。

他很远的挤上了电车到办公的地方来，从来不肯坐头等，总是挤在拖车里。我告诉他，拖车太颠太挤，何妨坐头等，他总是不改变态度，天天挤，挤不上，再等下一部，有时等了好几部还挤不上。到了办公的地方，总是叹了一口气后才坐下。

"丐翁老了！"朋友们在背后都这么说。我们有点替他发愁，看他显著的一天天的衰老下去。他的营养是那么坏，家里的饭菜不好，吃米饭的时候很少；到了办公的地方时，也只是以一块面包当作午餐。那时候，我们也都吃着烘山芋、面包、小馒头或羌饼之类做午餐，但总想有点牛肉、鸡蛋之类伴着吃，他却从来没有过；偶然是涂些果酱上去，已经算是很奢侈了。我们有时高兴上小酒馆去喝酒，去邀他，他总是不去。

在沦陷时代，他曾经被敌人的宪兵捉去过。据说，有他的照相，也有关于他的记录。他在宪兵队里，虽没有被打、上电刑或灌水之类，但睡在水门汀上，吃着冷饭，他的身体因此益发坏下去。敌人们大概也为他的天真而恳挚的态度所感动吧，后来，对待他很不坏，比别人自由些，只有半个月便被放了出来。

他说，日本宪兵曾经问起了我："你有见到郑某某吗？"他撒了谎，说道："好久好久不见到他了。"其实，在那时期，我们差不多天天见到的。他是那么爱护着他的朋友！

他回家后，显得更憔悴了；不久，便病倒。我们见到他，他也只是叹气，慢吞吞地说着经过，并不因自己的不幸的遭遇而特别觉得愤怒。他永远是悲天悯人的。——连他自己也在内。

在晚年，他有时觉得很起劲，为开明书店计划着出版辞典；同时发愿要译《南藏》。他担任的是《佛本生经》(Jataka) 的翻译，已经译成了若干，有一本仿佛已经出版了。我有一部英译本的"Jataka"，他要借去做参考，我答应了他，可惜我不能回家，托人去找，遍找不到。等到我能够回家，而且找到"Jataka"时，他已经用不到这部书了。我见到它，心里便觉得很难过，仿佛做了一件不可补偿的事。

他很耿直，虽然表面上是很随和。他所厌恨的事，隔了多少年，也还不曾忘记。有一次，在一个宴会上遇到了一个他在杭州第一师范学校教书时代的浙江教育厅长，他便有点不耐烦，叨叨的说着从前的故事。我们都觉得窘，但他却一点也不觉得。

他是爱憎分明的！

他从事教育很久，多半在中学里教书。他的对待学生们从来不采取严肃的督责的态度。他只是恳挚的诱导着他们。

……我入学之后，常听到同学们谈起夏先生的故事，其中有一则我记得最牢，感动得最深的，是说夏先生最初在一师兼任舍监的时候，有些不好的同学，晚上熄灯，点名之后，偷出校门，在外面荒唐到深夜才回来；夏先生查到之后，并不加任何责罚，只是恳切的劝导；如果一次两次仍不见效，于是夏先生第三次就守候着他，无论怎样夜深都守候着他，守候着了，夏先生对他仍旧不加任何责罚，只是苦口婆心，更加恳切地劝导他，一次不成，二次；二次不成，三次……总要使得犯过者真心悔过，彻底觉悟而后已。

——许志行：《不堪回首悼先生》

他是上海立达学园的创办人之一，立达的几位教师对于学生们所应用的也全是这种恳挚的感化的态度。他在国立暨南大学做过国文系主任，因为不能和学校当局意见相同，不久，便辞职不干。此后，便一直过着编译的生活，有时也教教中学。学生们对于他，印象都非常深刻，都敬爱着他。

他对于语文教学，有湛深的研究。他和刘薰宇合编过一本《文章作法》，和叶绍钧合编过《文章讲话》《阅读与写作》及《文心》，也像做国文教师时的样子，细心而恳切的谈着作文的心诀。他自己作文很小心，一字不肯苟且；阅读别人的文章时，也很小心，很慎重，一字不肯放过。从前，《中学生》杂志有过《文章病院》一栏，批评着时人的文章，有发必中；便是他在那里主持着的，他自己也动笔写了几篇东西。

古人说"文如其人"。我们读他的文章，确有此感。我很喜欢他的散文，每每劝他编成集子。《平屋杂文》一本，便是他的第一个散文集子。他毫不做作，只是淡淡的写来，但是骨子里很丰腴。虽然是很短的一篇文章，不署名的，读了后，也猜得出是他写的。在那里，言之有物，是那么深切的混和着他自己的思想和态度。

他的风格是朴素的，正和他为人的朴素一样。他并不堆砌，只是平平的说着他自己所要说的话。然而，没有一句多余的话、不诚实的话，字斟句酌，决不急就。在文章上讲，是"盛水不漏"，无懈可击的。

他的身体是病态的胖肥，但到了最后的半年，显得瘦了，气色很灰暗。营养不良，恐怕是他致病的最大原因。心境的忧郁，也有一部分的因素在内。友人们都说他"一肚皮不合时宜"。在这样一团糟的情形之下，"合时宜"的都是些何等人物，可想而知。怎能怪丏尊的牢骚太多呢！

想到这里，便仿佛还听见他的叹息、他的悲愤的语声在耳边响着。他的忧郁的脸、病态的身体，仿佛还在我们的眼前出现。然而他是去了！永远的去了！那悲天悯人的语调是再也听不到了！

如今是，那么需要由叹息、悲愤里站起来干的人，他如不死，可能会站起来干的。这是超出于友情以外的一个更大的损失。

一九四六年六月

▎佳作点评 ▎▎▁

夏丏尊是我国现代著名的文学家，语言学家。作者在这篇文章中，详细回顾了夏丏尊的为人和为文，写到他的文学成就和教育实践，均从细节出发，由实例切入，给人留下深刻印象。但作者着墨最多的还是夏丏尊先生的愁闷和悲哀，这里既有对夏先生人生态度的分析，亦暗含着对当时社会现实的批判，由此我们得以更深刻地感受到夏先生人格的尊贵，由此我们对夏先生的辞世更加痛惜。

作者不仅仅是出于友谊的关系去感伤与哀叹，而是因为他的死"这是超出于友情以外的一个更大的损失"。

悼许地山先生 ▌▏▎▁ ▁▁ ▁

□〔中国〕郑振铎

　　许地山先生在抗战中逝世于香港。我那时正在上海蛰居，竟不能说什么话哀悼他。——但心里是那么沉痛凄楚着。我没有一天忘记了这位风趣横逸的好友。他是我学生时代的好友之一，真挚而有益的友谊，继续了二十四五年，直到他的死为止。

　　人到中年便哀多而乐少。想起半生以来的许多友人们的遭遇与死亡，往往悲从中来，怅惘无已。有如雪夜山中，孤寺纸窗，卧听狂风大吼，身世之感，油然而生。而最不能忘的，是许地山先生和谢六逸先生，六逸先生也是在抗战中逝去的。记得二十多年前，我住在宝兴西里，他们俩都和我同住着，我那时还没有结婚，过着刻板似的编辑生活，六逸在教书，地山则新从北方来。每到傍晚，便相聚而谈，或外出喝酒。我那时心绪很恶劣，每每借酒浇愁，酒杯到手便干。常常买了一瓶葡萄酒来，去了瓶塞，一口气咕嘟嘟的全都灌下去。有一天，在外面小酒店里喝得大醉归来，他们俩好不容易的把我扶上电车，扶进家门口。一到门口，我见有一张藤的躺椅放在小院子里，便不由自主的躺了下去，沉沉入睡。第二天醒来，却睡在床上。原来他们俩好不容易的又设法把我抬上楼，替我脱了衣服鞋子。我自己是一点知觉也没有了。一想起这两位挚友都已辞世，再见不到他们，再也听不到他们的语声，心里便凄楚欲绝。为什么"悲哀"这东西老跟着人跑呢？为什么跑到后来，竟越跟越紧呢？

地山在北平燕京大学念书。他家境不见得好，他的费用是由闽南某一个教会负担的。他曾经在南洋教过几年书，他在我们这一群未经世故人情磨炼的年轻人里，天然是一个老大哥。他对我们说了许多我们从来没有听到过的话。他有好些书，西文的、中文的，满满的排了两个书架。这是我所最为羡慕的。我那时还在省下车钱来买杂志的时代，书是一本也买不起的。我要看书，总是向人借。有一天傍晚，太阳光还晒在西墙，我到地山宿舍里去。在书架上翻出了一本日本翻版的《泰戈尔诗集》，读得很高兴。站在窗边，外面还亮着。窗外是一个水池，池里有些翠绿欲滴的水草，人工的流泉，在淙淙的响着。

"你喜欢泰戈尔的诗么？"

我点点头，这名字我是第一次听到，他的诗，也是第一次读到。

他便和我谈起泰戈尔的生平和他的诗来。他说道："我正在译他的《吉檀迦利》呢。"随在抽屉里把他的译稿给我看。他是用古诗译的，很晦涩。

"你喜欢的还是《新月集》吧。"便在书架上拿下一本书来。"这便是《新月集》。"他道，"送给你，你可以选着几首来译。"

我喜悦的带了这本书回家。这是我译泰戈尔诗的开始。后来，我虽然把英文本的《泰戈尔集》陆续的全都买了来，可是得书时的喜悦，却总没有那时候所感到的深切。

我到了上海，他介绍他的二哥敦谷给我。敦谷是在日本学画的。一位孤芳自赏的画家，与人落落寡合，所以，不很得意。我编《儿童世界》时，便请他为我作插图。第一年的《儿童世界》，所有的插图全出于他的手。后来，我不编这周刊了，他便也辞职不干。他受不住别人的指挥什么的，他只是为了友情而工作着。

地山有五个兄弟，都是真实的君子人。他曾经告诉过我，他的父亲在台湾做官，在那里有很多的地产。当台湾被日本占去时，曾经宣告过，留在台湾的，仍可以保全财产；但离开了的，却要把财产全部没收。他父亲召集了五个兄弟们来，问他们谁愿意留在台湾，承受那些财产，但他们全都不愿意。他们一家便这样的舍弃了全部资产，回到了大陆。因此，他们变得很穷，兄弟们都不能不很早的各谋生计。

他父亲是丘逢甲的好友。一位仁人志士，在台湾被占时代，尽了很多的力量，写着不少慷慨激昂的诗。地山后来在北平印出了一本诗集。他有一次游台湾，带了几十本诗集去，预备送给他的好些父执，但在海关上，被日本人全部没收了。他们不允许这诗集流入台湾。

地山结婚很早。生有一个女孩子后，他的夫人便亡故，她葬在静安寺的坟场里。地山常常一清早便出去，独自到了那坟地上，在她坟前，默默的站着，不时的带着鲜花去。过了很久，他方才续弦，又生了几个儿女。

他在燕大毕业后，他们要叫他到美国去留学，但他却到了牛津。他学的是比较宗教学。在牛津毕业后，他便回到燕大教书。他写了不少关于宗教的著作；他写着一部《道教史》，可惜不曾全部完成。他编过一部《大藏经引得》。这些，都是扛鼎之作，别的人不肯费大力从事的。

茅盾和我编《小说月报》的时候，他写了好些小说，像《换巢鸾凤》之类，风格异常的别致。他又写了一本《无从投递的邮件》，那是真实的一部伟大的书，可惜知道的人不多。

最后，他到香港大学教书，在那里住了好几年，直到他死。他在港大，主持中文讲座，地位很高，是在"绅士"之列的。在法律上有什么中文解释上的争执，都要由他来下判断。他在这时期，帮助了很多朋友们。他提倡中文拉丁化运动，他写了好些论文，这些，都是他从前所不曾从事过的。他得到广大的青年们的拥护。他常常参加座谈会，常常出去讲演。他素来有心脏病，但病状并不显著，他自己也并不留意静养。

有一天，他开会后回家，觉得很疲倦，汗出得很多，体力支持不住，使移到山中休养着。便在午夜，病情太坏，没等到天亮，他便死了。正当祖国最需要他的时候，正当他为祖国努力奋斗的时候，病魔却夺了他去。这损失是属于国家民族的，这悲伤是属于全国国民们的。

他在香港，我个人也受过他不少帮助。我为国家买了很多的善本书，为了上海不安全，便寄到香港去；曾经和别的人商量过，他们都不肯负这责任，不肯收受，但和地山一通信，他却立刻答应了下来。所以，三千多部的元明本书、抄校本书，都是寄到港大图书馆，由他收下的。这些书，是国家的无价之宝，虽然在日本人陷香港时曾被他们全部取走，而现在又在日本发现，全部要取回来，但那时如果仍放在上海，其命运恐怕要更劣于此。——也许要散失了，被抢得无影无踪了。这种勇敢负责的行为，保存民族文化的功绩，不仅我个人感激他而已！

他名赞堃，写小说的时候，常用落花生的笔名。"不见落花生么？花不美丽，但结的实却用处很大，很有益。"当我问他取这笔名之意时，他答道。

他的一生都是有益于人的，见到他便是一种愉快。他胸中没有城府。他喜欢谈话，他的话都是很有风趣的，很愉快的。老舍和他都是健谈的，他们俩曾经站在伦敦的街头，谈个三四个钟点，把别的约会都忘掉。我们聚谈的时候，也往往消磨掉整个黄昏，整个晚上而忘记了时间。

他喜欢做人家所不做的事。他收集了不少小古董，因为他没有多余的钱买珍贵的古物。他在北平时，常常到后门去搜集别人所不注意的东西。他有一尊元朝的木雕像，绝为隽秀，又有元代的壁画碎片几方，古朴有力。他曾经搜罗了不少"压胜钱"，预备做一部压胜钱谱，抗战后，不知这些宝物是否还保存无恙。他要研究中国服装史，这工作到今日还没有人做。为了要知道"纽扣"的起源，他细心的在查古画像、古雕刻和其他许多有关的资料。他买到了不少摊头上鲜有人过问的"喜神像"，还得到很多玻璃的画片。这些，都是与这工作有关的。可惜牵于他故，牵于财力、时力，这伟大的工作，竟不能完成。

我写中国版画史的时候，他很鼓励我。可惜这工作只做了一半，也困于财力而未能完工。我终要将这工作完成的，然而地山却永远见不到它的全部了！

他心境似乎一直很愉快，对人总是很高兴的样子。我没有见他疾言厉色过；即遇怫意的事，他似乎也没有生过气。然而当神圣的抗战一开始，他便挺身出来，献身给祖国，为抗战做着应该做的工作。

抗战使这位在研究室中静静的工作着的学者，变为一位勇猛的斗士。

他的死亡，使香港方面的抗战阵容失色了。他没有见到胜利而死，这不幸岂仅是他个人的而已！

他如果还健在，他一定会更勇猛的为和平建国、民主自由而工作着的。

失去了他，不仅是失去了一位真挚而有益的好友，而且是，失去了一位最坚贞、最有见地、最勇敢的同道的人。我的哀悼实在不仅是个人的友情的感伤！

1946 年 7 月

▎佳作点评 ▎

郑振铎和许地山是学生时代的好友，真挚而有益的友谊，继续了二十四五年，这是多么的难能可贵。可想而知，得到好友去世的消息，对郑振铎来说是多么沉重的打击，斯人已去，只能写些纪念性质的文章，去缅怀，去追忆。

文章记述了两人几十年来交往的点点滴滴，两人的喝酒、看书、写作以及各自的爱好，这既是对亡友的深切悼念，也是对郁积在心中的块垒的释放。两人是君子之交，二十多年如一日，保持着纯洁友谊，相互支持，相互帮扶，反映了那个时代正直文人的情趣、风格和节操，令人钦佩和神往。

对于好朋友的去世，作者悲痛不已，但作者的哀悼并不局限于个人的友情。"失去了他，不仅是失去了一位真挚而有益的好友，而且是，失去了一位最坚贞、最有见地、最勇敢的同道的人。我的哀悼实在不仅是个人的友情的感伤！"这一句点出作者悼念许地山的更深意义，是全文的核心。

追悼志摩 ▌▌▖▖▄▗▗▖▄▄

□ ［中国］胡适

中国书籍文学馆·精品赏析 感时伤怀

悄悄的我走了，

正如我悄悄的来，

我挥一挥衣袖，

不带走一片云彩；

——《再别康桥》

志摩这一回真走了！可不是悄悄的走。在那淋漓的大雨里，在那迷蒙的大雾里，一个猛烈的大震动，三百匹马力的飞机碰在一座终古不动的山上，我们的朋友额上受了一个致命的撞伤，大概立刻失去了知觉，半空中起了一团大火，像天上陨了一颗大星似的直掉下地去。我们的志摩和他的两个同伴就死在那烈焰里了！

我们初得着他的死信，却不肯相信，都不信志摩这样一个可爱的人会死的这么惨酷；但在那几天的精神大震撼稍稍过去之后，我们忍不住要想，那样的死法也许只有志摩最配。我们不相信志摩会"悄悄的走了"，也不忍想志摩会死一个"平凡的死"，死在天空之中，大雨淋着，大雾笼罩着，大火焚烧着，那撞不倒的山头在旁边冷眼瞧着，我们新时代的新诗人，就是要自己挑一种死法，也挑不出更合式，更悲壮的志摩走了，我们这个世界里被他带走了不少的云彩。他在我们这些朋友之中，真是一片最可爱的云彩，永远是温暖的颜色，永远是美的花样，永远是可爱。他常说：

我不知道风

是在那一个方向吹——

我们也不知道风是在那一个方向吹，可是狂风过去之后，我们的天空变惨淡了，变寂寞了，我们才感觉我们的天上的一片最可爱的云彩被狂风卷去了，永远不回来了！

这十几天里，常有朋友到家里来谈志摩，谈起来常常有人痛哭。在别处痛哭他的，一定还不少。志摩所以能使朋友这样哀念他，只是因为他的为人整个的只是千团同情心，只是一团爱。叶公超先生说：

"他对于任何人，任何事，从未有过绝对的怨恨，甚至于无意中都没有表示过一些憎嫉的神气。"

陈通伯先生说，尤其朋友里缺不了他。他是我们的连索，他是黏着性的，发酵性的。在这七八年中，国内文艺界里起了不少的风波，吵了不少的架，许多很熟的朋友往往弄的不能见面。但我没有听见有人怨恨过志摩；谁也不能抵抗志摩的同情心，谁也不能避开他的黏着性。他才是和事的无穷的同情，使我们老，他总是朋友中间的"连索"。他从没有疑心，他从不会妒忌。使这些多疑善妒的人们十分惭愧，又十分羡慕。

他的一生真是爱的象征。爱是他的宗教，他的上帝。

我攀登了万仞的高冈，

荆棘扎烂了我的衣裳，

我向飘渺的云天外望——

上帝，我望不见你！

……

我在道旁见一个小孩：

活泼，秀丽，褴褛的衣衫；

他叫声"妈"，眼里亮着爱——

上帝，他眼里有你！

——《他眼里有你》

志摩今年在他的《猛虎集自序》里，曾说他的心境是"一个曾经有单纯信仰的流入怀疑的颓废"。这句话是他最好的自述。他的人生观真是一种"单纯信仰"，这里面只有三个大字：一个是爱，一个是自由，一个是美。他梦想这三个理想的条件能够会合在一个人生里，这是他的"单纯信仰"。他的一生的历史，只是他追求这个单纯信仰的实现的历史。

社会上对于他的行为，往往有不谅解的地方，都只因为社会上批评他的人不曾懂得志摩的"单纯信仰"的人生观。他的离婚和他的第二次结婚，是他一生最受社会严厉批评的两件事。现在志摩的棺已盖了，而社会上的议论还未定。但我们知道这两件事的人，都能明白，至少在志摩的方面，"这两件事最可以代表志摩的单纯理想的追求。他万分诚恳的相信那两件事都是他实现那"美与爱与自由"的人生的正当步骤。这两件事的结果，在别人看来，似乎都不曾能够实现志摩的理想生活。但到了今日，我们还忍用成败来议论他吗？

我忍不住我的历史癖，今天我要引用一点神圣的历史材料，来说明志摩决心离婚时的心理。民国十一年三月，他正式向他的夫人提议离婚，他告诉她，他们不应该继续他们的没有爱情没有自由的结婚生活了，他提议"自由之偿还自由"，他认为这是"彼此重见生命之曙光，不世之荣业"。他说：

> 故转夜为日，转地狱为天堂，直指顾间事矣。……真生命必自奋斗自求得来，真幸福亦必自奋斗自求得来，真恋爱亦必自奋斗自求得来！彼此前途无限，……彼此有改良社会之心，彼此有造福人类之心，其先自作榜样，勇决智断，彼此尊重人格，自由离婚，止绝苦痛，始兆幸福，皆在此矣。

这信里完全是青年的志摩的单纯的理想主义，他觉得那没有爱又没有自由的家庭是可以摧毁他们的人格的，所以他下了决心，要把自由偿还自由，要从自由求得他们的真生命，真幸福，真恋爱。

后来他回国了，婚是离了，而家庭和社会都不能谅解他。最奇怪的是他和他已离婚的夫人通信更勤，感情更好。社会上的人更不明白了。志摩是梁任公先生最爱护的学生，所以民国十二年任公先生曾写一封很恳切的信去劝他。在这信里，任公提出两点：

> 其一，万不容以他人之苦痛，易自己之快乐。弟之此举，其于弟将来之快乐能得与否，殆茫如捕风，然先已予多数人以无量之苦痛。
>
> 其二，恋爱神圣为今之少年所乐道。……兹事盖可遇而不可求；……况多情多感之人，其幻想起落鹘突，而得满足得宁帖也极难。所梦想之神圣境界恐终不可得，徒以烦恼终其身已斗。

任公又说：

> 呜呼志摩！天下岂有圆满之宇宙？……当知吾侪以不求圆满
> 为生活态度，斯可以领略生活之妙味矣。……若沉迷于不可必得
> 之令境，挫折数次，生意尽矣，郁邑侘傺以死，死为无名。死犹
> 可也，最可畏者，不死不生而堕落至不复能自拔。呜呼志摩，可
> 无惧耶！可无惧耶！（十二年一月二日信）

任公一眼看透了志摩的行为是追求一种"梦想的神圣境界"，他料到
他必要失望，又怕他少年人受不起几次挫折，就会死，就会堕落。所以他
以老师的资格警告他："天下岂有圆满之宇宙？"

但这种反理想主义是志摩所不能承认的。他答复任公的信，第一不承
认他是把他人的苦痛来换自己的快乐。他说：

> 我之甘冒世之不韪，竭全力以斗者，非特求免凶惨之苦痛，
> 实求良心之安顿，求人格之确立，求灵魂之救度斗。
>
> 人谁不求庸德？人谁不安现成？人谁不畏艰险？然且有突围
> 而出者，夫岂得已而然哉？

第二，他也承认恋爱是可遇而不可求的，但他不能不去追求。
他说：

> 我将于茫茫人海中访我惟一灵魂之伴侣；得之，我幸；不
> 得，我命，如此而已。

他又相信他的理想是可以创造培养出来的。他对任公说：

嗟夫吾师！我尝备我灵魂之精髓，以凝成一理想之明珠，涵之以热满之心血，朗照我深奥之灵府。而庸俗总之嫉之，辄欲麻木其灵魂，捣碎其理想，杀灭其希望，污毁其纯洁！我之不流入堕落，流入庸懦，流入卑污，其几亦微矣！

我今天发表这三封不曾发表过的信，因为这几封信最能表现那个单纯的理想主义者徐志摩。他深信理想的人生必须有爱，必须有自由，必须有美：他深信这种三位一体的人生是可以追求的，至少是可以用纯洁的心血培养出来的。——我们若从这个观点来观察志摩的一生，他这十年中的一切行为就全可以了解了。我还可以说，只有从这个观点上才可以了解志摩的行为；我们必须先认清了他的单纯信仰的人生观，方才认得清志摩的为人。

志摩最近几年的生活，他承认是失败。他有一首《生活》的诗，诗是暗惨的可怕：

阴沉，黑暗，毒蛇似的蜿蜒，

生活逼成了一条甬道：

一度陷入，你只可向前，

手相索着冷壁的粘潮，

在妖魔的脏腑内挣扎，

头顶不见一线的天光，

这魂魄，在恐怖的压迫下，

除了消灭更有什么愿望？

（十九年五月二十九日）

他的失败是一个单纯的理想主义者的失败。他的追求，使我们惭愧，因为我们的信心太小了，从不敢梦想他的梦想。他的失败，也应该使我们对他表示更深厚的恭敬与同情，因为偌大的世界之中，只有他有这信心，冒了绝大的危险，费了无数的麻烦，牺牲了一切平凡的安逸，牺牲了家庭的亲谊和人间的名誉，去追求，去试验一个"梦想之神圣境界"，而终于免不了惨酷的失败；"也不完全是他的人生观的失败。他的失败是因为他的信仰太单纯了，而这个现实世界太复杂了，他的单纯的信仰禁不起这个现实世界的摧毁；正如易卜生的诗剧 brand 里的那个理想主义者，抱着他的理想，在人间处处碰钉子；碰的焦头烂额，失败而死。

然而我们的志摩"在这恐怖的压迫下"，从不叫一声"我投降了"！他从不曾完全绝望，他从不曾绝对怨恨谁。他对我们说：

> 你们不能更多的责备。我觉得我已是满头的血水，能不低头已算是好的。（《猛虎集自序》）

是的，他不曾低头。他仍旧昂起头来做人；"他仍旧是他那一团的同情心，一团的爱。我们看他替朋友做事，替团体做事，他总是仍旧那样热心，仍旧那样高兴。几年的挫折，失败，苦痛，似乎使他更成熟了，更可爱了。

他在苦痛之中，仍旧继续他的歌唱。他的诗作风也更成熟了。他所谓"初期的汹涌性"固然是没有了，作品也减少了；但是他的意境变深厚了，笔致变淡远了，技术和风格都更进步了。这是读《猛虎集》的人都能感觉到的。

志摩自己希望今年是他的"一个真正的复活的机会"。他说：

> 抬起头居然又见到了。眼睛睁开了，心也跟着开始了跳动。

我们一班朋友都替他高兴。他这几年来想用心血浇灌的花也许是枯萎的了；但他的同情，他的鼓舞，早又在别的园里种出了无数的可爱的小树，开出了无数可爱的鲜花。他自己的歌唱有一个时代是几乎消沉了；但他的歌声引起了他的园地外无数的歌喉，嘹亮的唱，哀怨的唱，美丽的唱。这就是他的安慰，都使他高兴。

谁也想不到在这个最有希望的复活时代，他竟丢了我走了！他的《猛虎集》里有一首咏一只黄鹂的诗，现在重了，好像他在那里描写他自己的死，和我们对他的死的悲哀：

等候他唱，我们静着望，

怕惊了他。

但他一展翅，冲破浓密，化一朵彩云：

他飞了，不见了，没了——

像是春光，火焰，像是热情。

志摩这样一个可爱的人，真是一片春光，一团火焰，一腔热情。现在难道都完了？

决不！决不！志摩最爱他自己的一首小诗，题目叫《偶然》，在他的《卞昆冈》剧本里，在那个可爱的孩子阿临死时，那个瞎子弹着三弦，唱着这首诗：

我是天空里的一片云，

偶尔投影在你的波心——

你不必讶异，

更无需欢喜——

在转瞬间消灭了踪影。

你我相逢在黑暗的海上，

你有你的，我有我的，方向。

你记得也好，

最好你忘掉，

在这交会互放的光亮！

　　朋友们，志摩是走了，但他投的影子会永远留在我们心里，他放的光亮也会永远留在人间，他不曾白来了一世。我们有了他做朋友，也可以安慰自己说不曾白来了一世。我们忘不了他和我们：

在那交会时互放的光亮！

二十年，十二月，三 夜。

．． 佳作点评 ▌▌▌▖▖

　　1931 年 11 月 19 日，一代才子徐志摩因飞机失事罹难，年仅三十五岁。这不仅使他的亲人和朋友感到震惊和悲痛，也给当时的文坛带来了极大的轰动。各界人士都在报纸杂志上，发表了许多纪念、哀悼徐志摩的文章，本篇文章就是其中难得的名篇。

　　胡适与徐志摩两人身为挚友，相交甚深，这篇悼亡文章写得情深意切。但胡适为徐志摩所作的本篇文章，并非如一般人所作的单为悼念的文字，而是很公允地评价了徐志摩。因为"社会上对他的行为，往往有不谅解的地方"。他的信仰单纯：爱，自由，美；而社会的不理解正来自于对徐志摩三位一体的"单纯信仰"的不理解。全文用徐志摩的诗贯穿始终，书写着徐志摩，也诠释着徐志摩。

志摩在回忆里 ▌▍▂ ▖▖ ▃

□［中国］郁达夫

新诗传宇宙，竟尔乘风归去，同学同庚，老友如君先宿草。

华表托精灵，何当化鹤重来，一生一死，深闺有妇赋招魂。

这是我托杭州陈紫荷先生代作代写的一副挽志摩的挽联。陈先生当时问我和志摩的关系，我只说他是我自小的同学，又是同年，此外便是他这一回的很适合他身分的死。

做挽联我是不会做的，尤其是文言的对句。而陈先生也想了许多成句，如"高处不胜寒""犹是深闺梦里人"之类，但似乎都寻不出适当的上下对，所以只成了上举的一联。这挽联的好坏如何，我也不晓得，不过我觉得文句做得太好，对仗对得太工，是不大适合于哀挽的本意的。悲哀的最大表示，是自然的目瞪口呆，僵若木鸡的那一种样子，这我在小曼夫人当初次接到志摩的凶耗的时候曾经亲眼见到过。其次是抚棺的一哭，这我在万国殡仪馆中，当日来吊的许多志摩的亲友之间曾经看到过。至于哀挽诗词的工与不工，那却是次而又次的问题了；我不想说志摩是如何如何的伟大，我不想说他是如何如何的可爱，我也不想说我因他之死而感到怎么怎么的悲哀，我只想把在记忆里的志摩来重描一遍，因而再可以想见一次他那副凡见过他一面的人谁都不容易忘去的面貌与音容。

大约是在宣统二年（一九一○）的春季，我离开故乡的小市，去转入当时的杭府中学读书，——上一期似乎是在嘉兴府中读的，终因路远之故而转入了杭府——那时候府中的监督，记得是邵伯炯先生，寄宿舍是大方伯的图书馆对面。

当时的我，是初出茅庐的一个十四岁未满的乡下少年，突然间闯入了省府的中心，周围万事看起来都觉得新异怕人。所以在宿舍里，在课堂上，我只是诚惶诚恐，战战兢兢，同蜗牛似地蜷伏着，连头都不敢伸一伸出壳来。但是同我的这一种畏缩态度正相反的，在同一级同一宿舍里，却有两位奇人在跳跃活动。

一个是身体生得很小，而脸面却是很长，头也生得特别大的小孩子。我当时自己当然总也还是一个小孩子，然而看见了他，心里却老是在想："这顽皮小孩，样子真生得奇怪"，仿佛我自己已经是一个大孩似的。还有一个日夜和他在一块，最爱做种种淘气的把戏，为同学中间的爱戴集中点的，是一个身材长得相当的高大，面上也已经满示着成年的男子的表情，由我那时候的心里猜来，仿佛是年纪总该在三十岁以上的大人，——其实呢，他也不过和我们上下年纪而已。

他们俩，无论在课堂上或在宿舍里，总在交头接耳的密谈着，高笑着，跳来跳去，和这个那个闹闹，结果却终于会出其不意地做出一件很轻快很可笑很奇特的事情来吸收大家的注意的。

而尤其使我惊异的，是那个头大尾巴小，戴着金边近视眼镜的顽皮小孩，平时那样的不用功，那样的爱看小说——他平时拿在手里的总是一卷有光纸上印着石印细字的小本子——而考起来或作起文来却总是分数得得最多的一个。

象这样的和他们同住了半年宿舍，除了有一次两次也上了他们一点小当之外，我和他们终究没有发生什么密切一点的关系；后来似乎我的宿舍也换了，除了在课堂上相聚在一块之外，见面的机会更加少了。年假之后第二年的春天，我不晓为了什么，突然离去了府中，改入了一个现在似乎也还没有关门的教会学校。从此之后，一别十余年，我和这两位奇人——一个小孩，一个大人——终于没有遇到的机会。虽则在异乡飘泊的途中，也时常想起当日的旧事，但是终因为周围环境的迁移激变，对这微风似的少年时候的回忆，也没有多大的留恋。

民国十三四年——一九二三、四年——之交，我混迹在北京的软红尘里；有一天风定日斜的午后，我忽而在石虎胡同的松坡图书馆里遇见了志摩。仔细一看，他的头，他的脸，还是同中学时候一样发育得分外的大，而那矮小的身材却不同了，非常之长大了，和他并立起来，简直要比我高一二寸的样子。

他的那种轻快磊落的态度，还是和孩时一样，不过因为历尽了欧美的游程之故，无形中已经锻炼成了一个长于社交的人了。笑起来的时候，可还是同十几年前的那个顽皮小孩一色无二。

从这年后，和他就时时往来，差不多每礼拜要见好几次面。他的善于座谈，敏于交际，长于吟诗的种种美德，自然而然地使他成了一个社交的中心。当时的文人学者，达官丽妹，以及中学时候的倒霉同学，不论长幼，不分贵贱，都在他的客座上可以看得到。不管你是如何心神不快的时候，只教经他用了他那种浊中带清的洪亮的声音，"喂，老×，今天怎么样？什么什么怎么样了？"的一问，你就自然会把一切的心事丢开，被他的那种快乐的光耀同化了过去。

正在这前后，和他一次谈起了中学时候的事情，他却突然的呆了一呆，张大了眼睛惊问我说：

"老李你还记得起记不起？他是死了哩！"

这所谓老李者，就是我在头上写过的那位顽皮大人，和他一道进中学的他的表哥哥。

其后他又去欧洲，去印度，交游之广，从中国的社交中心扩大而成为国际的。于是美丽宏博的诗句和清新绝俗的散文，也一年年的积多了起来。一九二七年的革命之后，北京变了北平，当时的许多中间阶级者就四散成了秋后的落叶。有些飞上了天去，成了要人，再也没有见到的机会了，有些也竟安然地在牖下到了黄泉；更有些，不死不生，仍复在歧路上徘徊着，苦闷着，而终于寻不到出路。是在这一种状态之下，有一天在上海的街头，我又忽而遇见志摩。

"喂，这几年来你躲在什么地方？"

兜头的一喝，听起来仍旧是他那一种洪亮快活的声气。在路上略谈了片刻，一同到了他的寓里坐了一会，他就拉我一道到了大赉公司的轮船码头。因为午前他刚接到了无线电报，诗人太果尔回印度的船系定在午后五时左右靠岸，他是要上船去看看这老诗人的病状的。

当船还没有靠岸，岸上的人和船上的人还不能够交谈的时候，他在码头上的寒风里立着——这时候似乎已经是秋季了——静静地呆呆地对我说：

"诗人老去，又遭了新时代的摈斥，他老人家的悲哀，正是孔子的悲哀。"

因为泰戈尔这一回是新从美国日本去讲演回来，在日本在美国都受了一部分新人的排斥，所以心里是不十分快活的；并且又因年老之故，在路上更染了一场重病。志摩对我说这几句话的时候，双眼呆看着远处，脸色变得青灰，声音也特别的低。我和志摩来往了这许多年，在他脸上看出悲哀的表情来的事情，这实在是最初也便是最后的一次。

从这一回之后，两人又同在北京的时候一样，时时来往了。可是一则因为我的疏懒无聊，二则因为他跑来跑去的教书忙，这一两年间，和他聚谈时候也并不多。今年的暑假后，他于去北平之先曾大宴了三日客。头一天喝酒的时候，我和董任坚先生都在那里。董先生也是当时杭府中学的旧同学之一，席间我们也曾谈到了当时的杭州。在他遇难之前，从北平飞回来的第二天晚上，我也偶然的，真真是偶然的，闯到了他的寓里。

那一天晚上，因为有许多朋友会聚在那里的缘故，谈谈说说，竟说到了十二点过。临走的时候，还约好了第二天晚上的后会才兹分散。但第二天我没有去，于是就永久失去了见他的机会了，因为他的灵柩到上海的时候是已经敛好了来的。

文人之中，有两种人最可以羡慕。一种是象高尔基一样，活到了六七十岁，而能写许多有声有色的回忆文的老寿星，其他的一种是如叶赛宁一样的光芒还没有吐尽的天才夭折者。前者可以写许多文学史上所不载的文坛起伏的经历，他个人就是一部纵的文学史。后者则可以要求每个同时代的文人都写一篇吊他哀他或评他骂他的文字，而成一部横的放大的文苑传。

现在志摩是死了，但是他的诗文是不死的，他的音容状貌可也是不死的，除非要等到认识他的人老老少少一个个都死完的时候为止。

∎佳作点评 ▎▖

中国有句古语，叫作"君子之交淡如水"，这句话放在郁达夫和徐志摩身上，大概最合适不过了。作者自认与徐志摩的关系，只是"自小的同学"。确实，正如文章中郁达夫所写到的，他们有过半年同窗之谊，但在他们步入文学巅峰时，互相欣赏应该是真的。徐志摩说郁达夫的写作是"不留余沥的倾倒他自己的灵魂"，至于郁达夫对徐志摩的评价是什么，看完这篇文章也就能了解了。

郁达夫在文末把高尔基和叶赛宁的人生拿来作对比，得出结论：生命的价值和意义并不在于寿命的长短，而在于自己生命的广度和厚度；进而写到，徐志摩的人生虽然是短暂的，但他留给世人的精神和文学财富是不朽的。

真爱只求一件事

□ ［中国］潘向黎

时光飞逝，又一个世纪快要结束了。不知道为什么，我觉得本世纪人类在爱的艺术上没有长进，反而退步了；外部物质条件越来越好，自由度越来越大，可是，让人感动的真正的爱情却越来越稀少。年轻的一代似乎是爱情免疫者，早早就学会了世故权衡、理智算计，按时开始异性间的厮混游戏，却不能单纯地、纯粹地去爱。成年人也有问题，大家习惯于嘲笑真挚、强烈的感情，仿佛那是一种可耻的疾病，公开的冷漠、自私倒是入时的表现。

也许，初恋时我们不懂爱情，可是此后呢？该不该确定自己是否真的在爱？衡量的标准是什么？人怎么才确知自己是在恋爱而不是安慰寂寞、满足虚荣、消除生理苦闷或者其他？

有一本叫《渴望激情》的长篇小说相当畅销，在朋友的推荐下，我也买了一本。这本书使我印象最深的是这样一段对话，发生在女主人公和她的异国情人之间的一段对话。

"你能永远对我这么好么？"她问。

"如果我能永远爱你。"他说。

"你能永远爱我吗？"她问。

"如果我能永远活着。"

"你能永远活着么？"

"为了爱你，我能。"他说。

是很动人的对话，同时也揭示了爱的某些本质。爱一旦发生，不会去想什么"不求天长地久，只要曾经拥有"之类的屁话，只会不管不顾地渴望"永远"、要求永恒。如果爱情强烈，就会使人对"永远爱你""永远活着"深信不移，在深爱的人之间，没有可能的界限，只有付出、奉献的无限渴望。正如小说紧接着写到的那样，爱是"先为对方，为对方想，为对方做"，而自己在这同时"感到幸福"。如果承认这一点，那等于说，不懂真爱的人，把自己放到第一位，能保证不受伤，但是和幸福无缘。

爱，是在付出中完成它自己的，你不能希望通过自私的途径实现它。现代人也许就是因为太爱自己了，所以自己成了爱情最大的障碍。他们到处寻找爱情，但是他们走到哪里，爱情就纷纷躲避，因为他们没有脱下自私的铠甲。

现代人已经把爱情弄得空前复杂、空前技术化了——先把爱和婚姻分开，又使爱和性脱离，不仅有无爱的婚姻、无婚姻的爱，还出现了无爱的性和无性的婚姻。最美好、纯粹的感情天地变得乌烟瘴气。具有讽刺意味的是，在感情危机日益增多的同时，指导如何去爱、如何取悦对方的文章和书大行于世。爱既不是一个抽象的命题，也不是一个机械的技术行为，它如何能在这种简单、片面甚至低级、庸俗的"技术指导"下顺利进行？如果能够，那些"性爱专家"的英名早就因解救人类的功勋而载入史册了。

其实爱情虽然是最困难的事，但又是最简单的。说困难是因为可遇而不可求，谁也无法急取，更无法控制，而且它因人而异，独一无二，不可重演，不可修复。说简单是因为，爱就是爱，不爱就是不爱，如果不爱，没有什么可以商量的，如果爱了，也没有必要商量，一切都是再自然不过的事。

哪有那么多的算计、犹豫，真爱只求一件事：要所爱的人紧紧握住自己的手，再不松开。

真爱一个人，不是因为他能带给你什么而爱他，而是因为爱他而准备接受他带来的一切；真爱一个人，就是不在乎别人对你是否赞美，只在乎他的肯定与怜惜；真爱一个人，就是不指望他让你能在人前夸耀，但一定要在最深的心底有这样的把握：即使全世界与你为敌，他也会站在你身边，他宁可背叛全世界，也不背叛你。

真爱只求一件事，就是彼此深深地、深深地爱着。除此之外，都与爱情无关。

作者在文章中，探讨了现代人的爱情现象，对"现代人已经把爱情弄得空前复杂、空前技术化了"进行了批评，提出了自己的爱情观，那就是"彼此深深地、深深地爱着。除此之外，都与爱情无关"。这样的爱情，当然是一种真爱，如水一样纯粹透明，不掺杂一丝杂质。

作者的文字简洁、唯美、纯情，真爱的境界在她的笔下变得明朗而清晰，为读者点亮了一盏心灵之灯！

如何安度晚年 ▌▎▁▁▁ ▁▁

□〔英国〕罗素

从心理的角度来看，人到老年需避免两种倾向：一是过分地沉湎于往事。人不能生活于回忆之中，亦不能生活于对美好往昔的感怀或对已故友人的哀念之中。人们应当举目未来，时刻去想需要自己再做点什么。要做到这一点并非易事，因为往事的影响总是与日俱增。人到老年总会认为昔日的情感要比现在强烈奔放，头脑也远比如今敏锐灵活。如果事实果真如此，那么就需要学会忘却，一旦抛开了昔日的纠缠，那你便能勇敢地面对现实。第二种应当避免的倾向是依恋年轻人，期求从他们蓬勃的活力中汲取力量。儿女们长大成人之后，都会照自己的意愿安排生活。如果你还像他们年幼时那样，事无巨细，处处关心，你便会成为他们生活的累赘，除非他们痴呆迟钝。当然，老人关怀子女是情理中的事，但这种关怀应当含蓄而有分寸，而不应过分感情用事。在动物界，幼子一旦能独立谋生，它们的父母便不再关注它们的生存。而人类因幼年期较长，久不谙事，父母对子女的关注总是久难舍弃。

在我看来，那些爱好广泛、活动适度，而又难为个人情感左右的人，可以顺利成功地度过老年。从这个意义上来讲，长寿才真正有益，老年人由经验凝炼出的智慧也才可以得以正常的发挥。仅仅是告诫年轻人别犯错误是难以收到实效的，因为一来年轻人很难接受劝告，二来犯错误原本就是教育的主要手段之一。但是，老年人一旦受着个人情感的左右，就会觉得如果将自己的心思从儿孙身上挪开，生活便会显得空虚。如果事实果真如此，那么，当你还有能力为子女们提供物质帮助，比如资助他们一笔钱，或为他们编织毛衣之时，你就应当明了并非子女们的快活幸福仅是因为有了你的陪伴扶助。

有的老人常因害怕死亡而郁闷苦恼。对年轻人来说，恐惧死亡可以理解。有的年轻人还担心战争会夺去他们的生命。一想到生活在他们面前展示的种种美好景象会突然消失，他们就会深陷于痛苦之中。这种恐惧应当说是情有可原。但是，对一位历尽了人世悲欢、已履行了自己社会责任的老人，恐惧死亡就显得有些可怜，甚至可耻了。克服这种恐惧的最好办法是——至少我持这种观点——逐渐拓宽自己的兴趣范围，摆脱个人情感的支配，让包绕自我的围墙渐渐离你而去，而你自己的生活则越来越多地融汇到社会生活的波浪之中。每一个人的生活都应当像是河流，开始是涓涓细流，在狭窄的山间艰难穿行，然后热烈地冲过巨石，泻下瀑布。渐渐地，河床变得宽广，河岸得以扩展，河水趋于舒坦平缓。最后，河水汇入海洋，不再有中断和停顿，毫无惊悸痛苦地消逝了自身。能如此来看待自己一生的老人，便不会因死亡而恐惧，而痛苦，因为他的生命，他之所爱，都将因为汇入了海洋而继续存在。

老年人随着精力的衰竭，将日益感受到生命的疲惫，此时长眠将会是一种愉快的解脱。我渴望能逝于尚能劳作之时，我未竟的事业将由后来人所继承。令我深感安慰的是，我已经对这个世界倾尽所能。

　　罗素是一位著名的哲学家和思想家，也是一位杰出的文学家，曾荣获诺贝尔文学奖。在这篇哲理小品中，罗素对人类如何面对死亡，进行了深入的思考，对我们如何在社会中找到自己的价值和意义，如何安享晚年，提出了中肯的意见。这篇文章不长，饱含形象的比喻和精练的警句，意境宽阔，充满睿智。

　　爱因斯坦曾经说过：“阅读罗素作品，是我一生中最快乐的时光。”这篇文章谈的是一些并不轻松的话题，但罗素的流畅的笔触，温馨的叙说，还是让我们感到了快乐的意味。

我的心灵告诫我

情感和激情的网是既精微而又繁复的，连最谨严的思辨也很难从其中清楚地理出一条线索来，把它从错综复杂的牵连中一直理到底。

　　　　　　　　　　　　　　　　　　　　　　——莱辛

怀鲁迅

□ ［中国］郁达夫

真是晴天霹雳，在南台的宴会席上，忽而听到了鲁迅的死！

发出了几通电报，荟萃了一夜行李，第二天我就匆匆跳上了开往上海的轮船。

二十二日上午十时船靠了岸，到家洗一个澡，吞了两口饭，跑到胶州路万国殡仪馆去，遇见的只是真诚的脸，热烈的脸，悲愤的脸，和千千万万将要破裂似的青年男女的心肺与紧捏的拳头。

这不是寻常的丧葬，这也不是沉郁的悲哀，这正像是大地震要来或黎明将到时充塞在天地之间的一瞬间的寂静。

生死，肉体，灵魂，眼泪，悲叹，这些问题与感觉，在此地似乎太渺小了，在鲁迅的死的彼岸，还照耀着一道更伟大、更猛烈的寂光。

没有伟大的人物出现的民族，是世界上最可怜的生物之群；有了伟大的人物，而不知拥护、爱戴、崇仰的国家，是没有希望的奴隶之邦。因鲁迅的一死，使人们自觉出了民族的尚可以有为，也因鲁迅之一死，使人家看出了中国还是奴隶性很浓厚的半绝望的国家。

鲁迅的灵柩，在夜阴里被埋入浅土中去了；西天角却出现了一片微红的新月。

1936 年 10 月 24 日在上海

佳作点评

这篇文章记录了诗人郁达夫在得到鲁迅逝世的消息后内心的真实感受。

文章一开头就用了"真是晴天霹雳"，使得感情紧张激烈，接着，先是发出"几通电报""第二天我就匆匆跳上了开往上海的轮船"……从这一系列急促的行动中，可以看出作者对鲁迅逝世的震惊，和与鲁迅深厚的感情。

紧接着，作者怀着激愤的心情，借鲁迅之死，对社会现象进行抨击，"没有伟大的人物出现的民族，是世界上最可怜的生物之群；有了伟大的人物，而不知拥护、爱戴、崇仰的国家，是没有希望的奴隶之邦。"这种忧国忧民的态度，也正是那一代知识分子的真实面貌。

悲剧的出生

□ ［中国］郁达夫

"丙申年，庚子月，甲午日，甲子时"，这是因为近年来时运不佳，东奔西走，往往断炊，室人于绝望之余，替我去批来的命单上的八字。开口就说年庚，倘被精神异状的有些女作家看见，难免得又是一顿痛骂，说："你这丑小子，你也想学起张君瑞来了么？下流，下流！"但我的目的呢，倒并不是在求爱，不过想大书特书地说一声，在光绪二十二年十一月初三的夜半，一出结构并不很好而尚未完成的悲剧出生了。

光绪的二十二年（西历1896）丙申，是中国正和日本战败后的第三年；朝廷日日在那里下罪己诏，办官书局，修铁路，讲时务，和各国缔订条约。东方的睡狮，受了这当头的一棒，似乎要醒转来了；可是在酣梦的中间，消化不良的内脏，早经发生了腐溃，任你是如何的国手，也有点儿不容易下药的征兆，却久已流布在上下各地的施设之中。败战后的国民——尤其是初出生的小国民，当然是畸形，是有恐怖狂，是神经质的。

儿时的回忆，谁也在说，是最完美的一章，但我的回忆，却尽是些空洞。第一，我所经验到的最初的感觉，便是饥饿；对于饥饿的恐怖，到现在还在紧逼着我。

生到了末子，大约母体总也已经是亏损到了不堪再育了，乳汁的稀薄，原是当然的事情。而一个小县城里的书香世家，在洪杨之后，不曾发迹过的一家破落乡绅的家里，雇乳母可真不是一件细事。

四十年前的中国国民经济，比到现在，虽然也并不见得凋敝，但当时的物质享乐，却大家都在压制，压制得比英国清教徒治世的革命时代还要严刻。所以在一家小县城里的中产之家，非但雇乳母是一件不可容许的罪恶，就是一切家事的操作，也要主妇上场，亲自去做的。像这样的一位奶水不足的母亲，而又喂乳不能按时，杂食不加限制，养出来的小孩，哪里能够强健？我还长不到十二个月，就因营养的不良患起肠胃病来了。一病年余，由衰弱而发热，由发热而痉挛；家中上下，竟被一条小生命而累得精疲力尽；到了我出生后第三年的春夏之交，父亲也因此以病以死；在这里总算是悲剧的序幕结束了，此后便只是孤儿寡妇的正剧的上场。

几日西北风一刮，天上的鳞云，都被吹扫到东海里去了。太阳虽则消失了几分热力，但一碧的长天，却开大了笑口。富春江两岸的乌桕树，槭树，枫树，挣脱了许多病叶，显出了更疏匀更红艳的秋社后的浓妆；稻田割起了之后的那一种和平的气象，那一种洁净沉寂、欢欣干燥的农村气象，就是立在县城这面的江上，远远望去，也感觉得出来，那一条流绕在县城东南的大江哩，虽因无潮而杀了水势，比起春夏时候的水量来，要浅到丈把高的高度，但水色却澄清了，澄清得可以照见浮在水面上的鸭嘴的斑纹。从上江开下来的运货船只，这时候特别的多，风帆也格外的饱；狭长的白点，水面上一条，水底下一条，似飞云也似白象，以青红的山、深蓝的天和水做了背景，悠闲地无声地在江面上滑走。水边上在那里看船行，摸鱼虾，采被水冲洗得很光洁的白石，挖泥沙造城池的小孩们，都拖着了小小的影子，在这一个午饭之前的几刻钟里，鼓动他们的四肢，竭尽他们的气力。

离南门码头不远的一块水边大石条上，这时候也坐着一个五六岁的小孩，头上养着了一圈罗汉发，身上穿了青粗布的棉袍子，在太阳里张着眼望江中间来往的帆樯。就在他的前面，在贴近水际的一块青石上，有一位十五六岁像是人家的使婢模样的女子，跪着在那里淘米洗菜。这相貌消瘦的孩子，既不下来和其他的同年辈的小孩们去同玩，也不愿意说话似地只沉默着在看远处。等那女子洗完菜后，站起来要走，她才笑着问了他一声说："你肚皮饿了没有？"他一边在石条上立起，预备着走，一边还在凝视着远处默默地摇了摇头。倒是这女子，看得他有点可怜起来了，就走近去握着了他的小手，弯腰轻轻地向他耳边说："你在惦记着你的娘么？她是明后天就快回来了！"这小孩才回转了头，仰起来向她露了一脸很悲凉很寂寞的苦笑。

这相差十岁左右，看去又像姊弟又像主仆的两个人，慢慢走上了码头，走进了城垛；沿城向西走了一段，便在一条南向大江的小弄里走进去了。他们的住宅，就在这条小弄中的一条支弄里头，是一间旧式三开间的楼房。大门内的大院子里，长着些杂色的花木，也有几只大金鱼缸沿墙摆在那里。时间将近正午了，太阳从院子里晒上了向南的阶檐。这小孩一进大门，就跑步走到了正中的那间厅上，向坐在上面念经的一位五六十岁的老婆婆问说：

"奶奶，娘就快回来了么？翠花说，不是明天，后天总可以回来的，是真的么？"

老婆婆仍在继续着念经，并不开口说话，只把头点了两点。小孩子似乎是满足了，歪了头向他祖母的扁嘴看了一息，看看这一篇她在念着的经正还没有到一段落，祖母的开口说话，是还有几分钟好等的样子，他就跑入厨下，去和翠花作伴去了。

午饭吃后，祖母仍在念她的经，翠花在厨下收拾食器；除有几声洗锅子泼水碗相击的声音传过来外，这座三开间的的大楼和大楼外的大院子里，静得同在坟墓里一样。太阳晒满了东面的半个院子，有几匹寒蜂和耐得起冷的蝇子，在花木里微鸣蠢动。靠阶檐的一间南房内，也照进了太阳光，那小孩只静悄悄地在一张铺着被的藤榻上坐着，翻看几本刘永福镇台湾、日本蛮子桦山总督被擒的石印小画本。

等翠花收拾完毕，一盆衣服洗好，想叫了他再一道的上江边去敲濯的时候，他却早在藤榻的被上，和衣睡着了。

这是我所记得的儿时生活。两位哥哥，因为年纪和我差得太远，早就上离家很远的书塾去念书了，所以没有一道玩的可能。守了数十年寡的祖母，也已将人生看穿了，自我有记忆以来，总只看见她在动着那张没有牙齿的扁嘴念佛念经。自父亲死后，母亲要身兼父职了，入秋以后，老是不在家里；上乡间去收租谷是她，将谷托人去砻成米也是她，雇了船，连柴带米，一道运回城里来也是她。

在我这孤独的童年里，日日和我在一处，有时候也讲些故事给我听，有时候也因我脾气的古怪而和我闹，可是结果终究是非常痛爱我的，却是那一位忠心的使婢翠花。她上我们家里来的时候，年纪正小得很，听母亲说，那时候连她的大小便，吃饭穿衣，都还要大人来侍候她的。父亲死后，两位哥哥要上学去，母亲要带了长工到乡下去料理一切，家中的大小操作，全赖着当时只有十几岁的她一双手。

只有孤儿寡妇的人家，受邻居亲戚们的一点欺凌，是免不了的；凡我们家里的田地被盗卖了，堆在乡下的租谷等被窃去了，或祖坟山的坟树被砍了的时候，母亲去争夺不转来，最后的出气，就只是在父亲像前的一场痛哭。母亲哭了，我是当然也只有哭，而将我抱入怀里，时用柔和的话来慰抚我的翠花，总也要泪流得满面，恨死了那些无赖的亲戚邻居。

我记得有一次，也是将近吃中饭的时候了，母亲不在家，祖母在厅上念佛，我一个人从花坛边的石阶上，站了起来，在看大缸里的金鱼。太阳光漏过了院子里的树叶，一丝一丝的射进了水，照得缸里的水藻与游动的金鱼，和平时完全变了样子。我于惊叹之余，就伸手到了缸里，想将一丝一丝的日光捉起，看它个痛快。上半身用力过猛，两只脚浮起来了，心里一慌，头部胸部就颠倒浸入到了缸里的水藻之中。我想叫，但叫不出声来，将身体挣扎了半天，以后就没有了知觉。等我从梦里醒转来的时候，已经是晚上了，一睁开眼，我只看见两眼哭得红肿的翠花的脸伏在我的脸上。我叫了一声"翠花！"她带着鼻音，轻轻地问我："你看见我了么？你看得见我了么？要不要水喝？"我只觉得身上头上像有火在烧，叫她快点把盖在那里的棉被掀开。她又轻轻地止住我说："不，不，野猫要来的！"我举目向煤油灯下一看，眼睛里起了花，一个一个的物体黑影，都变了相，真以为是身入了野猫的世界，就哗的一声大哭了起来。祖母、母亲，听见了我的哭声，也赶到房里来了，我只听见母亲吩咐翠花说："你去吃夜饭去，阿官由我来陪他！"

翠花后来嫁给了一位我小学里的先生去做填房，生了儿女，做了主母。现在也已经有了白发，成了寡妇了。前几年中，我回家去，看见她刚从乡下挑了一担老玉米之类的土产来我们家里探望我的老母。和她已经有二十几年不见了，她突然看见了我，先笑了一阵，后来就哭了起来。我问她的儿子，就是我的外甥有没有和她一起进城来玩，她一边擦着眼泪，一边还向布裙袋里摸出了一个烤白芋来给我吃。我笑着接过来了，边上的人也一起笑了起来，大约我在她的眼里，总还只是五六岁的一个孤独的孩子。

佳作点评

在《悲剧的出生》中，作者回顾了童年时的一些事和一些人，那时的社会动荡不安，普通百姓的生活状况和生存命运是悲惨的。作者以孩子的视角，用冷峻的笔调描述了这一切，使读者有真切的在场感，亦有心灵的共鸣和同情。

文章的基调是忧郁、沉闷的，一个五六岁的孤独的孩子，整日念佛的祖母，悲苦辛劳的母亲，这样的生活氛围令人感到压抑、悲凉。但忧郁、沉闷的基调中亦有亮色，使婢翠花的忠心和疼爱，让儿时的作者感到了慰藉，也让读者心中生出阵阵暖意。于是我们明白，作者眼中的富春江之所以澄清、悠闲，便是因为他的心中有温暖的爱意。

月　蚀 ‖ı－．．‐

□ ［中国］郭沫若

八月二十六日夜，六时至八时将见月蚀。

早晨我们在报纸上看见这个预告的时候，便打算到吴淞去，一来想去看看月亮，二来也想去看看我们久别不见的海景。

我们回到上海来不觉已五个月了。住在这民厚南里里面，真真是住了五个月的监狱一样。寓所中没有一株草木，竟连一杯自然的土面也找不出来。游戏的地方没有，空气又不好，可怜我两个大一点的儿子瘦削得真是不堪回想。他们初来的时候，无论什么人见了都说是活泼肥胖；如今呢，不仅身体瘦削得不堪，就是性情也变得很乖僻的了。儿童是都市生活的barometer，这是我此次回上海来得的一个唯一的经验。啊！但是，是何等高价的一个无聊的经验呢！

几次想动身回四川去，但又有些畏途。想到乡下去过活，但是经济又不许可。呆在上海，连市内的各处公园都不曾引他们去过。我们与狗同运命的华人，公园是禁止入内的。要叫我穿洋服我已经不喜欢，穿洋服去是假充东洋人，生就了的狗命又时常向我反抗。所以我们到了五个月了，竟连一次也没有引他们到公园里去过。

我们在日本的时候，住在海边，住在森林的怀抱里，真所谓清风明月不用一钱买，回想起那时候的幸福，倍增我们现在的不满。我们跑到吴淞去看海，——这是我们好久以前的计划了，但只这么邻近的吴淞，我们也不容易跑去，我们是大为都市所束缚了。今天我要发誓：我们是一定要去的，无论如何是一定要去的了，坐汽车去罢？坐火车去罢？想在午前去，但又怕热，改到午后。

小孩子们听说要到海边，他们的欢喜真比得了一本新买的画本时还要加倍。从早起来便预想起午后的幸福，一天只是跳跳跃跃的，中午时连饭都不想吃了。因为我说了要到五点钟才能去，平常他们是全不关心时钟的，今天却时时去瞻望，还没到五点！还没到五点！长的针和短的针动得分外慢呢！

好容易等到了五点钟，我们正要准备动身的时候，突然来了一个朋友，我们便约他同去。我跑到静安寺旁边汽车行里去问问车费。

不去还好了，跑了一趟去问，只骇得我抱头鼠窜地回来。说是单去要五块！来回要九块！本是穷途人不应该妄想去做邯郸梦。我们这里请的一位娘姨辛辛苦苦做到一个月，工钱才只三块半呢！五块！九块！

我跑了回来，朋友劝我不要去。他说到吴淞去没有熟人，坐火车去的时候把钟点错过了是很麻烦的，况且又要带着几个小孩子，上车下车很够当心。要到吴淞时，顶小的一个孩子万万不能不带去。

啊，罢了，罢了！我们的一场高兴，便被这五块九块打得七零八碎了！可怜等了一天的两个小儿，白白受了我们的欺骗。

朋友走的时候，已经将近七点钟了。

没有法子，走到黄浦滩公园去罢，穿件洋服去假充东洋人去罢！可怜的亡国奴！可怜我们连亡国奴都还够不上，印度人都可以进出自由，只有我们华人是狗！……

满肚皮的愤慨没处发泄，但想到小孩子的分上也只好忍忍气，上楼去披件学西洋人的鬼皮。

我们先把两个孩子穿好，叫他们到楼下去等着。出了一身汗，套上一件狗穿洞的衬衫。我的女人在穿她自己手制的中国料的西装。

——"为什么，不穿洋服便不能去吗？"她问了我一声。

——"不行。穿和服也可以，穿印度服也可以，只有中国衣服是不行的。上海几处的公园都禁止狗与华人入内，其实狗倒可以进去，人是不行，人要变成狗的时候就可以进去了。"

我的女人她以为我是在骂人了，她也助骂了一声："上海市上的西洋人怕都是些狼心狗肺罢！"

——"我单看他们的服装，总觉得他们是一条狗。你看，这衬衫上要套一片硬领，这硬领下要结一条领带，这不是和狗颈上套的项圈和铁链是一样的么？"——我这么一说，倒把我的女人惹笑了。

哈哈，新发现！在我的话刚好说完的时候，我的心中突然悟到了一个考古学上的新发现。我从前在什么书上看过，说是女人用的环镯，都是上古时候男子捕掳异族的女人时所用的枷镣的蜕形；我想这硬领和领带的起源也怕是一样，一定是奴隶的徽章了。弱族男子被强族捕掳为奴，项带枷锁；异日强弱易位，被支配者突然成为支配者，项上的枷锁更变形而为永远的装饰了。虽是这样说，但是你这个考古的见解，却只是一个想象，恐怕真正的考古专家一定不以为然。……然不然我倒不管，好在我并不想去作博士论文，我也不必兢兢于去求出什么实证。……

在我一面空想，一面打领带结子的时候，我的女人早比我先穿好，两个小孩儿在楼下催促得什么似的了。啊，究竟做狗也不容易，打个结子也这么费力！我早已出了几通汗，领带结终竟打不好，我只好敷敷衍衍地便带着他们动身。

走的时候，我的女人把第三的一个才满七个月的儿子交给娘姨，还叮吟了一些话。

我们从赫德路上电车，车到跑马厅的时候，月亮已经现在那灰青色的低空了。因为初出土的缘故，看去分外的大，颜色也好象落日一样作橙红色，在第一象限上有一部分果然是残缺了。

二儿最初看见，他便号叫道："Moon！Crescentmoon！"他还不知道是月蚀，他以为是新月了。

小时候每逢遇着日月蚀，真好象遇着什么灾难的一样。全村的寺院都要击钟鸣鼓，大人们也叫我们在家中打板壁作声响。在冥冥之中有一条天狗，想把日月吃了，击钟鸣鼓便是想骇去那条天狗，把日月救出。这是我们四川乡下的俗传，也怕是我们中国自古以来的传说。小时读的书上，据我所能记忆的说：《周礼》《地官》《鼓人》救日月则诏王鼓，春官太仆也赞王鼓以救日月，秋官庭氏更有救日之弓和救月之矢。《谷梁传》上也说是天子救日陈五兵五鼓，诸侯三兵三鼓，大夫击门，士击柝。这可见救日月蚀的风俗自古已然。北欧人也有和这绝相类似的神话，他们说：天上有二狼，一名黑蹄（Hati），一名马纳瓜母（Managarm），黑蹄食日，马纳瓜母食月，民间作声鼓噪，以望逐去二狼救出日月。

这些传说，在科学家看来，当然会说是迷信；但是我们虽然知道月蚀是由于地球的掩隔，我们谁又能把天狗的存在否定得了呢？如今地球上所生活着的灵长，不都是成了黑蹄和马纳瓜母，不仅在吞噬日月，还在互相啮杀么？

啊呵，温柔敦厚的古之人！你们的情性真是一首好诗。你们的生命充实，把一切的自然现象都生命化了。你们互助的精神超越乎人间以外，竟推广到了日月的身上去。可望而不可及的古之人，你们的鼓声透过了几千万重的黑幕，传达到我耳里来了！

啊，我毕竟昧了我科学的良心，对于我的小孩子们说了个天大的谎话！我说："那不是新月，那是有一条恶狗要把那圆圆的月亮吃了。"

二儿的义愤心动了，便在电车上叱咤起来："狗儿，走开！狗儿！"

大的一个快满六岁的说："怕是云遮了罢？"

我说："你看，天上一点云也没有。"

——"天上也没有狗啦。"

啊，我简直找不出话来回答了。

车到了黄浦滩口，我们便下了车。穿过街，走到公园内的草坪里去，两个小孩子一走到草地上来，他们真是欢喜得了不得。他们跑起来了，跳起来了，欢呼起来了。我和我的女人找到一只江边上的凳子坐下，他们便在一旁竞跑。

月亮依然残缺着悬在浦东的低空，橙红的颜色已渐渐转苍白了。月光照在水面上亮晶晶地，黄浦江的昏水在夜中也好象变成了青色一般。江心有几只游船，满饰着灯彩，在打铜器，放花炮，游来游去地回转，想来大约是救月的了。啊，这点古风万不想在这上海市上也还保存着，但可怜吃月的天狗，才就是我们坐着望月的地球，我们地球上的狗类真多，铜鼓的震动，花炮的威胁，又何能济事呢？

两个孩子跑了一会，又跑来挨着我们坐下：

——"那就是海？"指着黄浦江同声问我。

我说："那不是海，是河。我们回上海的时候就在那儿停了船的。"

我的女人说："是扬子江？"

——"不是，是黄浦江，只是扬子江的一条小小的支流。扬子江的上游就在我们四川的嘉定叙府等处，河面也比这儿要宽两倍。"

——"唉！"她惊骇了，"那不是大船都可以走吗？"

——"是啦，是可以走。大水天，小火轮可以上航至嘉定。"

大儿又指着黑团团的浦东问道："那是山？"

我说："不是，是同上海一样的街市，名叫浦东：因为是在这黄浦江的东方。你看月亮不是从那儿升上来的吗？"

—— "哦，还没有圆。……那打锣打鼓放花炮呢？"

—— "那就是想把那吃月的狗儿赶开的。"

—— "是那样吗？吓哟，吓哟，……"

—— "赶起狗儿跑罢！吓哟，吓哟，……"

两人又同声吆喝着向草地上跑去了。

电灯四面辉煌，高昌庙一带有一最高的灯光时明时暗，就好象在远海中望见了灯台的一样。这时候我也并没有什么怀乡的情趣，但总觉得我们四川的山灵水伯远远在招呼我。

—— "我们四川的山水真好，"我便自言自语地说了起来，"我们不久大概总可以回去吧。巫峡中的奇景恐怕是全世界中所没有的。江流两岸对立着很奇怪的岩石，有时候真如象刀削了的一样，山顶常常戴着白云。船进了峡的时候，前面看不见去路，后面看不见来路，就好象一个四山环拱着的大湖，但等峡路一转，又是别有一洞天地了。人在船上想看山顶的时候，仰头望去，帽子可以从背后落下。我们古时的诗人说那山里面有美好绝伦的神女，时而为暮雨，时而为朝云，这虽然只是一种幻想，但人到那个地方总觉得有一种神韵袭人，在我们的心眼间自然会生出这么一种暗示。"

"啊啊，四川的山水真好，那儿西部更还有未经跋涉的荒山，更还有未经斧钺的森林，我们回到那儿，我们回到那儿去罢！在那儿的荒山古木之中自己去建筑一椽小屋，种些芋粟，养些鸡犬，工作之暇我们唱我们自己做的诗歌，孩子们任他们同獐鹿跳舞，啊啊，我们在这个亚当与夏娃做坏了的世界当中，另外可以创造一个理想的世界。……"

我说话的时候，我的女人凝视着我，听得有几分入神。

—— "啊，我记起来了。"她突然向我说道，"我昨晚上做了一个很奇怪的梦。"

——"什么梦呢？"

她说："我们前几天不是说过想到东京去吗？我昨晚上竟梦见到了东京。我们在东京郊外找到一所极好的房子，构造就和我们在博多湾上住过的抱洋阁一样，是一种东西洋折衷式的。里面也有花园，也有鱼池，也有曲桥，也有假山。紫荆树的花开满一园，中间间杂了些常青的树木。更好是那间敞豁的楼房，四面都有栏杆，可以眺望四方的松林，所有与抱洋阁不同的地方，只是看不出海罢了。我们没有想出在东京郊外竟能寻出那样的地方。房金又贱，每月只要十五块钱。我们便立刻把行李搬了进去。晚上因为没有电灯，你在家里守小孩们，我便出去买洋烛。一出门去，只听楼上有什么东西在晚风中吹弄作响，我回头仰望时，那楼上的栏杆才是白骨做成，被风一吹，一根根都脱出臼来，在空中打击。黑洞洞的楼头只见不少尸骨一上一下地浮动。我骇得什么似的急忙退转来，想叫你和小孩们快走，后面便跟了许多尸骨进来踞在厅上。尸骨们的颚骨一张一合起来，指着一架特别瘦长的尸骨对我们说，一种怪难形容的喉音。他们指着那位特别瘦长的说：这位便是这房子的主人，他是受了鬼祟，我们也都是受了鬼祟。他们叫我们不要搬。说那位主人不久就要走了。只见那瘦长的尸骨把颈子一偏，全身的骨节都在震栗作声，一扭一拐地移出了门去。其余的尸骨也同样地移出了门去。两个大的小孩子骇得哭也不敢哭出来。我催你赶紧搬，你才始终不肯。我看你的身子也一刻一刻地变成了尸骸，也吐出一种怪声，说要上楼去看书。你也一扭一拐地移上楼去了。我们母子只骇得在楼下暗哭，后来便不知道怎么样了。"

——"啊，真好一场梦！真好一场意味深长的梦！象这上海市上垩白砖红的华屋，不都是白骨做成的吗？我们住在这儿的人不都是受了鬼祟的吗？不仅我一个人要变成尸骸，就是你和我们的孩子，不都是瘦削得如象尸骸一样了吗，啊，我们一家五口，睡在两张棕网床上，我们这五个月来，每晚做的怪梦，假使一一笔记下来，在分量上说，怕可以抵得上一部

《胡适文存》了呢！"

——"《胡适文存》？"

——"是我们中国的一个'新人物'的文集，有一寸来往厚的四厚册。"

——"内容是什么？"

——"我还没有读过。"

——"我昨晚上也梦见宇多姑娘。"

——"啊，你梦见了她吗？不知道她现刻怎么样了呢？"

我们这么应答了一两句，我们的舞台便改换到日本去了。

民国六年的时候，我们住在日本的冈山市内一个偏僻的小巷里。巷底有一家姓二木的邻居，是一位在中学校教汉文的先生。日本人对于我们中国人尚能存几分敬意的只有两种人。一种是六十岁以上的老人；一种便是专门研究汉文的学者了。这位二木先生人很孤僻，他最崇拜的是孔子。周年四季除白天上学而外，其余都住在楼上，脚不践地。

因为是汉学家的家庭，又因为我的女人是他们同国人的原故，所以他家里人对于我们特别地另眼看待。他家里有三女一男。长女居孀，次女便名宇多，那时只有十六岁，还有个十三岁的幼女。男的一位已经在东京的帝国大学读书了。

宇多姑娘她的面庞是圆圆的，颜色微带几分苍白，她们取笑她便说是"盘子"。她的小妹子尤为调皮，一想挖苦她，便把那《月儿出了》的歌来高唱，歌里的意思是说：

月儿出了，月儿出了，

出了，出了，月儿呀。

圆的，圆的，圆圆的，

盘子一样的月儿呀！

这首歌凡是在日本长大的儿童都是会唱的，他们蒙学的读本上也有。

只消把这首歌唱一句或一字，或者把手指来比成一个圆形，宇多姑娘的脸便要涨得绯红，跑去干涉。她愈干涉，唱的人愈要唱，唱到后来，她的两只圆大的黑眼水汪汪地含着两眶眼泪。

因为太亲密了的缘故，他们家里人——宇多姑娘的母亲和媚姐——总爱探问我们的关系。那时我的女人才从东京来和我同居，被她们盘诘不过了，只诿说是兄妹，说是八岁的时候，自己的父母死在上海，只剩了她一个人，是我的父亲把她收为义女抚养大了的。宇多姑娘的母亲把这番话信以为真了，便时常对人说：要把我的女人做媳妇，把宇多许给我。

我的女人在冈山从正月住到三月便往东京去读书去了，宇多姑娘和她的母亲便常常来替我煮饭或扫地。

宇多姑娘来时，大概总带她小妹子一道来。一个人独自来的时候也有，但手里总要拿点东西，立不一刻她就走了。她那时候在高等女学也快要毕业了。有时她家里有客，晚上不能用功的时候，她得她母亲的许可，每每拿起书到我家里来。我们对坐在一个小桌上，我看我的，她看她的。我如果要看她读的是什么的时候，她总十分害羞，立刻用双手来把书掩了。我们在桌下相接触的膝头有一种温暖的感觉交流着。结局两个人都用不了什么功，她的小妹妹又走来了。

只有一次礼拜，她一个人悄悄地走到了我家里来。刚立定脚，她又急忙蹑手蹑足地跑到我小小的厨房里去了。我以为她在和她的小妹子捉迷藏。停了一会她又蹑手蹑足地走了出来，她说："刚才好象姐姐回来了的一样，姐姐总爱说闲话，我回去了。"她又轻悄悄地走出去，出门时向我笑了一下走了。

五月里女人由东京回来了，在那年年底我们得了我们的大儿。自此以后二本家对于我们的感情便完全变了，简直把我们当成罪人一样，时加白眼。没有变的就只有字多姑娘一个人。只有她对于我们还时常不改她那笑容可掬的态度。

我们和她们共总只相处了一年半的光景，到明年六月我便由高等学校毕业了。毕业后暑期中我们打算在日本东北海岸上去洗海水澡，在一个月之前，我的女人带着我们的大儿先去了。

那好象是六月初间的晚上，我一个人在家里准备试验的时候。

——"K君，K君，"宇多姑娘低声地在窗外叫，"你快出来看……"

她的声音太低了，最后一句我竟没有听得明白。我忙掩卷出去时，她在窗外立着向我招手，我跟了她去，并立在她家门前空地上，她向空中指示。

我抬头看时，才知道是月蚀。东边天上只剩一钩血月，弥天黑云怒涌，分外显出一层险恶的光景。

我们默立了不一会，她的媚姐恶狠狠地叫起来了：

——"宇多呀！进来！"

她向我目礼了一下，走进门去了。

我的女人说："六年来不通音问了，不知道她们是不是还住在冈山？"这是我们说起她们时，总要引起的一个疑问。我们在回上海之前，原想去探访她们一次，但因为福冈和冈山相隔太远了，终竟没有去成。

——"她现在已经二十二岁了，怕已经出了阁罢。"

——"我昨晚梦见她的时候，她还是从前的那个样子，是我们三个人在冈山的旭川上划船，也是这样的月夜。好象是我们要回上海来了，去向她辞行。她对我说：'她要永远过独身生活，想跟着我们一同到上海。'"

——"到上海？到上海来成为枯骨么？啊啊，'可怜无定河边骨，犹是春闺梦里人'了。"

我们还坐了好一会，觉得四面的嘈杂已经逐渐镇静了下来，草坪上坐着的人们大都散了。

江上吹来的风，添了几分湿意。

眼前的月轮，不知道几时已团囵地升得很高，变作个苍白的面孔了。

我们起来，携着小孩子才到公园里去走了一转，园内看月的日本人很不少，印度人也有。

我的女人担心着第三的一个孩子，催我们回去。我们走出园门的时候，大儿对我说道："爹爹，你天天晚上都引我们到这儿来罢！"二儿也学着说。他们这样一句简单的要求，使我听了几乎流出了眼泪。

一九二三年八月二十八日夜

▯佳作点评▯▯

这篇作品读起来仿佛似一首优美的散文诗。作者采取了以小见大的写作手法，从观赏月蚀这一小"点"出发，然后向四面八方扩展，鞭挞时事弊政，贯通古今中外，最终形成一个大"面"，入木三分，感动人心。作者以亲身所感、所受、所见、所闻，写出了一代知识分子热烈的民族忧患意识，表现对身处世道现实的愤逋和哀伤，饱含着深刻的社会内涵。

现实的贫穷黑暗，社会的民不聊生，帝国主义的飞扬跋扈，卖国政府的奴颜媚骨，文章中都有提及，但作者并不是直接去描述，而是巧妙地以看月蚀所引起的感触为线索，释放情感，将丑的现实与美的联想相对比，把强烈的爱国精神和对帝国主义、对黑暗社会的憎恨的感情主线贯穿起来。

秋林晚步

□［中国］王统照

"枯桑叶易零，疲客心惊！今兹亦何早，已闻络纬鸣。迥风灭且起，卷蓬息复正。……百物方萧瑟，坐叹从此生！"

中国文人以"秋"为肃杀凄凉的节季，所以天高日回，烟霏云敛的话，常常在诗文中可以读到。实在由一个丰缛的盛夏，转移到深秋，便易觉到萧凄之感。登山临水，偶然看见清脱的峰峦，澄明的潭水，或者一只远飞的孤雁，一片堕地的红叶，……这须臾中的间隔，便有"物谢岁微"，抚赏怨情的滋味，充满心头！因为那凋零的，扫落的，骚杀的，冷静的景物，自然的摇落，是凄零的声，灰淡淡的色，能够使你弹琴没有谐调，饮酒失却欢情。

"春"以花艳，"夏"以叶鲜，说到"秋"来，便不能不以林显了。花欲其娇丽，叶欲其密茂，而林则以疏，以落而愈显，茂林，密林，丛林，固然是令人有苍苍翳翳之感，然而究不如秃枯的林木，在那些曲径之旁，飞蓬之下；分外有诗意，有异感，疏枝，霜叶之上，有高苍而带有灰色面目的晴空，有络纬，蟋蟀以及不知名的秋虫凄鸣在森下。或者是天寒荒野，或者是日暮清溪，在这种地方偶然经过，枫树，白杨的挺立，朴疏小树的疲舞，加上一声两声的昏鸦，寒虫，你如果到那里，便自然易生凄寥的感动。常想人类的感觉难得将精神的人说个详尽。从前见太侔与人信中说：心理学家多少年的苦心的发明，恒不抵文学家一语道破，……所以像为时令及景物的变化，而能化及人的微妙的感觉，这非容易说明的。实感的精妙处，实非言语学问所能说得出，解行透。心与物的应感，时既不同，人人也不相似。"抚己忽自笑，沉吟为谁故？"即合起古今来的诗人，又那一个能够说得毫无执碍呢？

还是向秋林下作一迟回的寻思吧。是在一抹的密云之后，露出淡赭色的峰峦，那里有陂陀的斜径，由萧疏打枪中穿过。矫立的松柏，半落叶子的杉树，以及几行待髡的秋柳，……那乱石清流边，一个人儿独自在林下徘徊，一色是淡黄的，为落日斜映，现出凄迷朦胧的景象，不问便知是已近黄昏了。——这已近黄昏的秋林独步，像是一片凄清的音乐由空中流出。

"残阳已下，凉风东升，偶步疏林，落叶随风作响，如诉其不胜秋寒者！……"

这空中的画幅的作者，明明用诗的散文告诉我们秋林下的幽趣，与人的密感。远天下的鸣鸿，秋原上的枯草，正可与这秋林中的独行者相慰寂寞。

秋之凄戾，晚之默对，如果那是个易感的诗人，他的清泪当潸然滴上襟袖；如果他是个少年，对此疏林中的瞑色，便又在冥茫之下生出惆怅的心思，在这时所有的生动，激愤，忧切，合成一个密点的网子，融化在这秋晚的憧憬的景物之中，拾不起的剪不断的，丢不下的只有凄凄地微感；……这微感却正是诗人心中的灵明的火焰！它虽不能烧却野草，使之燎原，然而那无凭的，空虚的感动，已竟在暮色清寥中，将此奇秘的宇宙，融化成一个原始的中心。

一切精微感觉的迫压我们，只有"不胜"二字足以代表。若使完全容纳在心中，便无复洋溢有余的寻思；若使它隔得我们远远的，至多也不过如看风景画片值得一句赞叹。然而身在实感之中，又若"不胜"秋寒，而落叶林下的人儿，恐怕也觉得"不胜秋"了！况且那令人眷念怅寻的黄昏，又加上一层凋零的骚杀的意味呢！

真的，这一幅小小的绘画，将我的冥思引起。疏言画成赠我，又值此初秋，令人坐对着画儿，遥听着海边的落叶声，焉能不有一点莫能言说的惆怅！

▪佳作点评 ▮▮▂

王统照（1897—1957），字剑三，山东诸城人。作为中国现代散文家，诗人气质是其显著的特点，而其诗人气质又突出地外化于其抒情的和怀人的文章中，其作品在现代散文史上有着重要的地位。

作者以素描的手法，在散文里为读者描绘出一幅秋天的图画：秃木、疏枝、枯草、昏鸦、寒虫、落日、乱石、清流，等待，充满了浓郁的惆怅和诗意的美感。作者将自然当作一部字典，并且凭自身的情趣和才学，用这部字典中的字作出诗文，"向秋林下作一回迟的寻思"。

寄露沙

□ ［中国］石评梅

你满挟着同情心的几句话，我看了后哭了！我的泪依然还不曾流完，仍然这样汹涌，这样泛滥；我真不解为了什么这样？是我懦弱的表示吗？我是最后战死的先锋，我总算牺牲了感情让意志去杀人的女魔，我何尝真的如一般女子那么懦弱呢？

造物小儿有意弄人，使我用那极神妙奇异的心之手去杀人，同时又使我迷惘怨愤陷于自杀；朋友！幸我素量宽、大，不然，经此次打击，能免于死，大概也难免于疯吧？陷入如斯命运之人，已不能拯救，而且不必拯救；你又何须为了我的颓丧而叹息呢？

往昔春花如锦的生涯，在我觉着是枯叶飘泊的命运；到如今真的到这种绝境时，我已无语能藉以比拟。才知道人间极苦痛的事是不能写不能道的。朋友！我将告诉你什么？

世界上是一条绳子系着的，我是紧缚在母亲绳上的一个小扣，我为母亲的绳子安全，我没有勇气去斩断而破坏一切的忍心；因之，我才感到生不愿而死不能的痛苦！宇的观念战胜了，我愿葬他埋他之后，我也飘然远去，不论沧海畔，深涧旁，都可以作我埋心葬骨之地。母亲的观念战胜了，又觉着以宇死后我感到的惨痛，而让我年高无依的老母去承受，我心何忍！如斯两相抵触，最后的胜利，朋友！我真不知如何判决了。

此身不死，即此心不死，此心不死，即此情更难死。从此风雨之夕，花前月下，常飘浮着我这凄清的瘦影；自然，我有时也要哽咽地唱出那悲惨哀怨像夜莺一样的曲子；假如君宇有灵，这便是我的那颗心。

人生大概是不能脱离痛苦的，如此缠绵悲惨哀伤的痛苦，是千百人中，千年间难以遭逢的事。所以我当俯伏着向上帝手中接受了这样特别的礼赠，我无怨言，更无怒容。

现在这种悼亡追悔的心情，是爱我的人最后留给我的纪念。因之，我要赞美珍贵我今日所觉到的一切异感和我将来一切的觉悟。相信这是爱我的人由他最可爱的手递给我的。那末，朋友！你又何须为我而倍增凄伤呢？

佳作点评

石评梅在《寄露沙》中用哀婉的语句讲述了自己的心情，那是一种深入骨髓的痛，在她的笔端我们体会到泣血的感觉，我们惊叹这个弱女子怎么能写出这样惊世骇俗的文章，是受了何种刺激和伤感，她的心才这样的痛苦。

"人生大概是不能脱离痛苦的，如此缠绵悲惨哀伤的痛苦，是千百人中，千年间难以遭逢的事。所以我当俯伏着向上帝手中接受了这样特别的礼赠，我无怨言，更无怒容。"在经历了莫大的悲哀之后，作者慢慢趋于解脱。而爱，既是哀痛的根源，也是走出哀痛的力量源泉。

凄其风雨夜

□［中国］石评梅

已是小春天气，但为何却这般秋风秋雨？昨夜接读了贤的信，又增加我不少的烦闷。可怜我已是枯萎的残花了，偏还要受尽风雨的欺凌。

这几夜在雨声淅沥中，我是整夜的痛哭。伴我痛哭的是孤灯，看我痛哭的只有案头陈列着的宇的遗像。唉，我每想到宇时，就恨不立即死去！死去，完成我们生前所遗憾的。至少，我的魂儿可以伴着宇的魂儿，在月下徘徊，在花前笑语；我可以紧紧地握着他的手，我可以轻轻地吻他的唇。宇，世界上只有他才是我的忠诚的情人，只有他才是我的灵魂的保护者，当他的骨骸陈列在我眼前时我才认识了他，认识他是伟大的一个殉情的英雄！

而今，我觉得渺渺茫茫去依附谁？去乞求于谁？我不愿意受到任何人的哀怜，尤其不愿接受任何人的怜爱；我只想死，我想到自杀，就我自杀的时候，也要选个更深人静、万籁俱寂的辰光。

今天下午我冒雨去女师大看小鹿，在琴室里遇见玉薇，她说："梅！祝你的新生命如雨后嫩芽！"这是什么话呵？连她都这样不知我，可见在人间寻求个心的了解者是很难的事；不过，假如宇是为了了解我而死，那么，这死又是何等的悲惨？我也宁愿天下人都不了解我，我不愿天下人为了解而死。

红楼归来，心情十分黯淡，我展开纸，抹着泪给玉微写这样一封短信——

  玉薇：

  我现在已是一个罩上黑纱的人了，我的一切都是黯淡的，都是死寂的；我富丽的生命，已经像彗星般逝去，只剩余下这将走进坟墓的皮囊，心灵是早经埋葬了。

  我的过去是隐痛，只可以让少数较为了解我的人知道。因为人间的同情是幻如水底月亮，自己的苦酒只好悄悄的咽下，却不必到人前去宣扬。

  对于这人间我本来没有什么希望的，宇死后我更不敢在人间有所希望，我只祈求上帝容许我忏悔，忏悔着自己的过错，一直到死时候！朋友，你相信我是不再向人们求爱怜与抚慰的，我要为死了的宇保存着他给我的创伤，决不再在人们面前透露我心琴的弹唱了。

  近来我的心是一天比一天死寂，一天比一天空虚，一天比一天走进我的坟墓，快了，我快要到那荒寂的旷野里去伴我那殉情的宇！

  "祝你的新生命如雨后嫩芽"的话，朋友，恕我不收受，还给你罢，如今我已是秋风秋雨下被人践踏腐烂了的花瓣。

          可怜的梅

宇死去已是一月了，飞驰的时光割断人天是愈去愈远，上帝！请告诉我在何时何地再能见到宇。

佳作点评

早春乍暖还寒的时节，本来就令人不舒服，又是春天的风雨夜里，再加上友人的不理解，让作者本来感伤的情绪上顿时又增加了诸多烦恼。

"问君能有几多愁，恰似一江春水向东流。"作者对宇刻骨铭心的怀念像这绵绵春雨一般，淅淅沥沥地下个不停。她用自己的决绝语言表达了这种情感，让哀伤具备了一种惊人的力量。

梅　隐

　　五年前冬天的一个黄昏，我和你联步徘徊于暮云苍茫的北河沿，拂着
败柳，踏着枯叶，寻觅梅园。那时群英宴间，曾和你共沐着光明的余辉，
静听些大英雄好男儿的伟论。

　　昨天我由医院出来，绕道去孔德学校看朋友，北河沿败柳依然，梅园
主人固然颠沛在东南当革命健儿，但是我们当时那些大英雄好男儿却有多
半是流离漂泊，志气颓丧，事业无成呢！

　　谁也想不到五年后，我由烦杂的心境中，检寻出这样一段回忆，时间
一天一天地飞掠，童年的兴趣，都在朝霞暮云中慢慢地消失，只剩有青年
皎月是照了过去，又照现在，照着海外的你，也照着祖国的我。

　　今晨睡眼朦胧中，你廿六号的信递到我病榻上来了。拆开时，粉色的
纸包掉下来，展开温香扑鼻，淡绿的水仙瓣上，传来了你一缕缕远道的爱
意。梅隐！我欣喜中，含泪微笑轻轻吻着她，闭目凝思五年未见，海外漂
泊的你。你真的决定明春归来吗？我应用什么表示我的欢迎呢？别时同流
的酸泪，归来化作了冷漠的微笑；别时清碧的心泉，归来变成了枯竭的沙
滩；别时鲜艳的花蕾，归来是落花般迎风撕碎！何处重撷童年红花，何时

重摄青春皎颜？挥泪向那太虚，嘘气望着碧空，朋友！什么都逝去了，只有生之轮默默地转着衰老，转着死亡而已。

前几天皇姊由 Sumatra 来信，她对我上次劝她归国的意见有点容纳了，你明春可以绕道去接她回来，省的叫许多朋友都念着她的孤单。她说：

> 在我决志漂泊的长途，现在确乎感到疲倦，在一切异样的习惯情状下，我常想着中华；但是破碎河山，糜烂故乡，归来后又何忍重来凭吊，重来抚慰呢？我漂泊的途程中，有青山也有绿水，有明月也有晚霞，波妹！我不留恋这刹那寄驻的漂泊之异乡，也不留恋我童年嬉游的故国；何处也是漂泊，何时也是漂泊，管什么故国异地呢？除了死，哪里都不是我灵魂的故乡。

有时我看见你壮游的豪兴，也想远航重洋，将这一腔烦闷，投向海心，浮在天心；只是母亲系缚着我，她时时怕我由她怀抱中逸去，又在我心头打了个紧结；因此，我不能离开她比现在还远一点。许多朋友，看不过我这颓丧，常写信来勉策我的前途，但是我总默默地不敢答复他们，因为他们厚望于我的，确是完全失望了。

近来更不幸了，病神常常用她的玉臂怀抱着我；为了病更使我对于宇宙的不满和怀疑坚信些。朋友！何曾仅仅是你，仅仅是我，谁也不是生命之网的漏鱼，病精神的或者不感受身体的痛苦，病身体的或者不感受精神的斧柯；我呢！精神上受了无形的腐蚀，身体上又受着迟缓而不能致命的痛苦。

你一定要问我到底为了什么？但是我怎样告诉你呢，我是没有为了什么的。

病中有一次见案头一盆红梅，零落得可怜，还有许多娇红的花瓣在枝上，我不忍再看她萎落尘土，遂乘她开时采下来，封了许多包，分寄给我的朋友，你也有一包，在这信前许接到了。玉薇在前天寄给我一首诗，谢我赠她的梅花，诗是：

> 话到飘零感苦辛，月明何处问前身？
>
> 甘将疏影酬知己，好把离魂吊故人；
>
> 玉碎香消春有恨，风流云散梦无尘，
>
> 多情且为留鸿爪，他日芸窗证旧因。

同时又接到天辛寄我的两张画片：一张是一片垂柳碧桃交萦的树林下，立着个绯衣女郎，她的左臂绊攀着杨柳枝，低着头望着满地的落花凝思。一张是个很黯淡苍灰的背景，上边有几点疏散的小星，一个黑衣女郎伏在一个大理石的墓碑旁跪着，仰着头望着星光祈祷——你想她是谁？

梅隐！不知道那个是象征着我将来的命运？

你给我寄的书怎么还不寄来呢？撄哥给你有信吗？我们整整一年的隔绝了，想不到在圣诞节的前一天，他寄来一张卡片，上边写着：

> 愿圣诞节的仁风，吹散了人间的隔膜，
>
> 愿伯利恒的光亮，烛破了疑虑的悲哀。

其实，我和他何尝有悲哀，何尝有隔膜，所谓悲哀隔膜，都是环境众人造成的，在我们天真洁白的心版上，有什么值得起隔膜和悲哀的事。现在环境既建筑了隔膜的幕壁，何必求仁风吹散，环境既造成了悲哀，又何必硬求烛破？

只要年年圣诞节，有这个机会纪念着想到我们童年的友谊，那我们的友谊已是和天地永存了。撄哥总以为我不原谅他，其实我已替他想得极周到，而且深深了解他的；在这"隔膜""悲哀"之中，他才可寻觅着现在人间的幸福；而赐给人间幸福的固然是上帝；但帮助他寻求的，确是他以为不谅解他的波微。

我一生只是为了别人而生存，只要别人幸福，我是牺牲了自己也乐于去帮助旁人得到幸福的；过去是这样，现在也是这样，不过我也只是这样希望着，有时不但人们认为这是一种罪恶，而且是一种罪恶的玩弄呢！虽然我不辩，我又何须辩，水枯了鱼儿的死，自然都要陈列在眼前，现在何必望着深渊徘徊而疑虑呢！梅隐！我过去你是比较知道的，和揆哥隔绝是为了他的幸福，和梅影隔绝也是为了他的幸福……因为我这样命运不幸的人，对朋友最终的披肝沥胆，表明心迹的，大概只有含泪忍痛的隔绝吧？

母亲很念你，每次来信都问我你的近况。假如你有余暇时你可否寄一封信到山城，安慰安慰我的母亲，也可算是梅隐的母亲。我的病，医生说是肺管炎，要紧大概是不要紧，不过长此拖延，精神上觉着苦痛；这一星期又添上失眠，每夜银彩照着紫蓝绒毡时，我常觉腐尸般活着无味；但一经我抬起头望着母亲的像片时，神秘的系恋，又令我含泪无语。梅隐！我应该怎样，对于我的生，我的死？

▎佳作点评 ▏▏‥

在本文中，石评梅在向朋友诉说她的伤痛，关于她的病和她的恋爱，关于她的生和她的死，用的是一如既往的恳切语气，传递着她细密的心绪和深邃的情感。

作者这样定义自己："我一生只是为了别人而生存，只要别人幸福，我是牺牲了自己也乐于去帮助旁人得到幸福的。"这封信印证了这一点。

我愿秋常驻人间

□ ［中国］庐隐

提到秋，谁都不免有一种凄迷哀凉的色调，浮上心头；更试翻古往今来的骚人、墨客，在他们的歌咏中，也都把秋染上凄迷哀凉的色调，如李白的《秋思》："……天秋木叶下，月冷莎鸡悲，坐愁群芳歇，白露凋华滋。"柳永的《雪梅香辞》："景萧索，危楼独立面晴空，动悲秋情绪，当时宋玉应同。"周密的《声声慢》："对西风休赋登楼，怎去得，怕凄凉时节，团扇悲秋。"

这种凄迷哀凉的色调，便是美的元素，这种美的元素只有"秋"才有。也只有在"秋"的季节中，人们才体验得出，因为一个人在感官被极度的刺激和压扎的时候，常会使心头麻木。故在盛夏闷热时，或在严冬苦寒中，心灵永久如虫类的蛰伏。等到一声秋风吹到人间，也正等于一声春雷，震动大地，把一些僵木的灵魂如虫类般地唤醒了。

灵魂既经苏醒，灵的感官便与世界万汇相接触了。于是见到阶前落叶萧萧下，而联想到不尽长江滚滚来，更因其特别自由敏感的神经，而感到不尽的长江是千古常存，而倏忽的生命，譬诸昙花一现。于是悲来填膺，愁绪横生。

这就是提到秋，谁都不免有一种凄迷哀凉的色调，浮上心头的原因了。

其实秋是具有极丰富的色彩，极活泼的精神的，它的一切现象，并不像敏感的诗人墨客所体验的那种凄迷哀凉。

当霜薄风清的秋晨，漫步郊野，你便可以看见如火般的颜色染在枫林、柿丛和浓紫的颜色泼满了山巅天际，简直是一个气魄伟大的画家的大手笔，任意趣之所在，勾抹涂染，自有其雄伟的丰姿，又岂是纤细的春景所能望其项背？

至于秋风的犀利，可以洗尽积垢；秋月的明澈，可以照烛幽微；秋是又犀利又潇洒，不拘不束的一位艺术家的象征。这种色调，实可以苏醒现代困闷人群的灵魂，因此我愿秋常驻人间！

▎佳作点评 ▎

中国历代文人墨客对秋风、秋景的描写，都带有淡淡的哀愁。作者在文章中也列举了很多，如李白的《秋思》、柳永的《雪梅香辞》、周密的《声声慢》。正如作者在文章开篇所说："提到秋，谁都不免有一种凄迷哀凉的色调，浮上心头"。然而这种"凄迷哀凉的色调"只有"秋"才有。也只有在"秋"的季节中，人们才能有所体验。

诗人们是爱"秋"的，秋是他们情感寄托的季节。秋也能给人明亮的一面，作者写到"如火般的颜色染在枫林、柿丛""浓紫的颜色泼满了山巅天际""简直是一个气魄伟大的画家的大手笔"，甚至就连万物复苏的春天也不能与之相比；而可洗尽积垢的秋风、明澈的秋月，带给人的却是一种别样的意境。

所以作者"我愿秋常驻人间"。

祖父死了的时候

□ ［中国］萧红

祖父总是有点变样子，他喜欢流起眼泪来，同时过去很重要的事情他也忘掉。比方过去那一些他常讲的故事，现在讲起来，讲了一半下一半他就说："我记不得了。"

某夜，他又病了一次，经过这一次病，他竟说："给你三姑写信，叫她来一趟，我不是四五年没看过她吗？"他叫我写信给我已经死去五年的姑母。

那次离家是很痛苦的。学校来了开学通知信，祖父又一天一天地变样起来。

祖父睡着的时候，我就躺在他的旁边哭，好像祖父已经离开了我死去似的，一面哭着一面抬头看他凹陷的嘴唇。我若死掉祖父，就死掉我一生最重要的一个人，好像他死了就把人间一切"爱"和"温暖"带得空空虚虚。我的心被丝线扎住或铁丝绞住了。

我联想到母亲死的时候，母亲死以后，父亲怎样打我，又娶一个新母亲来。这个母亲很客气，不打我，就是骂，也是指着桌子或椅子来骂我。客气就是越客气了，但是冷淡了，疏远了，生人一样。

"到院子去玩玩吧！"祖父说了这话之后，在我的头上撞了一下，"喂！你看这是什么？"一个黄金色的桔子落到我的手中。

夜间不敢到茅厕去，就说："妈妈同我到茅厕去趟吧。"

"我不去！"

"那我害怕呀！"

"怕什么？"

"怕什么？怕鬼怕神？"父亲也说话了，把眼睛从眼镜上面看着我。

冬天，祖父已经睡下，赤着脚，开着钮扣跟我到外面茅厕去。

学校开学，我迟到了四天。三月里，我又回家一次，正在外面叫门，里面小弟弟嚷着："姐姐回来了！姐姐回来了！"大门开时，我就远远注意着祖父住着的那间房子。果然祖父的面孔和胡子闪现在玻璃窗里。我跳着笑着跑进屋去。但不是高兴，只是心酸，祖父的脸色更惨淡更白了。等屋子里一个人没有时，他流着泪，他慌慌忙忙的一边用袖口擦着眼泪，一边抖动着嘴唇说："爷爷不行了，不知早晚……前些日子好险没跌……跌死。"

"怎么跌的？"

"就是在后屋，我想去解手，招呼人，也听不见，按电铃也没有人来，就得爬啦。还没爬到后门口，腿颤，心跳，眼前发花了一阵就倒下去。没跌断了腰……人老了，有什么用处！爷爷是81岁呢。"

"爷爷是81岁。"

"没用了，活了81岁还是在地上爬呢！我想你看不着爷爷了，谁知没有跌死，我又慢慢爬到炕上。"

我走的那天也是和我回来那天一样，白色的脸的轮廓闪现在玻璃窗里。

在院心我回头看着祖父的面孔，走到大门口，在大门口我仍可看见，出了大门，就被门窗遮断。

从这一次祖父就与我永远隔绝了。虽然那次和祖父告别，并没有说出一个永别的字。我回来看祖父，这回门前吹着喇叭，幡杆挑得比房头更高，马车离家很远的时候，我已看到高高的白色幡杆了，吹鼓手们的喇叭怆凉地在悲号。马车停在喇叭声中，大门前的白幡、白对联、院心的灵棚、闹嚷嚷许多人，吹鼓手们响起呜呜的哀号。

这回祖父不坐在玻璃窗里，是睡在堂屋的板床上，没有灵魂地躺在那里。我要看一看他白色的胡子，可是怎样看呢！拿开他脸上蒙着的纸吧，胡子、眼睛和嘴，都不会动了，他真的一点感觉也没有了？我从祖父的袖管里去摸他的手，手也没有感觉了。祖父这回真死去了啊！

祖父装进棺材去的那天早晨，正是后园里玫瑰花开放满树的时候。我扯着祖父的一张被角，抬向灵前去。吹鼓手在灵前吹着大喇叭。

我怕起来，我号叫起来。

"咣咣！"黑色的，半尺厚的灵柩盖子压上去。

吃饭的时候，我饮了酒，用祖父的酒杯饮的。饭后我跑到后园玫瑰树下去卧倒，园中飞着蜂子和蝴蝶，绿草的清凉气味，这都和十年前一样。可是十年前死了妈妈。妈妈死后我仍是在园中扑蝴蝶；这回祖父死去，我却饮了酒。

过去的十年我是和父亲打斗着生活。在这期间我觉得人是残酷的东西。父亲对我是没有好面孔的，对于仆人也是没有好面孔的，他对于祖父也是没有好面孔的。因为仆人是穷人，祖父是老人，我是个小孩子，所以我们这些完全没有保障的人就落到他的手里。后来我看到新娶来的母亲也落到他的手里，他喜欢她的时候，便同她说笑，他恼怒时便骂她，母亲渐渐也怕起父亲来。

母亲也不是穷人，也不是老人，也不是孩子，怎么也怕起父亲来呢？我到邻家去看看，邻家的女人也是怕男人。我到舅家去，舅母也是怕舅父。

我懂得的尽是些偏僻的人生，我想世间死了祖父，就没有再同情我的人了，世间死了祖父，剩下的尽是些凶残的人了。

我饮了酒，回想，幻想……

以后我必须不要家，到广大的人群中去，但我在玫瑰树下颤怵了，人群中没有我的祖父。

所以我哭着，整个祖父死的时候我哭着。

▮佳作点评▮

萧红在文中用平淡如水的语言，讲述了祖父临终前的情景和自己与祖父的感情。

文章一开头，从祖父"变样"写起，一步步刻画祖父临终前的情景。文中对祖父衰老的形象，对祖父死后自己生活的担忧等进行了描写，最后归结到这样的判断："我懂得的尽是些偏僻的人生，我想世间死了祖父，就没有再同情我的人了，世间死了祖父，剩下的尽是些凶残的人了。"这样的感情令人揪心，让悲伤的情绪贯穿全文。

但人生就是这样。母亲死了，祖父死了，爱"我"的人一个个离"我"而去，"我"饮了酒，回想，幻想……"我"哭了，是哭母亲，是哭祖父，还是哭自己，也许三者都有。

给亡妇 ▌||▖▗▖ ▖▖ ▖

□〔中国〕朱自清

谦，日子真快，一眨眼你已经死了三个年头了。这三年里世事不知变化了多少回，但你未必注意这些个，我知道。你第一惦记的是你几个孩子，第二便轮着我。孩子和我平分你的世界，你在日如此；你死后若还有知，想来还如此。父亲说是最乖，可是没有先前胖了。采芷和转子都好。五儿全家夸她长得好看；却在腿上生了湿疮，整天坐在竹床上不能下来，看了怪可怜的。六儿，我怎么说好，你明白，你临终时也和母亲谈过，这孩子是只可以养着玩儿的，他左挨右挨，去年春天，到底没有挨过去。这孩子生了几个月，你的肺病就重起来了。我劝你少亲近他，只监督着老妈子照管就行。你总是忍不住，一会儿提，一会儿抱的。可是你病中为他操的那一份儿心也够瞧的。那一个夏天他病的时候多，你成天儿忙着，汤呀，药呀，冷呀，暖呀，连觉也没有好好儿睡过。那里有一分一毫想着你自己。瞧着他硬朗点儿你就乐，干枯的笑容在黄蜡般的脸上，我只有暗中叹气而已。

从来想不到做母亲的要像你这样。从迈儿起，你总是自己喂乳，一连四个都这样。你起初不知道按钟点儿喂，后来知道了，却又弄不惯；孩子们每夜里几次将你哭醒了，特别是闷热的夏季。我瞧你的觉老没睡足。白天里还得做菜，照料孩子，很少得空儿。你的身子本来坏，四个孩子就累你七八年。到了第五个，你自己实在不成了，又没乳，只好自己喂奶粉，另雇老妈子专管她。但孩子跟老妈子睡，你就没有放过心；夜里一听见哭，就竖起耳朵听，工夫一大就得过去看。十六年初，和你到北京来，将迈儿、转子留在家里；三年多还不能去接他们，可真把你惦记苦了。你并不常提，我却明白。你后来说你的病就是惦记出来的；那个自然也有份儿，不过大半还是养育孩子累的。你的短短的十二年结婚生活，有十一年耗费在孩子们身上；而你一点不厌倦，有多少力量用多少，一直到自己毁灭为止。你对孩子一般儿爱，不问男的女的，大的小的。也不想到什么"养儿防老，积谷防饥"，只拼命的爱去。你对于教育老实说有些外行，孩子们只要吃得好玩得好就成了。这也难怪你，你自己便是这样长大的。况且孩子们原都还小，吃和玩本来也要紧。你病重的时候最放不下的还是孩子。病的只剩皮包着骨头了，总不信自己不会好；老说："我死了，这一大群孩子可苦了。"后来说送你回家，你想着可以看见迈儿和转子，也愿意；你万不想到会一走不返的。我送车的时候，你忍不住哭了，说："还不知能不能再见？"可怜，你的心我知道，你满想着好好儿带着六个孩子回来见我的。谦，你那时一定这样想，一定的。

除了孩子，你心里只有我。不错，那时你父亲还在；可是你母亲死了，他另有个女人，你老早就觉得隔了一层似的。出嫁后第一年你虽还一心一意依恋着他老人家，到第二年上我和孩子可就将你的心占住，你再没有多少工夫惦记他了。你还记得第一年我在北京，你在家里。家里来信说你待不住，常回娘家去。我动气了，马上写信责备你。你教人写了一封复信，说家里有事，不能不回去。这是你第一次也可以说第末次的抗议，我从此就没给你写信。暑假时带了一肚子主意回去，但见了面，看你一脸笑，也就拉倒了。打这时候起，你渐渐从你父亲的怀里跑到我这儿。你换了金镯子帮助我的学费，叫我以后还你；但直到你死，我没有还你。你在我家受了许多气，又因为我家的缘故受你家里的气，你都忍着。这全为的是我，我知道。那回我从家乡一个中学半途辞职出走。家里人讽你也走。那里走！只得硬着头皮往你家去。那时你家像个冰窖子，你们在窖里足足住了三个月。好容易我才将你们领出来了，一同上外省去。小家庭这样组织起来了。你虽不是什么阔小姐，可也是自小娇生惯养的，做起主妇来，什么都得干一两手；你居然做下去了，而且高高兴兴地做下去了。菜照例满是你做，可是吃的都是我们；你至多夹上两三筷子就算了。你的菜做得不坏，有一位老在行大大地夸奖过你。你洗衣服也不错，夏天我的绸大褂大概总是你亲自动手。你在家老不乐意闲着；坐前几个"月子"，老是四五天就起床，说是躺着家里事没条没理的。其实你起来也还不是没条理；咱们家那么多孩子，那儿来条理？在浙江住的时候，逃过两回兵难，我都在北平。真亏你领着母亲和一群孩子东藏西躲的；末一回还要走多少里路，翻一道大岭。这两回差不多只靠你一个人。你不但带了母亲和孩子们，还带了我一箱箱的书；你知道我是最爱书的。在短短的十二年里，你操的心比人家一辈子还多；谦，你那样身子怎么经得住！你将我的责任一股脑儿担负了去，压死了你；我如何对得起你！

你为我的捞什子书也费了不少神；第一回让你父亲的男佣人从家乡捎到上海去。他说了几句闲话，你气得在你父亲面前哭了。第二回是带着逃难，别人都说你傻子。你有你的想头："没有书怎么教书？况且他又爱这个玩意儿。"其实你没有晓得，那些书丢了也并不可惜；不过教你怎么晓得，我平常从来没和你谈过这些个！总而言之，你的心是可感谢的。这十二年里你为我吃的苦真不少，可是没有过几天好日子。我们在一起住，算来也还不到五个年头。无论日子怎么坏，无论是离是合，你从来没对我发过脾气，连一句怨言也没有。——别说怨我，就是怨命也没有过。老实说，我的脾气可不大好，迁怒的事儿有的是。那些时候你往往抽噎着流眼泪，从不回嘴，也不号啕。不过我也只信得过你一个人，有些话我只和你一个人说，因为世界上只你一个人真关心我，真同情我。你不但为我吃苦，更为我分苦；我之有我现在的精神，大半是你给我培养着的。这些年来我很少生病。但我最不耐烦生病，生了病就呻吟不绝，闹那伺候病的人。你是领教过一回的，那回只一两点钟，可是也够麻烦了。你常生病，却总不开口，挣扎着起来；一来怕搅我，二来怕没人做你那份儿事。我有一个坏脾气，怕听人生病，也是真的。后来你天天发烧，自己还以为南方带来的疟疾，一直瞒着我。明明躺着，听见我的脚步，一骨碌就坐起来。我渐渐有些奇怪，让大夫一瞧，这可糟了，你的一个肺已烂了一个大窟窿了！大夫劝你到西山去静养，你丢不下孩子，又舍不得钱；劝你在家里躺着，你也丢不下那份儿家务。越看越不行了，这才送你回去。明知凶多吉少，想不到只一个月工夫你就完了！本来盼望还见得着你，这一来可拉倒了。你也何尝想到这个？父亲告诉我，你回家独住着一所小住宅，还嫌没有客厅，怕我回去不便哪。

前年夏天回家，上你坟上去了。你睡在祖父母的下首，想来还不孤单的。只是当年祖父母的坟太小了，你正睡在圹底下。这叫做"抗圹"，在生人看来是不安心的；等着想办法吧。那时圹上圹下密密地长着青草，朝露浸湿了我的布鞋。你刚埋了半年多，只有圹下多出一块土，别的全然看不出新坟的样子。我和隐今夏回去，本想到你的坟上来；因为她病了，没来成。我们想告诉你，五个孩子都好，我们一定尽心教养他们，让他们对得起死了的母亲——你！谦，好好儿放心安睡吧，你。

一九三二年十月

　　写给亡妇——谦，其实也是写给自己，没有了谦，"我"心中的话无处诉说。

　　文章在记述日常琐事中娓娓道来，作者不厌其烦地介绍孩子们的情况，介绍家里的情况，和谦给"我"的爱，就像两人坐在对面唠家常一样，平实、亲切、自然，在这些简单的琐事与平白的叙述之后，掩藏着"我"无比的痛苦与落寞，也许只有对着谦，"我"才能、才会说出这些话。

　　五个孩子都好，"我"也好，你放心好了，放心睡吧，作为生者，要承担怎样的压力和痛苦，这些只有当事人知道。

春天的消逝 ‖ₗₗ▪▪▪▪

□［中国］缪崇群

一

褓褓，摇篮，床，"席梦思"的床……人长着，物换着。

哭着，笑着，唱着，跳着，钻营着，驰骋着……宝贝——公子——伟人——伟人常常寿终正寝在他"席梦思"的床上。

二

人长着，物换着，今天耕田，拿起锄头；明天作工，拿起斧头……

青青的土地，滴滴的汗粒。漆黑的工厂，油般的血，血量的油，推动了，生产了，消耗着劳动者的力。

米谷并不值钱，地皮却越刮越光了。血汗也没有用处，兜揽着，拍卖着，牺牲着……有数不清的人们是落荒地完全找不着他们的下场。

三

一年四季都是春天，春天的名字将从此消逝了。三百六十天的炎夏或隆冬，没有春天啊，春天的名字将从此消逝了。

整个的世纪是不景气的，消逝了的是整个世纪里的春天罢？

四

睡在"席梦思"床上想着金钱、女人、荣誉的伟人，惆怅着，春天的消逝啊！

躺在草上望着空空的天，漠漠的地，从娘胎里什么也没有带了来，现在还是什么也没有的徒着手。

手上有的是胼胝，可是充不了肚里的饥饿。开着花却没有果！

春天消逝了罢！时代需要着风狂和雨暴！

五

昨天我看见两个骑着战马在大街上奔驰的丘八，不带鞭，不挂枪，胁间挟满了盛开的桃花。今天出门，迎面便逢着一个玩弄着柳枝的妇人。

丘八的花，不知赠与何人；妇人的柳枝，想必有所系而折也。

真的春天是这样地消逝了罢？

六

Calendar 我常是几天一撕的，今年的 Easter 不经意地又已经到字纸篓子里去了。耶稣，基督在春天里受难，在春天里复活。

春天是与"上帝"同在么？阿门。

"春天的消逝"，怕又是一个无神论者了。

（选自《废墟集》）

▎佳作点评 ▎▏▎

缪崇群的《春天的消逝》是一篇哲理散文，文章通过一系列意象：襁褓、摇篮、床、"席梦思"的床，诠释着这样一个理论："人长着，物换着。"

作者以春天的美好时光，串联起社会上的各种现象，抒发自己的感概。从一个侧面反映了当时的社会现实和风貌，留下了自己生活的道路和思想的烙印，显示了作者在散文创作方面的独特风格。

冬　天

□［中国］茅盾

　　诗人们对于四季的感想大概岂不同罢。一般的说来，则为"游春""消夏""悲秋"——冬呢，我可想不出适当的字眼来了，总之，诗人们对于"冬"好像不大怀好感，于"秋"则已"悲"了，更何况"秋"后的"冬"！

　　所以诗人在冬夜，只合围炉话旧，这就有点近于"蛰伏"了。幸而冬天有雪，给诗人们添了诗料。甚而至于踏雪寻梅，此时的诗人俨然又是活动家。不过梅花开放的时候，其实"冬"已过完，早又是"春"了。

　　我不是诗人，对于一年四季无所便憎。但寒暑数十易而后，我也渐渐辨出了四季的味道。我就觉得冬天的味儿好像特别耐咀嚼。

　　因为冬天曾经在三个不同的时期给我三种不同的印象。

　　十一二岁的时候，我觉得冬天是又好又不好。大人们定要我穿了许多衣服，弄得我动作迟笨，这是我不满意冬天的地方。然而野外的茅草都已枯黄，正好"放野火"，我又得感谢"冬"了。

　　在都市里生长的孩子是可怜的，他们只看见灰色的马路，从没有过整齐的一望无际的大草地。他们即使到公园里看见了比较广大的草地，然而那是细曲得像狗毛一样的草坪，枯黄了时更加难看，不用说，他们万万想不到这是可以放起火来烧的。在乡下，可不同了。照例到了冬天，野外全是灰黄色的枯草，又高又密，脚踏下去簌簌地响，有时没到你的腿弯上。是这样的草——大草地，就可以放火烧。我们都脱了长衣，划一根火柴，那满地的枯草就毕剥毕剥烧起来了。狂风着地卷去，那些草就像发狂似的腾腾地叫着，夹着白烟一片红火焰就像一个大舌头似的会一下子把大片的枯草舐光。有时我们站在上风头，那就跟着火头跑；有时故意站在下风，看着那烈焰像潮水样涌过来，涌过来，于是我们大声笑着嚷着在火焰中间跳，一转眼，那火焰的波浪已经上前去了，于是我们就又追上去送它。这些草地中，往往有浮厝的棺木或者骨殖甏，火势逼近了那棺木时，我们的最紧张的时刻就来了。我们就来一个"包抄"，扑到火线里一阵滚，收熄了我们放的火。这时候我们便感到了克服敌人那样的快乐。

二十以后成了"都市人"，这"放野火"的趣味不能再有了，然而穿衣服的多少也不再受人干涉了，这时我对于冬，理应无憎亦无爱了罢，可是冬天却开始给我一点好印象。二十几岁的我是只要睡眠四个钟头就够了的，我照例五点钟一定醒了；这时候，被窝是暖烘烘的，人是神清期爽的，而又大家都在黑甜乡，静得很，没有声音来打扰我，这时候，躲在那里让思想像野马一般飞跑，爱到哪里就到哪里，想够了时，顶天亮起身，我仿佛已经背着人，不声不响自由自在做完了一件事，也感得一种愉快。那时候，我把"冬"和春夏秋比较起来，觉得"冬"是不干涉人的，她不像春天那样逼人困倦，也不像夏天那样使得我上床的时候弄堂里还有人高唱《孟姜女》，而在我起身以前却又是满弄堂的洗马桶的声音，直没有片刻的安静，而也不同于秋天。秋天是苍蝇蚊虫的世界，而也是疟病光顾我的季节呵！

然而对于"冬"有恶感，则始于最近。拥着热被窝让思想跑野马那样的事，已经不高兴再做了，而又没有草地给我去"放野火"。何况近年来的冬天似乎一年比一年冷，我不得不自愿多穿点衣服，并且把窗门关紧。

不过我也理智地较为认识了"冬"。我知道"冬"毕竟是"冬"，摧残了许多嫩芽，在地面上造成恐怖；我又知道"冬"只不过是"冬"，北风和霜雪虽然凶猛，终不能永远的统治这大地。相反的，冬天的寒冷愈甚，就是冬的运命快要告终，"春"已在叩门。

"春"要来到的时候，一定先有"冬"。冷罢，更加冷罢，你这吓人的冬！

▎佳作点评 ▍

作者在文章中描述了三个不同时期的冬天：充满乐趣的童年时的冬天、安静的青年时的冬天、多了几分寒冷和恐怖的如今的冬天。我们可以透过这些不同的印象，来窥见作者不同的心境。但作者主要想表现的还是人世之"冬"——严酷的社会政治环境在摧残着新生的进步力量，带来的肃杀和萧条让作者感到厌恶。但是，"春"的脚步不可阻挡，它已在"冬"中孕育、萌发、生长！正如英国诗人雪莱所说："冬天来了，春天还会远吗？"

在我们生命的进程里，我们也在感受着不同的冬天，会经历很多的凄凉与寒冷，但无论怎样，春天的阳光总会如期地照耀大地。

雷雨前 ▍▏ıı ▃▃ ▃▃ ▄

□［中国］茅盾

清早起来，就走到那座小石桥上。摸一摸桥石，竟像还带点热。昨天整天里没有一丝儿风。晚快边响了一阵子干雷，也没有风，这一夜就闷得比白天还厉害。天快亮的时候，这桥上还有两三个人躺着，也许就是他们把这些石头又困得热烘烘。

满天里张着个灰色的幔。看不见太阳。然而太阳的威力好像透过了那灰色的幔，直逼着你头顶。

河里连一滴水也没有了，河中心的泥土也裂成乌龟壳似的。田里呢，早就象开了无数的小沟，——有两尺多阔的，你能说不像沟么？那些苍白色的泥土，干硬得就跟水门汀差不多。好像它们过了一夜功夫还不曾把白天吸下去的热气吐完，这时它们那些扁长的嘴巴里似乎有白烟一样的东西往上冒。

站在桥上的人就同浑身的毛孔全都闭住，心口泛淘淘，像要呕出什么来。

这一天上午，天空老正着那灰色的幔，没有一点点漏洞，也没有动一动。也许幔外边有的是风，但我们罩在这幔里的，把鸡毛从桥头抛下去，也没见他飘飘扬扬镀方步。就跟住在抽出了空气的大筒里似的，人张开两臂用力行一次深呼吸，可是吸进来只是热辣辣的一股闷。

汗呢，只管钻出来，钻进来，可是胶水一样，胶得你浑身不爽快，像结了一层壳。

午后三点钟光景，人像快要干死的鱼，张开了一张嘴，忽然天空那灰色的幔裂了一条缝！不折不扣一条缝！像明晃晃的刀口在这幔上划过。然儿划过了，幔又合拢，跟没有划过一样，透不进一丝儿风。一会儿，长空一闪，又是那灰色的幔裂了一次缝。然儿中什么用？

像有一只巨人的手拿着明晃晃的大刀在外边想挑破那灰色的幔，像是巨人已在咆哮发怒越来越紧了，一闪一闪满天空瞥过那大刀的光亮，隆隆隆，幔外边来了巨人的愤怒的吼声！

猛可地闪光和吼声都没有了，还是一张密不通风的灰色的幔！

空气比以前加倍闷！那幔比以前加倍厚！天加倍黑！

你会猜想这时那幔外边的巨人在揩着汗，歇一口气；你断得定他还要进攻。你焦躁地等着，等着那挑破灰色幔的大刀的一闪电光，那隆隆隆的怒吼声。

可是你等着，等着，却等来了苍蝇。它们从龌龊的地方飞出来，嗡嗡嗡的，绕住你，叮你的涂一层胶似的皮肤。戴红顶子像个大员模样的金苍蝇刚从粪坑里吃饱了来，专拣你的鼻子尖上蹲。

也等来了蚊子。哼哼哼地，像老和尚念经，或者老秀才读古文。苍蝇给你传染病，蚊子却老是要喝你的血呢！

你跳起来拿着蒲扇乱扑，可是赶走了这一边的，那一边又是一的群乘隙进攻。你大声叫喊，它们只回答你个哼哼哼，嗡嗡嗡！

外边树梢头的蝉儿却在那里唱高调："要死呦，要死呦！"

你汗也流尽了，嘴里干得像烧，你手里也软了，你会觉得世界末日也不会比这再坏！

然而猛可地电光一闪，照得屋角里都雪亮。幔外边的巨人一下子把那灰色的幔扯得粉碎了！轰隆隆，轰隆隆，他胜利地叫着。胡——胡——挡在幔外边整整两天的风开足了超高速度扑来了！蝉儿噤声，苍蝇逃走，蚊子躲起来，人身上像剥落了一层壳那么爽。

霍！霍！霍！巨人的刀光在长空飞舞。

轰隆隆，轰隆隆，再急些！再响些吧！

让大雷雨冲洗出个干净清凉的世界！

▮佳作点评▮▮▮

《雷雨前》发表于1934年，是用象征的手法描写了30年代整个中国的政治与社会矛盾。在这篇散文中，象征手法的运用自然、逼真，一切都以自然界事物的本来面目为基础，抓住其特征用比拟、夸张等修辞手法作形象概括，并在其自身运动和相互冲突中显现其象征寓意。

茅盾用雷雨前闷热难忍的窒息气氛来象征国民党统治之下的黑暗社会现实，把郁闷腻热的氛围渲染到极点，给人以身临其境、身受其害的真切感受。因而渴望即将到来的大雷雨冲洗出个干净清凉的世界！

茅盾在散文中用折语句精练、有力，最后的画龙点睛之笔"让大雷雨冲洗出个干净清凉的世界！"更是劲道、洒脱，仿佛似闪电、雷鸣一般唱出了时代的最强音。

雨　前

□ ［中国］罗黑芷

　　时节是阴历六月中旬的一日。微细到分辨不清的油一般的小汗粒从肥壮的章君的鼻头和颊上续续渗出，随后竟漫延到颈际了。他睡在一间胡乱叫做书斋的房中一张藤躺椅上；照那样子看去，可以称为是午后二时光景的夏天的打盹。一只赤露的胳膊旁逸到藤椅的外侧，软软地向下垂着，那一只却屈弯在椅扶手上；两条腿和脚挺直伸出，又开来搁在椅前的地方；那全身颇像一个三岁孩子用秃笔涂成的畸形的"大"字。他朦胧含着眼皮；那歪在椅顶枕上的发毛毧毧的脑袋，有时因为一两匹小蝇在他眼缝或嘴角的湿津津的处所吮咂得厉害，便"唔！"的在梦中发出了向来不曾有仇但为什么定要来烦扰的不得已的抗议，于是只得摆动一下，随即那鼻孔里似乎又有了小的鼾声了。

　　窗外的天空不像是可以教人看了会愉快的天空：说是夏天，总应该是青青朗朗有润凉的西南风吹送着一小片白云过来的，可以起人悠然遐思的天空；可是那在四边地平线上层层叠叠堆上了还要堆上去似的隐藏在树林背后的云，不绝地慢慢向天顶推合，虽不曾响着雷声，人的心里总以为"快响雷了吧？"的这样忧闷暑湿的天气，所以竟使大小的蝇时刻攒围在这个有些汗臭的肉体的身旁，而且一只很大的蚊虫钉在他的屁股旁边；本能的作用使他那条大腿上的肉不时颤动。

什么像鞋匠正用锤子在木砧上敲打鞋底似的连续而又中断的响声，正从那边的厢房里送到这半眠着的人的耳膜上，那震动特别尖锐。模模糊糊的意识使他在心里猜疑；这简直变成鞋匠店了么？不错，他的妻子恰正在房里做着鞋匠。十多只尚未完工的大形小形的布鞋底，像干鱼一般横七竖八散乱在桌上凳上和竹榻上。伊却仿佛是一个永不会变动的世界里的人，和十年前一模一样的，手里捶打着伊自己的和伊儿女的鞋底，同时又和伊的老得像一座陈朽的留声机似的母亲唧唧哝哝不间歇地作长谈，而且有快乐的笑声时常从伊们中间漏了出来。这使藤椅上半睡着的人奇异地感到：他仿佛被人装纳在一个大的满盛着棉花的麻布袋内，同时又仿佛浮在幽远的古昔所吹来的空旷的寂寞里，又伤感，又新鲜，教人很愿意就这样睡着不动地给搬运了去。我们要为他祝祷平安，为这个半睡着的人。

全个身躯动弹了一下，大约是一只苍蝇爬上他的鼻尖了，或者是那钉在屁股旁边的大蚊虫把那长针般的嘴从肉里抽了出来，于是他醒了。

他从椅上抬起身来，坐着，抓起那柄落在椅旁地上的破葵扇，向头面胸部不成仪式地乱扑了几下：“热呵！”便站了起来，慢慢踱离开去，似乎预备了要去寻找那什么地方会挂搭着的冷湿的毛巾来拭干脸上颈上和胸前的汗水和油脂。一颗蚕豆大的红色肉疤在他右股上坟肿起来了，有点麻麻作痒，他用手爪去搔爬。

窗内的空气是湿漉漉的带有浴堂的气味，窗外的天色是那样恹恹地灰白得骇人。在窗角的上方有一个半大的蜘蛛正忙着结网。天边什么地方已经轰轰地响着低的雷声了。

他看着那搁置洗面盆架的上方墙上的挂钟．铿铿的鸣了五下；其实长针正到了十二点，而短针却又停在三点过一分的地方。内面的机械早生了锈蚀的挂钟的报时，原来只能求其如此。做着主人翁的颇能首肯这一种时间的错乱，他走出到阶前了。

一个人也不见。那厢房内敲打鞋底的响声也不知在什么时候早沉寂了。天空还是那样的天空，有厚的薄的云块推动着。在这种境地，一个人每每能够瞧着眼前的大小参差的种种物象而寻不出一点意见来。

院中，此刻也如昨日一样，如前日一样，两端各矗立着一株被毛虫吃得快残废了但仍旧纷披地缀着些网膜一般的枯叶的月桂；中间是一个长方形残缺的花坛，蓬蓬杂杂从里面生出些黄瓜的藤蔓，一株幼小的柘树的枝叶，和许多开着小点白花的野草之类的植物；在花坛外面，那做着基础的砖缝里剥落了灰泥而被青苔占领了的阴湿处。挺生出一株二尺来高的风仙花，因为无风的原故，那些叶儿一动也不动。

单从这院中的情形看来，进步是没有的，退化也似乎只迟到物质那方面的穷。这样的文句或许有点受着时代的叱责的嫌疑吧？然而在这个地方，西方的气味无论如何是没有的了。

他走近一步，现在站在那阶沿的边；觉到头顶上的云块中间仿佛透下一线明亮的光，在阶下不远的一洼黑色的污水里忽然倒映着那株风仙花的鲜明的姿影。那黑色的水底，此时看去，仿佛是无尽穷的鸢渺，无尽穷的空阔。一种黝黑而蔚蓝的光穿透了那风仙花的每匹明亮的绿色的叶背，射在每朵掩盖在叶下的淡红色的花瓣上，刹那间变成了莲青色。那花的全体亭亭地倒植在这个璀璨明净的世界里，倘若落下一瓣一叶，必定是会作破碎的琉璃的响声的。谁能够移到这个世界里去呢？他想：倘若他能够立刻像一只蜻蜓，展开翼翅，贴近那水面飞旋，他或许可以看见更辽阔更明净的另一个宇宙，而且倘若他能够像一个浮尘子，一直向那有光的里面撞了进去，他便可以清凉无汗的在那里面的空中翱翔起来，忘记了这个烦杂昏瞀的现世了。

然而那一洼浅水，深不到二寸，无论那样肥壮的人撞不进去；即使是那细小的浮子也只能飘停在水面；纵令翱翔，只在宽广不过尺余的空间罢了。他大概这样想着吧？真的，这样一看着泥浆便会想出莫名其妙的事情来的头脑，一定是有了什么神经上的障碍呵！

沉闷的热的空气沾在皮肤上，在肥壮的人，是比什么都更不爽快的事。从这檐际仰望去，一大块灰色的云横过来了。试想这屋外，人的视野所能吸收进来的树林，山野，屋舍，稻田，必定都扁扁的贴伏在地面上，静听着云端里的低的雷声。忽然几颗很大的雨点飒飒地打在他的额上了。那突然感到凉意而仰望着的脸无端地浮出了些微笑。

一九二七，七月十日

佳作点评

罗黑芷（1898—1927），原名罗象陶，江西省武宁县人，现代作家。主要作品有小说集《春日》《醉里》；散文集《乡愁》《甲子年终之夜》。

文章写的虽然是常见的自然现象——雨前特定的景象，但其寓意却是深远的。

文章写于1927年，结合当时的社会环境，我们可以了解：雨前的环境象征了当时的社会；人们在雨前的愿望，象征着人们对一种新的社会的渴望。作者写雨前的人物与景物，把重点放在了环境和景物上，构成了"雨前"的特定形象，代表的却是当时社会的人生写照。通过对环境和景物的描写，我们可以看到作者在作品中所写的人生是什么样的人生。主人公正处于一种窒闷压抑的处境，而他对雷雨的渴望大概就是他希望改变这压抑环境的体现吧。这也是处在压抑环境下的人的共性。

月　光

□［中国］田汉

　　有的人当心里有什么不愉快的事情的时候总爱喝酒，说因此可以忘记他的痛苦。但以他的经验，却不然，他越喝酒，心里越加明白。内心的悲哀不独不能因酒支吾过。而且因为酒的力量把妨碍悲哀之发泄的种种的顾虑全除去了，反显出他真正的姿态来。

　　他到这异乡的上海生活以来，不知不觉又过了两个节了。七月七刚过了，又是八月中秋，好快的日子！他的弟弟买了许多桂花来插在瓶里，摆在靠墙放置的桌上。没有读过什么书的弟弟也懂得色调的配合。他因嫌白壁太单调了，不足以显出桂花的好处来，便借邻居叶君的一块紫色的花布钉在墙上，那金黄的桂花得了紫色的衬托果然越加夺目，萧索的寓楼中有了她发散出来的芳香，顿时温馨了许多。因为今晚是八月节，清澄皎洁的月光不可辜负。和他同居的Ｅ君爱喝几杯，打了许多酒来，晚间便大吃大喝，他约莫也喝了斤把花雕，正如上面说的，将欲销愁，而愁的形态像雨过天晴的月色一样更加明显起来，他便倒在床上睡了。Ｅ君与他弟弟邀他到街头步月，他没有应他们，他们以为他睡着了，便不勉强他。他们去后，他起来拿起笔来要写一点东西，但是写不了，头好像有一点痛，便熄了电灯，依然睡在床上，电灯一黑，那清圆的好月立刻趁着她那放射的银线由窗子里跳进他房里来，吻着他的床。他此时的心里虽因喝了酒愈加明白，但在他眼里的月的姿态却模糊起来了。

"S妹"他喊她一声，她不答应，知道她睡着了。他把她的被盖好，起来放好帐子，房里虽然有一盏美孚灯，但不足以抵御月光的侵入。他走到书桌旁边坐下了，桌上还放着栈房里老板送来的月饼，他虽不饥，无聊地也拿着吃了，一面吃一面痴痴的抬头望着窗外，真是玉宇无尘，晶光似濯。他想此时若能同她一块儿去步月是何等幸福，偏她又一病至此。又念刚回去的慈母、幼儿，今晚不知在哪里过节，他一边想，一边听着帐子里的呼吸，也还均匀，似乎一时不至于醒来。他便慢慢地出了房门，走到院子里，满地银光，真如积水空明。由院子直走，出了大门便是扬子江边了，由堤边一带垂杨荫里望那扬子江时，滚滚江涛映在月光之中，就像无数人鱼在清宵浴舞，他独自一人伫立多时，渐渐觉得身上穿的单衫挡不住午夜的江风，又恐怕那卧病在异乡客舍中的可怜的人要醒了，急忙拭干眼中因江风送来的水珠，慢慢地踱回房里去了——这是他的去年今夜。

这时是他和她回上海的第一年。他们和他的朋友Z君夫妇住在哈同花园后面民厚南里的一家楼上。这天晚上也是八月中秋，Z君和另一朋友邀他们俩同去步月，她穿着红色的毛衣同他们出去。从静安寺路转到赫德路，又转到福煦路，就是围着民厚里打了一个圈圈，他们便和Z君等分开了，他们沿着古拔路，在丰茂的白杨树荫下携手徐行，低声地谈着他们谈不完的心曲。那时的古拔路一边是洋房子，一边却是一条小港，小港的那边是几畦菜园，还有一座有栏杆的小桥，桥头有几株垂杨低低地拂着桥栏，桥下水虽不流，却有浓绿的浮萍，浮萍里还偶然伸出一两朵鲜艳的水仙花。靠着菜园那边，还有一带芦苇。参差有致。他们自从发现了这块地方，常常爱到这里来散步。今晚他们因想这块具备了长芦垂柳碧水小桥的地方在明月之中不知更增几许姿态。所以特来领略这美丽的自然。果然不使他们失望，柳、芦、桥、水、浮萍、水仙都好像特作新妆迎接他们，他们站在桥头受着月光的祝福，他觉得这种情境很有画意，回家后他便画了几张小桥观月图分送他的好友。

他回忆了去年和前年今日的情景，又联想到今夜的故乡，母亲和孩子在乡里过节，母亲一定思念她在外面的儿子，孩子虽小也一定想念他在外面的父亲，但他一定以为他的妈妈也同他的爸爸一起在上海，他哪里知道今晚的月光，不能照到他妈妈的脸上，只能照着她坟上的青草呢！

> 可怜一样团圆月，
>
> 半照孤坟半照人。

他还没有念完这两句诗，便痛哭得在床上打滚了。

上面这几段东西是他昨晚写的。因为都是月夜的回忆，他题之曰"月光"。不过他今早起来，照着他床上的不是"凄凉的月光"，却是和暖的阳光。他昨夜的泪痕在阳光中一忽儿都晒干了。他以后不敢再在月光底下回忆，不敢再于佳节良辰喝酒，不敢再惹起他的旧痛。他年纪还不大，还想忍着痛苦做些事，这也是她所希望于他的，他现在与惠特曼同样要求着"赫耀而沉默的太阳"，他与惠特曼同样唱着《大道之歌》"从此以后，他不再呜咽了，不再因循了，他什么都不要，他要勇敢地、专心致志地登他的大道！"

作于一九二六年

田汉（1898—1968），字寿昌，湖南长沙人，我国著名剧作家、戏剧活动家、诗人，文艺批评家、文艺工作领导者。中国现代戏剧的奠基人。

中国历代文人都喜欢用中秋圆月来表达思念之情，因而也出现了许多与"月"有关的优秀文学作品，田汉的此篇《月光》同样也是如此。

中秋年年有，今年不一样，回忆与现实总是有区别的。同样的月夜、同样的景物，人不同，心便截然不同了。自己形单影只，将"今年"的中秋节同去年、前年进行比较，一股"物是人非"的悲凉油然而生。

散文里处处是抒情，感情又在景物的移转中与其交融，真是景中含情，情中寓景，情景交融，相映生辉。窗外清澈皎洁的月光清晰地照见作者内心的凄凉与悲哀，不息的江水带给作者更多的孤独和凄凉。不过，作者在文末却写到照在他床上的不再是"凄凉的月光"，已变成和暖的阳光，一转全篇"凄凉"的情感基调，给人以"和暖"的感受和力量。

我的心灵告诉我

133

离　别

□ ［中国］郑振铎

一

别了，我爱的中国，我全心爱着的中国。当我倚在高高的船栏上，见着船渐渐的离岸了，船与岸间的水面渐渐的阔了，见着许多亲友挥着白巾，挥着帽子，挥着手，说着Adieu，Adieu！（再会，再会！）听着鞭炮劈劈啪啪的响着，水兵们高呼着向岸上的同伴告别时，我的眼眶是润湿了，我自知我的泪点已经滴在眼镜面了，镜面是模糊了，我有一种说不出的感动！

船慢慢的向前驶着，沿途见了停着的好几只灰色的白色的军舰。不，那不是悬着青天白日满地红的国旗的，它们的旗帜是"红日"，是"蓝白红"，是"红蓝条交叉着"的联合旗，是有"星点红条"的旗！

两岸是黄土和青草，再过去是两条的青痕，再过去是地平上的几座小岛山，海水满盈盈的照在夕阳之下，浪涛如顽皮的小童似的跳跃不定。水面上呈现出一片的金光。

别了，我爱的中国，我全心爱着的中国！

我不忍离了中国而去，更不忍在这大时代中放弃每人应做的工作而去，抛弃了许多亲爱的勇士们在后面，他们是正用他们的血建造着新的中国，正在以纯挚的热诚，争斗着，奋击着。我这样不负责任的离开了中国，我真是一个罪人！

然而我终将在这大时代中工作着的，我终将为中国而努力，而呈献了我的身，我的心；我别了中国，为的是求更好的经验，求更好的奋斗的工具。暂别了，暂别了。在各方面争斗着的勇士们，我不久即将以更勇猛的力量加入你们当中了。

当我归来时，我希望这些悬着"红日"的，"蓝白红"的，有"星点红条"的，"红蓝条交叉着"的一切旗帜的白色灰色的军舰都已不见了，代替它们的是我们的可喜爱的悬着我们的旗帜的伟大舰队。

如果它们那时还没有退去中国海，还没有为我们所消灭，那么，来，勇士们！我将加入你们的队中，以更勇猛的力量，去压迫它们，去毁灭它们！

这是我的誓言！

别了，我爱的中国，我全心爱着的中国！

二

别了，我最爱的祖母、母亲、妹妹以及一切亲友们！我没有想到我动身得那么匆促。我决定动身，是在行期前的七天；跑去告诉祖母和许多亲友们，是在行期前的五天。我想我们的别离至多不过是两年、三年，然而我心里总有一种离愁堆积着。两三年的时光，在上海住着是如燕子疾飞似的匆匆滑过去了，然而在孤身栖止于海外的游子看来，是如何漫长的一个时间呀！在倚闾而望游子归来的祖母、母亲们和数年来终日聚首的爱友们看来，又是如何漫长的一个时期呀！祖母在半年来，身体又渐渐的回复康健了，精神也很好，所以我敢于安心远游。要在半年前，我真的不忍与她相别呢！然而当她听见我要远别的消息时，她口里不说什么，还很高兴的鼓励着我，要我保重自己的身体，在外不像在家，没有人细心照应了，饮食要小心，被服要盖得好些，落在床下是不会有人来拾起了；又再三叮嘱着我，能够早回，便早些回来。她这些话是安舒的慈爱的说着的，然而在她慢缓的语声中，在她微蹙的眉尖上，我已看出她是满孕着难告的苦闷与别意。不忍与她的孩子离别，而又不忍阻挡他的前进，这其间是如何的踌躇苦恼、不安！人非铁石，谁不觉此！第二天，第三天，她的筋痛的旧病，便又微微的发作了。这是谁的罪过！行期前一天的晚上，我去向她告别；勉强装出高兴的样子，要逗引开她的忧怀别绪；她也勉强装着并不难过的样子，这还不是她也怕我伤心么？在强装的笑容间，我看出万难遮盖的伤别的阴影。她强忍着呢！以全力忍着呢！母亲也是如此，假定她们是哭了，我一定要弃了我离国的决心，一定的！这夜临别时，我告诉她们说，第二天还要来一次。但是，不，第二天，我决不敢再去向她们告别了。我真怕摇动了我的离国的决心！我宁愿负一次说谎的罪，我宁愿负一次不去拜别的罪！

岳父是真希望我有所成就的，他对于我的离国，用全力来赞助。他老人家仆仆的在路上跑，为了我的事，不知有几次了！托人，找人帮忙，换钱……都是他在忙着。我不知将如何说感谢的话好！然而临别时，他也不免有戚意。我看他扶着簦，在太阳光中忙乱的码头上站着，挥着手，我真的感动得说不出话来。

许多朋友，亲戚……他们都给我以在我预想以上之帮忙与亲切的感觉，这使我更不忍于离别了！

果然如此的轻于言离别，而又在外游荡着，一无成就，将如何的伤了祖母、母亲、岳父以及一切亲友的心呢！

别了，我最爱的祖母以及一切亲友们！

三

当我与岳父同车到商务去时，我首先告诉他我将于 21 日动身了。归家时，我将这话第二次告诉给箴，她还以为我是与她开开玩笑的。

"哪里的话！真的要这么快就动身么？"

"哪一个骗你，自然是真的，因为有同伴。"

她还不信，摇摇头道："等爸爸回来问他看。你的话不能信。"

岳父回家，她真的去问了。

"哪里会假的；振铎一定要动身了，只有六七天工夫，快去预备行装！"他微笑的说着。

箴有些愕然了："爸爸也骗我！"

"并没有骗你，是一点不假的事。"他正经的说道。

她不响了，显然的心上罩了一层殷浓的苦闷。

"铎，你为什么这样快动身？再等几时，8 月间再走不好么？"箴的话有些生涩，不如刚才的轻快了。

一天天的过去，我们俩除同出去置办行装外，相聚的时候很少。我每天还去办公，因为有许多事要结束。

每个黄昏，每个清晨，她都以同一的凄声向我说道："铎，不要走了吧！"

"等到 8 月间再走不好么？"

我踌躇着，我不能下一个决心，我真的时时刻刻想不走。去年我们俩一天的相离，已经不可忍受了，何况如今是两三年的相别呢？

我真的不想走！

"泪眼相见，觉无语幽咽。"在别前的三四天已经是如此了。每天的早餐，我都咽不下去，心上似有千百重的铅块压着，说不出的难过。当护照没有签好字时，箴暗暗的希望着英、法领事拒绝签字，于是我可以不走了。我也竟是如此的暗暗的希望着。

当许多朋友请我们饯别宴上，我曾笑对他们说道："假定我不走呢，吃了这一顿饭要不要奉还？"这不是一句笑话，我是真的这样想呢。即在整理行装时，我还时时的这样暗念着：姑且整理整理，也许去不成。

然而护照终于签了字，终于要于第二天动身了。

只有动身的那一天早晨，我们俩是始终的聚首着。我们同倚在沙发上。有千万语要说，却一句也都说不出，只是默默的相对。

箴呜咽的哭了，我眼眶中也装满了热泪。谁能吃得下午饭呢！

码头上，握了手后，我便上船了。船上催送客者回去的铃声已经丁丁的摇着了。我倚在船栏上，她站在岳父身边，暗暗的在拭泪。中间隔的是几丈的空间，竟不能再一握手，再一谈话。此情此景，将何以堪！最后，岳父怕她太伤心了，便领了她先去。那临别的一瞬，她已经不能再有所表示了，连手也不能挥送，只慢慢的走出码头，她的手握着白巾，在眼眶边不停的拭着。我看着她的黄色衣服，她的背影，渐渐的远了，消失在过道中了！

"黯然魂销者唯别而已矣！"

Adieu！ Adieu！

希望几个月之后——不敢望几天或几十天，在国外再有一次"不速之客"的经历。

"别离"，那真不是容易说的！

佳作点评

这篇文章写于 1927 年，当时的中国，正遭受着帝国主义列强的侵略，国民党反动派与帝国主义互相勾结，大肆屠杀革命者，我们的祖国处于民族存亡的危难时刻。这时的郑振铎是一个热血的爱国青年，就在他离开祖国的时候，写下了这篇感人肺腑的作品。

作者把祖国比喻成母亲，倾吐积郁在内心里的感情：激荡，真挚，感人。"别了，我爱的中国，我全心爱着的中国！"作者在文中一次次的呼唤，形成内在的旋律，加强了感情的炽热。

我的突然离去，亲人们的生活将怎样继续？在离别的一刹那，作者心头五味杂陈，那种难以言说的痛，难以抚平的伤，让我们体会到了一颗赤子之心。

告 别

□［美国］亚伯拉罕·林肯

朋友们：不是处在我这地位上的人，很难体味到我此刻的惜别之情。这地方和这里人民的友情给了我一切。我在这里度过了四分之一世纪。从青春岁月到了暮年。我的孩子在这里出生，其中一个埋葬在这里。我现在要离开你们。不知何年何月再回来，甚至不知是否能回来。我面临的任务比当年华盛顿肩负的还要重大。上帝曾一直庇护着华盛顿。没有上帝的扶持，我不会成功。有了他的扶持，我就不会失败。我们都信赖能与我同行，也与你们同在并无所不在的上帝，让我们满怀信心地希望，一切都将好起来。愿上帝赐福于你们，愿你们祈求上帝赐福于我。我向你们依依道别。

佳作点评

亚伯拉罕·林肯的《告别》，可以看成是一次激情的演讲，作者开头就说，"不是处在我这地位上的人，很难体味到我此刻的惜别之情"，强调了此时的心情。作者这里度过了人生大部分时光，现在就要离开了，怎能不心潮澎湃。

离别的时刻是让人难以忘记的，但离别是为了更伟大的事业，在感受离别的伤感之后，作者迅速转变了态度，让我们满怀信心地希望，一切都将美好起来。

毁　灭

□［俄国］托尔斯泰

动物性的躯体停止呼吸的时候，我作为真正的人类并不随着最后一个意识的消灭而消灭，就像每天的入睡不能消亡一样，任何人都是从来就不怕睡觉的，尽管睡梦中会出现和死亡完全一样的情形：意识中止。这不是因为他想过了，而是因为过去入睡后他总是又苏醒，所以他认为还会再醒过来的。事实上这个推断是不正确的，他可以一千次睡醒，而在第一千零一次时醒不了。但是任何人、任何时候都不进行这种推理，而这个推理也不可能安慰他，因为人们都知道，他的真正的自我是超时间存在的，因此他的生命绝不会被那种暂时出现的意识中断所破坏掉。

假如一个人睡着了，就像神话中说的那样，睡了一千年，他会睡得很安静，就像只睡了两个小时。对于非时间性的、真正的生命来说，中断一百万年和中断八个小时是完全没有什么区别的，因为对于真正的生命来说，时间根本不存在。

肉体毁灭了，今天的意识也就毁灭了。

但是，现在人们应该习惯于自己肉体的改变和意识的替换。要知道，这种变化从人们刚出娘胎就开始了，而且从不间断。对于自己肉体的变化，人们不仅不害怕，反而更经常地希望这种变化加快，他们总希望长大，恢复健康。人曾经是一块红色的肉，他的意识全部在于胃的要求，而现在他却变成了一个长着胡子的有理性的男人，或者成了一个喜爱孩子的妇女。

要知道，无论在人的肉体中，还是在意识中，都没有任何相似的东西，可是使人成为现在这种状态的变化却不会让他感到害怕，而只是欢迎这个变化。即将来临的变化有什么可害怕的呢？难道它就是毁灭？但是要知道，那个所有转变都以之为根据发生的东西——即对世界的独特关系，这构成了真正生命的东西，并不是同肉体诞生一起开始的，而是在肉体之外、时间之外的。既然如此，时空之外的东西怎么能被时间与空间的变化所毁呢？

人总把目光放到自己生命中最微小的部分，害怕这种微小的、他十分欣赏的一小部分从他眼光中消失，却从来都没有希望观察它的整体。这会使人想起一个疯人的笑话，他幻想自己是玻璃制成的，当别人把他摔倒的时候，他就大叫"哗啦"！并马上死掉了。倘若人们想获得生命，就应当抓住自己生命的全部，而不应当只抓住生命的只在空间和时间上出现的微不足道的部分。抓住了全部生命的人会不断地补充生命，而对于只抓住了生命的一部分的人来说，他们本来具有的东西也会被剥夺。

143

佳作点评

托尔斯泰的文学作品，影响着一代代人，他的作品里饱含的那种撞击心脏的心灵力度，正是伟大作品的魅力所在。

《毁灭》可以看作是一篇作者的心灵告白，在这里作者把自己对肉体毁灭的所思所想完全展露在读者面前，所以读起来感觉非常的自然亲切。托尔斯泰指出，"人总把目光放到自己生命中最微小的部分，害怕这种微小的、他十分欣赏的一小部分从他眼光中消失，却从来都没有希望观察它的整体"，这是多么睿智的发现。

孤 独

□〔美国〕梭罗

踏进秋天园林，只见枝头累累，都是鲜红，深紫，或黄金色的果实，在秋阳里闪着异样的光。丰硕，圆满，清芬扑鼻，蜜汁欲流，让你尽情去采撷。但你说想欣赏那荣华绚烂的花时，哎，那就可惜你来晚了一步，那只是春天的事啊！

在这美妙的黄昏，我的身心融为一体，大自然的一切尤显得与我相宜。夜幕降临了，风儿依然在林中呼啸，水仍在拍打着堤岸，一些生灵唱起了动听的催眠曲。伴随黑夜而来的并非寂静，猛兽在追寻猎物。这些大自然的更夫使得生机勃勃的白昼不曾间断。

我的近邻远在一英里开外，举目四望，不见一片房舍，只有距我半英里地的黑暗的山峰。四周的丛林围起一块属于我的天地。远方临近水塘的一条铁路线依稀可辨，只是绝大部分时间，这条铁路像是建在莽原之上，少有车过。这儿更像是在亚洲或非洲，而不是在新英格兰，我独享太阳、月亮和星星，还有我那小小的天地。

然而，我常常发现，在任何自然之物中，我们都可以找到天真无邪，令人鼓舞的伙伴。对于生活在大自然之中的人们来说，永远没有绝望的时侯。我生活中的一些最愉快的时光，莫过于春秋时日阴雨连绵独守空房的时刻。

人们常常问我："你一个人住在那儿一定很孤独，很想见见人吧，特别是在雨雪天里。"我真想问问他们："我们赖以生存的地球不也是宇宙中的一叶小舟吗？我为什么会感到孤独呢？我们的地球不是在银河系之中吗？将人与人分开并使其孤独的空间又是什么？"我觉得使两颗心更加亲近的不是双腿。试问，我们最喜欢逗留何处？当然不是邮局，不是酒吧，不是学校，更非副食商店；纵使这些场所使人摩肩接踵。我们不愿住在人多之处，而喜欢与自然为伍，与我们生命的不竭源泉接近。

我觉得经常独处使人身心健康。与人为伴，即便是最优秀的人相处也会很快使人厌倦。我好独处，迄今我尚未找到一个伙伴能有独处那样令我感到亲切。当我们来到异国他乡，虽置身于滚滚人流之中，却常常比独处家中更觉孤独。孤独不能以人与人的空间距离来度量。一个真正的勤勉的学生，虽置身于拥挤不堪的教室之中，也能像在沙漠中的隐士一样对周围一切视而不见，听而不闻。整天在地里除草或在林中伐木的农夫虽只孤身一人却并不感到孤独，这是因为他的身心均有所属。但一旦回到家里，他不会继续独处一方，而必定与家人邻居聚在一起，以补偿所谓一天的"寂寞"。于是，他对此感到不可思议：学生怎么能整天整夜地单独坐在房子里而不感到厌倦与沮丧。他没能意识到，学生尽管坐在屋里却像他在田野中除草，在森林中伐木一样。

社会已远远背离"社会"一词的基本意义。尽管我们接触频繁，但却没有时间从对方身上发现新的价值。我们不得不恪守一套条条框框，既所谓"礼节"与"礼貌"，才能使着频繁的接触不至于变得不能容忍而诉诸武力。在邮局中，在客栈里，在黑夜的篝火旁，我们到处相逢。我们挤在一起，互相妨碍，彼此设障，长此以往，怎能做到相敬如宾？毫无疑问，互相接触的减少决不会影响我们之间的重要交流。假如每平方公里的土地上只住一个人——就像我现在这样，那将更好。人的价值不在其表面，我们需要的是深刻的了解，而非频繁却浅薄的接触。

身居陋室，以物为伴，独享闲情，尤当清晨无人来访之时。我想这样来比喻，也许能使人对我的生活略知一斑：我不比那嬉水湖中的鸭子或瓦尔登湖本身更孤独，而那湖水又何以为伴呢？我好比茫茫草原上的一株蒲公英，好比一片豆叶，一只苍蝇，一只大黄蜂，我们都不感到孤独。我好比一条小溪，或那一颗北极星；好比那南来的风，四月的雨，一月的霜，或那新居里的第一只蜘蛛，我们都不知道孤独。

▂佳作点评 ▏▎▍▌

梭罗（1817—1862），美国著名作家、哲学家，环保之父，是对美国的思想和文学最有影响力的人物之一。他的文章简练有力、朴实自然，富有思想内容。他的代表作《瓦尔登湖》被美国国会图书馆评为"塑造读者心灵的书"，是美国迄今为止阅读率最高的散文集。

孤独是来自心灵的呼唤，因而人们常说享受孤独。可以说，孤独像一朵宁静飘逸的云，无拘无束，自由自在，愿意飘到哪里就扎根在哪里，只为自己的心灵聚聚散散；可以说，孤独是幸福只开在自己心里的自尊，是成长只握于自己手中的自信，无视桎梏，笑看红尘、坚守自由。

孤独的人并不会感到厌倦与沮丧，那是因为他们身心均有所属。

贝多芬百年祭 ▌▍▁▁▁▁▁

□ ［英国］萧伯纳

一个世纪以前，一位五十七岁的老人，最后一次举着拳向天空呼喊，尽管他听不到天空的雷声和大型交响乐队演奏他的乐曲。

就这样，他永远地离开了世界，至死，他都还像生前那样唐突神灵，蔑视天地。

他是反抗性的化身；他甚至在街上遇上一位大公和他的随从时也总不免把帽子向下按得紧紧的，然后从他们中间大踏步地直穿而过。

他有那种不听话的蒸汽轧路机的风度，他穿衣服之不讲究尤甚于田间的稻草人：事实上，有一次他竟被当作流浪汉给抓了起来，因为警察不肯相信穿得这样破破烂烂的人竟会是一位大作曲家，更不能相信这副躯体竟能容得下纯音响世界最奔腾澎湃的灵魂。

贝多芬的灵魂是伟大的，但是如果我使用了最伟大的这种字眼，那就是说比汉德尔的灵魂还要伟大，贝多芬自己就会责怪我。而且谁又能自负灵魂比巴赫的还伟大呢？但是说贝多芬的灵魂是最奔腾澎湃的是没有任何争议的。

他的狂风怒涛一般的力量他自己能很容易控制住，可他常常并不愿去控制，这个和他狂呼大笑的滑稽诙谐都是在别的作曲家作品里都找不到的。

毛头小伙子们现在一提起切分音就好像是一种使音乐节奏成为最强而有力的新方法。但是在听过贝多芬的《第三里昂诺拉前奏曲》之后，最狂热的爵士乐听起来也像《少女的祈祷》那样温和了。

可以肯定地说，我听过的任何黑人的集体狂欢都不会像贝多芬的《第七交响乐》最后的乐章那样可以引起最黑最黑的舞蹈家拼了命地跳下去，而也没有另外哪一个作曲家可以先以他的乐曲的阴柔之美使得听众完全溶化在缠绵悱恻的境界里，而后突然以铜号的猛烈声音吹向他们，带着嘲讽似的，使他们觉得自己是真傻。

除了贝多芬之外，谁也管不住贝多芬，而疯劲上来之后，他总有意不去管住自己，于是他的乐曲就像他的人性一样奔放了。

这样奔腾澎湃，这种有意的散乱无章，这种嘲讽，这样无所顾忌的骄纵的不理睬传统的风尚——这些就是贝多芬与十七和十八世纪谨守法度的其他音乐天才的最大区别。他是造成法国革命的精神风暴中的一个巨浪。

他不拜任何人为师，他同行里的先辈莫扎特从小起就是梳洗干净，穿着华丽，在王公贵族面前举止大方的。莫扎特小时候曾为了彭巴杜夫人发脾气说：“这个女人是谁，也不来亲亲我，连皇后都亲我呢。”

这种事在贝多芬是不可想象的，因为甚至在他已老到像一头苍熊时，他仍然是一只未经驯服的熊崽子。

莫扎特天性文雅，与当时的传统和社会很合拍，但也有灵魂的孤独。莫扎特和格鲁克之文雅就犹如路易十四宫廷之文雅。海顿之文雅就犹如他同时的最有教养的乡绅之文雅。

和他们比起来，从社会地位上说，贝多芬却是个浪荡不羁的艺术家，一个不穿紧腿裤的激进共和主义者。

海顿从不知道什么是嫉妒，曾称呼比他年轻的莫扎特是有史以来最伟大的作曲家，可他就是不满意贝多芬。

莫扎特却是很有远见的，他听了贝多芬的演奏后说："总有一天他是要出名的。"但是即使莫扎特活得长些，这两个人恐怕也难以相处下去。

贝多芬对莫扎特有一种出于道德原因的恐惧。

莫扎特在他的音乐中给贵族中的浪子唐璜加上了一圈迷人的圣光，然后像一个天生的戏剧家那样运用道德的灵活性又回过来给莎拉斯特罗加上了神人的光辉，给他口中的歌词谱上了前所未有的、就是出自上帝口中都不会显得不相称的乐调。

贝多芬不是戏剧家，神圣的道德感是他依据的做人原则，他讨厌所谓灵活性的道德，但他仍然认为莫扎特是大师中的大师（这不是一顶空洞的高帽子，莫扎特的确是个为作曲家们欣赏的作曲家，而远远不是流行作曲家）；可是他是穿紧腿裤的宫廷侍从，而贝多芬却是个穿散腿裤的激进共和主义者；同样的，海顿也是穿传统制服的侍从。

在贝多芬和他们之间隔着一场法国大革命，划分开了十八世纪和十九世纪。

但对贝多芬来说，莫扎特可不如海顿，因为他把道德当儿戏，用迷人的音乐掩盖罪恶的龌龊。

如同每一个真正的激进共和主义者那样，贝多芬身上的清教徒性格使他反对莫扎特，即使莫扎特曾对他十九世纪的音乐创新有所启迪。因此贝多芬上溯到汉德尔，一位和贝多芬同样倔强的老单身汉，把他作为英雄。

汉德尔瞧不起莫扎特崇拜的英雄格鲁克，虽然汉德尔的《弥赛亚》里的田园乐有格鲁克的歌剧《奥菲阿》里那些天堂的原野的各个场面的影子。

今年是贝多芬先生百年大祭，因为有了无线电广播，成百万的对音乐还接触不多的人将在今年首次听到贝多芬的宏大乐曲。

充斥在大报小刊的成百篇颂扬大音乐家的纪念文章，将使人们抱有通常少有的期望。

像贝多芬同时代的人一样，虽然他们可以懂得格鲁克、海顿和莫扎特，但从贝多芬那里得到的不仅是一种使他们困惑不解的意想不到的音乐，而且有时候简直是听不出是音乐的由管弦乐器发出来的杂乱音响。

这种现象要解释也不难。

十八世纪的音乐都是舞蹈音乐，舞蹈音乐是不跳舞也听起来令人愉快的由声音组成的对称的样式。

因此，这些乐式虽然起初不过是像棋盘那样简单，但被展开了，复杂化了，用和声丰富起来了，最后变得类似波斯地毯，而设计像波斯地毯那种乐式的作曲家也就不再期望人们跟着这种音乐跳舞了。当然，若有神巫打旋子的本领依然能跟着莫扎特的交响乐跳舞。

有一回，我还真请了两位训练有素的青年舞蹈家跟着莫扎特的一阕前奏曲跳了一次，结果差点没把他们累垮了。

就是音乐上原来使用的有关舞蹈的名词也慢慢地不用了，人们不再使用包括萨拉班德舞、巴万宫廷舞、加伏特舞和快步舞等等在内的组曲形式，而把自己的音乐创作表现为奏鸣曲和交响乐，里面所包含的各部分也干脆叫做乐章，每一章都用意大利文记上速度，如快板、柔板、谐谑曲板、急板等等。

但在任何时候，从巴赫的序曲到莫扎特的《天神交响乐》，音乐总呈现出一种对称的音响样式给我们以一种舞蹈的乐趣来作为乐曲的形式和基础。

可是音乐的作用并不仅仅是创作悦耳的旋律，它还应表达丰富的感情。

你能去津津有味地欣赏一张波斯地毯或者听一曲巴赫的序曲，但乐趣只止于此。

可是你听了《唐璜》前奏曲之后却不可能不发生一种复杂的心情，它使你心里有准备去面对将淹没那种无限欢乐的可怖的末日悲剧。

听莫扎特的《大神交响乐》最后一章时，你会觉得那和贝多芬的《第七交响乐》的最后乐章一样，都是狂欢的音乐：它用响亮的鼓声奏出如醉如狂的旋律，而从头到尾又交织着一开始就有的具有一种不寻常的悲伤之美的乐调，因之更加使人心醉神迷。莫扎特的这一乐章又自始至终是乐式设计的杰作。

但是贝多芬乐曲的表现形式，有时也使得某些与他同时的伟人把他看成是一个疯子，他的创作出些洋相或者显示出格调不高的一点，在于他把音乐完全用作了表现心情的手段，并且完全不把设计乐式本身作为目的。

不错，他一生非常保守地（顺便说一句，这也是激进共和主义者的特点）使用着旧的乐式，但是他使它们产生了惊人的活力和激情，使得感觉的激情显得仅仅是感官上的享受。于是他不仅打乱了旧乐式的对称，而且常常使人听不出在感情的风暴之下竟还有什么样式存在着了。

他的《英雄交响乐》一开始使用了一个乐式（这是从莫扎特幼年时一个前奏曲里借来的），跟着又用了另外几个很漂亮的乐式；这些乐式被赋予了巨大的内在力量，所以到了乐章的中段，这些乐式就全被不客气地打散了。

于是，从只追求正统乐式的音乐家看来，贝多芬是发了疯了，他抛出了同时使用音阶上所有单音的可怖的和弦。他这么做只是因为他觉得非如此不可，而且还要求你也觉得非如此不可呢。

这些就是贝多芬之谜的全部内容。他有能力设计最好的乐式；他能写出使你终身享受不尽的美丽的乐曲；他能挑出那些最干燥无味的旋律，把它们展开得那样引人，就算你听上一百次也都能发现新东西。

一句话，你可以拿所有用来形容以乐式见长的作曲家的话来形容他。

但是他的最大不同，就是他那独特的激动人的品质，他把他那奔放的感情笼罩于我们。而一位法国作曲家听了贝多芬的音乐却说："我喜欢听能使我入睡的音乐。"这事令贝里奥滋非常生气。

贝多芬的音乐是使人清醒的音乐；而当你想独自一个人静一会儿的时

候，你就怕听他的音乐。

了解了这么多，你就好比从十八世纪前进了一步，也好比从旧式的跳舞乐队前进了一步，然后，不但能懂得贝多芬的音乐，也能懂得贝多芬以后的最有深度的音乐了。

▮佳作点评▮

萧伯纳在贝多芬逝世一百周年的时候，写下《贝多芬百年祭》这篇经典篇章，详细回顾了贝多芬创作成就、成功经历以及他身后故事，重要的是他对音乐和对时代的影响，并对贝多芬致以盛赞——"一句话，你可以拿所有用来形容以乐式见长的作曲家的话来形容他"。

萧伯纳在叙述贝多芬的一生同时，更多的是对伟人的思念。"但是他的最大不同，就是他那独特的激动人的品质，他把他那奔放的感情笼罩于我们"。萧伯纳用诗性的语言，对贝多芬的音乐做了最恰当的评价。

宠辱不惊

　　很多时候，我都在生活的命运中挣扎。我这个人缺乏技巧和手段，短于城府和谨慎，坦白直爽，焦躁易怒，挣扎的结果是使我更加被动，并且不断地向我的敌人提供他们绝对不会放过的可乘之机。直至最后我才发现，我所有的努力都是徒劳的，只是在白白地折磨自己。我很愤慨，但这又有什么用呢？我决定放弃，服从命运的安排，放弃对这种必然性的反抗。在这种屈从中，我找到了心灵的宁静，它补偿了我经历的一切苦难，这是既痛苦又无效的持续反抗所不能给予我的。

　　促成这宁静的还有一个重要的因素。在对我的刻骨仇恨中，迫害我的人反而因为他们的敌意而忽略了一计。他们错误地以为只有一下子把最厉害的迫害加到我的头上，才能给我致命地打击。如果他们狡猾地给我留点希望，那么我就会依然在他们的掌握之中，他们还可以设个圈套，使我成为他们的掌中玩物，并且随后使我的希望落空而再次折磨我，这才能达到刺痛、折磨我的目的。但是，他们提前施展了所有的计谋。他们一旦把我逼得无路可退，那他们迫害我的招法也就中止了。他们对我劈头盖脸地诽谤、贬低、嘲笑和侮辱是不会有所缓和的，但也无法再有所增加。他们如此急切地要将我推向苦难的顶峰。于是，人间的全部力量在地狱的一切诡计的助威下，使我遭受的苦难达到了极致，但也到了尽头，肉体的痛苦不仅不能增加我的苦楚，反而使我得到了消遣。它们使我在高声叫喊时，把呻吟忘却。肉体的痛苦或许会暂时平息我的心碎。

既然已无力再改变这一切，那我就能泰然面对了，已不再惧怕什么。既然他们已不能再左右我的处境，他们就不能再引起我的恐慌。他们已使我永远脱离了不安和恐惧，这我得感谢他们。现实的痛苦对我的作用已不大。我轻松地忍受我感觉到的痛苦，而不必担心会有新的苦难再降临到我的头上。我受了惊吓的想象力将这样的痛苦交织起来，反复端详，推而广之，扩而大之。期待痛苦比感受痛苦使我更加惶恐不安，而且对我来说，威胁比打击更可怕。期待的痛苦一旦来临，事实就失去了笼罩在它们身上的想象成分，暴露了它们的最后面目。于是，我发现它们比我想象的要轻得多，我禁不住长吁一口气，放下心来，享受这已经到来的痛楚。

在这种情况下，我超脱了所有新的恐惧和对希望的焦虑，单凭习惯的力量就足以使我能日益忍受不能变得更糟的处境。随着这一次次迫害的到来，我的感觉已渐渐变得麻木、迟钝，对此他们已无办法应对。这就是我的迫害者在毫无节制地施展他们的充满敌意的招数时给我带来的好处。现在他们的支配权已对我毫无意义，我可以傲然面对他们了。

佳作点评

卢梭是法国伟大的启蒙思想家、哲学家、教育家、文学家，是18世纪法国大革命的思想先驱，启蒙运动最卓越的代表人物之一。主要著作有《论人类不平等的起源和基础》《社会契约论》《爱弥儿》《忏悔录》《新爱洛绮丝》等。

作者在文中总结了人生的挫折和如何面对等，闪烁着思想的光辉，是青年人认识世界的教材。在文章中，卢梭告诉我们他对待敌人施加于自身的诽谤、贬低、嘲笑和侮辱的态度，而对自己走自己路的决心是无比坚定的。正是由于如此，卢梭才可以傲然面对他们。

　　去留无意，看天外云卷云舒。不论是顺境还是逆境，对人的成长来说都是一笔宝贵的财富。

莎士比亚纪念日的讲话

□〔德国〕歌德

　　我觉得我们最高尚的情操是当命运看来已经把我们带向正常的消亡时，我们仍希望生存下去。先生们，对我们的心灵来说这一生是太短促了，理由是每一个人无论是最低贱或最高尚，无论是最无能或最尊贵，只有在他厌烦了一切之后，才对人生产生厌倦。同时没有一个人能达到他自己的目的，尽管他渴望着这样做。因为他虽然在自己的旅途上一直很幸运，往往能够看到自己所向往的目标，但终于还要掉入只有上帝才知道是谁替他挖好的坑穴，并且被看成一文钱不值。

　　一文钱不值啊！我自己却不然！我就是我自己的一切，因为我只有通过我自己才了解一切！每个有所体会的人都这样喊着，他高视阔步走过这个人生，为踏入彼岸无尽头的道路做好准备。当然，各人都按照自己的尺度来做。这一个带着最结实的旅杖动身，而另一个却穿上了七里靴，并赶过前面的人，后者的两步就等于前者一天的进程。不管怎样，这位勤奋不倦的步行者仍是我们的朋友和伙伴，尽管我们对那一位的高视阔步表示惊讶与钦佩，尽管我们跟随着他的脚印并以我们的步伐去衡量着他的步伐。

　　先生们，请踏上这一征途！对这样的一个脚印的观察，比起呆视那国王入城时带来的千百个驾从的脚步更会激动我们的心灵，更会开阔我们的胸怀。

今天，我们来纪念这位最伟大的旅行者，同时也为自己增添荣誉。因为在我们身上也蕴藏着我们所公认的那些功绩的因素。

您们不要期望我写许多像样的东西！心灵的平静不适合作为节日的盛装，同时现在我对莎士比亚还想得很少。在我的热情被激发起来之后，我才能臆测出，并感受出最高尚的东西。我读到他的第一页，就使我这一生都属于了他；当我首次读完他的一部作品时，我觉得好像原来是一个先天的盲人，这时的一瞬间有一只神奇的手赋予了我双目的视力。我认识到，我很清楚地体会到我的生活是被无限地扩大了；一切对于我都是新鲜的、陌生的，还未习惯的光明刺痛着我的眼睛。我慢慢学会看东西，这要感谢天资使我具有了识别能力。我现在还能清楚地体会到我所获得的是什么东西。

我没有踌躇过一刹那，去放弃那遵循格律的戏剧。地点的一致对我犹同牢狱般可怕，情节的统一和时间的一致是我们想象力的沉重桎梏。我跳进了自由的空气里，这才感到自己生长了手和脚。现在当我认识到那些讲究规格的先生们从他们的巢穴里给我硬加上了多少障碍以及看到有多少自由的心灵还被围困在里面时，如果我再不向他们宣战，再不每天寻找机会击碎他们的堡垒的话，那么我的心就会愤怒得碎裂。

法国人用作典范的希腊戏剧，按其内在的性质和外表的状况来说，就是这样的：让一个法国侯爵效仿那位亚尔西巴德，却比高乃依追随索福克勒斯要容易得多。

开始是一段敬神的插曲，然后悲剧庄严隆重地以完美的单纯朴素的风格，向人民大众展示出先辈们的各个惊魂动魄的故事情节，在各个心灵里激发起完整的、伟大的情操。因为悲剧本身就是完整的、伟大的。

在什么样的心灵里啊！

希腊的！我不能说明这意味着什么，但我能感觉出这点。为简明起见，我在这里根据的是荷马、索福克勒斯及忒俄克里托斯，他们教我去感觉。

同时，我还要连忙接着说：小小的法国人，你要拿希腊的盔甲来做什么？它对你来说是太大了，而且太重了。

因此，所有的法国悲剧本身就变成了一些摹仿的滑稽诗篇。不过，那些先生们已从经验里知道，这些悲剧如同鞋子一样，只是大同小异，它们中间也有一些乏味的东西，特别是经常都在第四幕里，同时他们也知道这些又是如何按照格律进行的。这方面我就无需多花笔墨了。

我不知道是谁首先想出把这类政治历史大事题材搬上舞台的。对这方面有兴趣的人，可以借此机会写一篇论文，加以评论。这发明权的荣誉是否属于莎士比亚，我表示怀疑。总而言之，他把这类题材提高到至今似乎还是最高的程度，眼睛向上看的人是很少的，因此也很难设想会有一个人能比他看得更远，或者甚至能比他攀登得更高。

莎士比亚，我的朋友啊！如果你还活在我们当中的话，那我只会和你生活在一起。我是多么想扮演配角匹拉德斯，假如你是俄来特斯的话，而不愿在德尔福斯庙宇里做一个受人尊敬的司祭长。

先生们，我想停笔，明天再继续写下去，因为现在滋长在我内心里的这种心情，您们也许不容易体会到。

莎士比亚的戏剧是个美妙的万花镜，在这里面世界的历史由一根无形的时间线索串连在一起，从我们眼前掠过。他的构思并不是通常所谈的构思，但他的作品都围绕着一个神妙的点（还没有一个哲学家看见过这个点并给予解释）。在这里我们个人所独有的本性，我们从愿望出发所想象的自由，同在整体中的必然进程发生冲突。可是我们败坏了的嗜好是这样迷住了我们的眼睛，我们几乎需要一种新的创作来使我们从暗影中走出来。

所有的法国人及受其传染的德国人，甚至于维兰也在这件事情上和其他一些更多的事情一样做得不大体面。连向来以攻击一切崇高的权威为职业的伏尔泰在这里也证实了自己是个十足的台尔西特。如果我是尤利西斯的话，那他的背脊定要被我的狂妄打得稀烂。

这些先生当中的大多数人对莎士比亚的人物性格表示特别反感。

我却高呼：要自然的真实，自然的真实！没有比莎士比亚的人物更自然的了！

这样一来，于是乎他们一起来扭住我的脖子。

松开手，让我说话！

他与普罗米修斯竞争着，以对手作榜样，一点一滴地刻画着他的人物形象，所不同的是赋予了巨人般的伟大性格——正因为如此，我们才认不出他们是我们的兄弟——然后以他的智力吹醒了他们的生命。他的智力从各个人物身上表现出来，因此大家看出他们之间的亲属关系。

我们这一代凭什么敢于对自然加以评断？我们又能从什么地方来了解它？我们从幼年起在自己身上所感到的，以及在别人身上所看到的，这一切都是被束缚住的和矫揉造作的东西。我常常站在莎士比亚面前而内心感到惭愧。因为有时发生这样的情形：在我看了一眼之后，我就想到，要是我的话，一定会把这些处理成另外一个样子！接着我便认识到自己是个可怜虫，从莎士比亚的笔下描绘出的是自然的真实，而我所塑造的人物却都是肥皂泡，是由虚构狂所吹起的。

虽然我还没有开过头，可是我现在却要结束了。

那些伟大的哲学家们关于世界所讲的一切，也适用于莎士比亚。我们所称之为恶的东西只是善的另外一个面，对善的存在是不可缺少的，与之构成一个整体，如同热带要炎热，拉伯兰要上冻，以致产生一个温暖的地带一样。莎士比亚带着我们去周游世界，而我们这些娇生惯养、无所见识的人遇到每个没见过的飞蝗却都惊叫起来：先生，它要吃我们呀！

先生们，行动起来吧！请您们替我从那所谓高尚嗜好的乐园里唤醒所有的纯洁心灵，在那里他们饱受着无聊的愚昧，处于半睡半醒的状态；他们内心里虽充满激情，可是骨头里却缺少勇气；他们还未厌世到死的地步，但是又懒到无所作为。所以他们就躺在桃金娘和月桂树丛中，过着他们的萎靡生活，虚度光阴。

▎佳作点评 ▎▎

歌德是德国伟大的诗人、剧作家和思想家，一生既从事深奥的哲学研究，又从事各种文体的创作，《浮士德》即是他的代表作，也是人类文学史上的一朵奇葩；莎士比亚则是全世界公认的伟大的戏剧家，一个伟大的艺术家。

这是一篇演讲稿，歌德怀着对莎士比亚的深厚感情，对金钱、名誉、思想进行阐述，对莎士比亚进行了中肯的评价，表达了自己的世界观。"那些伟大的哲学家们关于世界所讲的一切，也适用于莎士比亚。"也就是说莎士比亚在他的文学作品中所阐释的内容，不仅仅具有文学层面的意义，更揭示了深层次的哲理，而且毫不逊色于哲学家。

海利根施苔特遗嘱

□ ［德国］贝多芬

此遗嘱留给我的兄弟卡尔和……

噢，你们人哪，我在你们心中的形象是敌视一切，执拗倔强，要不就是说我悲观厌世。你们实在是冤枉我了，你们并不知道你们得到这种印象的隐秘之原因。我的心灵、我的思想自幼就怀着这样一个友善的温存感，要亲自成就丰功伟业。我一直抱有这样的使命感。但是你们只要想一想，六年以来一种不可救药的状况侵袭着我，这种状况又因庸医误诊而更趋恶化。年复一年，我怀着痊愈的希望，却一再受骗上当，终于不得不看清了这是一种长久持续的疾病（治愈它大概需要经年累月，或许根本就是不可能的）。

生就一个热情似火的性格，甚至会为社交场合的消遣娱乐所动，我却过早地享受孤寂，过着与世隔绝的生活。有时我也想超越所有这一切，啊，可我却被听觉已坏的这个双重的惨痛经验无情地推回来，但是我还不能告诉人们说：请说得再大声一点，请放开嗓子吼吧，因为我聋了！啊，怎么可能呢？这样一来，等于是要我宣布我丧失了听觉，而对于我来说这个器官本来应当比别人的更加完美。过去我的这个器官是最出色的，其完美的程度过去和现在我的同人中都鲜有人能及——啊，我不能这样做。假如你们看到我抽身离开你们，就请原谅我吧！本来我是想置身于你们当中的。不幸的双重痛苦使我备受煎熬，因为我一则必然被误解，二则不能享受人们在社交中得到的休闲、高雅的交谈，不能互诉衷肠。我几乎只能参加实在无法推托的社交活动，不得不像一个被放逐者一样活着。我一走近一个谈话圈子，一阵恐惧就袭上心头，生怕陷入让别人看出我的状况的危险。这半年里，我的处境也并无二致。我的主治医生要求我尽量保护我的听觉，我目前的状况与我现在的自我感觉几乎相同。虽然在交际冲动的驱使下，我也禁不住诱惑，参加了一些社交活动。但是每当站在我身边的人听见远处传来的笛声，而我却对此无动于衷，或是有人听见牧人在歌唱，而我还是什么也听不见，这对于我是何等的耻辱！诸如此类的事件使我近乎绝望，只差一步之遥，我便会亲手结束自己的生命——只有她，只有艺术在支撑着我。啊，我感觉到，在创造出全部我觉得有兴趣要做的一切之前，我是不会轻生的，所以我才姑且苟延这可悲的生命——实在是可悲啊，躯体是如此的敏感，任何稍快一点的变化，就可以把我从最佳状态带入最糟糕的状态——忍耐——只有忍耐。我现在不得不选择你作为我的引路人，我必须——我时刻企望，这就是我作出的决定——坚持到底，直到铁面无私的命运女神无情地将这条线扯断，这样也许更好，也许不好，但我都会从容应对。

我才二十八岁就被迫成为哲人，这并不容易啊，对于一个艺术家比起对于其他任何人都更难——神性啊，你向下看，看看我的内心吧，你了解我的内心，你知道博爱及行善的冲动就居住在我的心中。世人啊，如果你们读到这里，就想一想你们待我的不公平；而这个不幸之人，他在想人世间是否能找到一个跟他相似的人，尽管也为自然的障碍所阻，却竭尽全力以被接纳进入伟大的艺术家和伟人之列，他只有以此来安慰自己。卡尔和……我的兄弟们，一旦我死去而施密特教授还活着的话，你们立即以我的名义请他将我真实的病况描述出来，并且请你们把这里这张写了遗嘱的纸附到我的病史中，至少让世人在我死后尽量同我和解。同时我在此宣布：你们两人为我那点小小的财产（如果还可以把它叫做财产的话）的继承人。你们公平地分配，融洽相处，互相帮助是我最希望看到的。过去你们所做的使我不快的事，我已原谅你们了。卡尔弟弟，我尤其感谢你在这最后的时日里对我表示的亲近。我希望你们过上衣食无忧、快乐的生活，让你们的儿女品德高尚。美德，只有她而不是金钱能带来幸福。我是以切身体验来说此话的。在困苦中是美德支撑着我，我之所以没有以自杀来结束我的生命，除了艺术之外，我要感谢她。永别了，你们相互珍重吧——我向所有的朋友表示感谢，对于利希诺夫斯基侯爵和施密特教授。我更要特别感谢。利希诺夫斯基侯爵的那些乐器，我希望你们当中有一人来保管它们，但是不要因此在你们当中引起争端。如果这些乐器不能体现其存在的价值，你们就把它们卖掉。如果我在坟墓里还能对你们有用，我是多么高兴——就这样办吧——我怀着欢乐奔向死亡——要是它来早了，使我还来不及施展我的全部艺术能力，那么就让它早些来同我艰辛的命运相对抗吧。我还是希望它晚一点来——不过我也满足了，难道这不是最好的解脱痛苦的方式吗——你想什么时候来，就什么时候来吧，我勇敢地迎接你。永别了，不要完全忘记死去的我，我有权受到你们这样对待，因为我这一生中常常想到你们，想使你们幸福。

路德维希·凡·贝多芬于海利根施苔特

立此遗嘱，1802 年 10 月 6 日

在这篇遗嘱中，贝多芬简要回顾了自己的一生，特别是生命的最后时

我的心灵告诫我

163

期他人对自己的帮助，并就死后的相关事情做了安排，感情真诚。

贝多芬一直受疾病困扰，"六年以来一种不可救药的状况侵袭着我，这种状况又因庸医误诊而更趋恶化。年复一年，我怀着痊愈的希望，却一再受骗上当"，加上作者的耳聋——"但是每当站在我身边的人听见远处传来的笛声，而我却对此无动于衷，或是有人听见牧人在歌唱，而我还是什么也听不见，这对于我是何等的耻辱！"——作者的痛苦可想而知。

然而，再大的痛苦也没能阻挡作者对艺术的热爱，"诸如此类的事件使我近乎绝望，只差一步之遥，我便会亲手结束自己的生命——只有她，只有艺术在支撑着我"，正是这股力量支撑着作者走完了艰难的人生之路并创造伟大的艺术。

我的心灵告诫我 ▌▍▁▁▁▁▁

□ ［黎巴嫩］纪伯伦

我的心灵告诫我，要热爱人们所憎恶的事物，真诚对待人们所仇视的人。它向我阐明：爱并非爱者身上的优点，而是被爱者身上的优点。在心灵告诫我之前，爱在我这里不过是连接两点之间的一条直线，但是现在爱已变成一个始即终、终即始的光轮，它环绕着每一个存在着的事物，它慢慢地扩大，以至包括每一个即将出现的事物。

我的心灵告诫我，要善于去发现被形式、色彩、外表遮掩了的美，去仔细审视人们认为丑的东西，直到它变为我认为是美的东西。在心灵告诫我之前，美在我心中无非是烟柱间颤抖的火焰。可是现在，烟雾消失了，我看到的只是燃烧着的东西。

我的心灵告诫我，它要去倾听并非唇舌和喉咙发出的声音。在心灵告诫我之前，我的听觉迟钝，只听到喧闹和呼喊。但是现在，我能倾听寂静，听到它的合唱队正唱着时光的颂歌和太空的赞美诗，宣示着生灵的奥秘。

我的心灵告诫我，要从榨不出汁，盛不进杯，拿不住手，碰不着唇的东西中取饮。在心灵告诫我之前，我的焦渴是我倾尽溪涧和贮池中的水浇熄的灰堆上的一粒火星。但是现在，我的思慕已变成我的杯盏，我的焦渴已变为我的饮料，我的孤独已变为我的微醉。我不喝，也决不再喝了。但在这永不熄灭的燃烧中却有永不消失的快乐。

我的心灵告诫我，要去触摸并未成形和结晶的东西，那能知道可触知的就是半合理的，我们正在捕捉的正是部分我们想要的。在我的心灵告诫我之前，我冷时满足于热，热时满足于冷，温吞时满足于冷热中的一种。但是现在，我捕捉的触觉已经分散，已变成薄雾，穿过一切显现的存在，以便和隐幽的存在相结合。

我的心灵告诫我，该去闻并非香草和香炉发出的芬芳。在心灵告诫我之前，每当我欲享馨香时，只能求助于园丁、香水瓶或香炉。但是现在，飘进我鼻中的是不熏燃和不挥发的馨香，我胸中充溢的是没经过这个世界任何一座花园，也没被这天空的任何一股空气运载的清新的气息。

我的心灵告诫我，要在未知和危险召唤时回答："我来了！"在心灵告诫我之前，我只听命于熟识的声音，踏上走熟的道路。但是现在，已知已变成我奔向未知的坐骑，平易已变成我攀登险峰的阶梯。

我的心灵告诫我，要我不要用自己的语言："昨天曾经……""今天正……""明天将会……"去衡量时间。在心灵告诫我之前，我以为"过去"不过是一段逝而不返的时间，"未来"则是一个我决不可能达到的时代。但是现在，我懂得了，眼前的一瞬间有全部的时间，包括时间中被期待的、被成就的和被证实的一切。

我的心灵告诫我，不要用我的语言："在这里""在那里""在更远的地方"去限定空间。在心灵告诫我之前，我身处某处时，也意味着远离其他地方。但是现在我已明白，我落脚的地方包括了一切地方，我所跋涉的每一段旅程，是所有的途程。

我的心灵告诫我，要在周围居民酣睡时熬夜，在他们清醒时入睡。在心灵告诫我之前，我在自己的睡榻上看不到他们的梦，他们在他们的困顿中也寻不到我的梦。但是现在，我只是在他们顾盼着我时才展翅遨游于我的梦中，他们只是在我为他们获得自由而高兴才飞翔于他们的梦中。

我的心灵告诫我，不要因一个赞颂而得意，也不要因一个责难而忧伤。在心灵告诫我之前，我一直怀疑自己劳动的价值和品级，直到时日为它们派来一位褒扬者或诋毁者。但是现在，我已明白，树木春天开花夏天结果并非企盼赞扬，秋天落叶冬天凋敝并不害怕责难。

我的心灵告诫我，它要我明白并向我证实：我并不比草莽贫贱者高，也不比强霸伟岸者低。在心灵告诫我之前，我曾以为人分为两类：一类是令我怜悯或鄙视的弱者，另一类是我追随或反叛的强者。但是现在我已懂得，我是由人类组成的一个集体的东西组成的一个个体，我的成分就是他们的成分，我的蕴涵就是他们的蕴涵，我的希冀就是他们的希冀，我的目标就是他们的目标。若他们背叛了法律，那我也是法律的亵渎者；他们如果做了某件好事，那我也以这件好事而骄傲；他们如果站起身来，那我也一同起立；他们如果落座，那我也一同坐下。

我的心灵告诫我，要我知道：我手擎的明灯并不专属于我，我唱着的歌也不是由我的材料谱成的。如果说我带着光明行走，那并不能说明我是光明的代表；如果说我是一把被上好弦的琴，那我并不是弹奏者。

朋友！我的心灵告诫我，教育了我。你的心灵也告诫过你，教育过你。因为你我本是彼此相似的。我们之间没有什么不同，除了我谈论着我，在我的话语中有一点争辩；你掩饰着你，在你的隐匿中有一种美德。

▎佳作点评 ▍▍

纪伯伦的《我的心灵告诫我》是一篇充满人生哲理的散文，作者每一段开头，都以"我的心灵告诫我"为题，从人生的每个角度，进行歌咏、强调、警示，将这些作为自己的座右铭和行动的准则，使作品既有理性思考的严肃与冷峻，又有咏叹调式的浪漫与抒情。

　　纪伯伦善于在平易中发掘隽永，在比喻中启示深刻的哲理。他清丽流畅的语言征服了一代代读者。

只有梅花知此恨

爱是精神的运动所引起的、促使心灵愿意与那些对它显得合适的对象相结合的一种心灵的情绪。

——笛卡儿

范爱农 ▌ı▍▁▃▃

□〔中国〕鲁迅

在东京的客店里，我们大抵一起来就看报。学生所看的多是《朝日新闻》和《读卖新闻》，专爱打听社会上琐事的就看《二六新闻》。一天早晨，辟头就看见一条从中国来的电报，大概是：

"安徽巡抚恩铭被 Jo Shiki Rin 刺杀，刺客就擒。"

大家一怔之后，便容光焕发地互相告语，并且研究这刺客是谁，汉字是怎样三个字。但只要是绍兴人，又不专看教科书的，却早已明白了。这是徐锡麟，他留学回国之后，在做安徽候补道，办着巡警事务，正合于刺杀巡抚的地位。

大家接着就预测他将被极刑，家族将被连累。不久，秋瑾姑娘在绍兴被杀的消息也传来了，徐锡麟是被挖了心，给恩铭的亲兵炒食净尽。人心很愤怒。有几个人便秘密地开一个会，筹集川资；这时用得着日本浪人了，撕乌贼鱼下酒，慷慨一通之后，他便登程去接徐伯荪的家属去。

照例还有一个同乡会，吊烈士，骂满洲；此后便有人主张打电报到北京，痛斥满政府的无人道。会众即刻分成两派：一派要发电，一派不要发。我是主张发电的，但当我说出之后，即有一种钝滞的声音跟着起来：

"杀的杀掉了，死的死掉了，还发什么屁电报呢。"

这是一个高大身材，长头发，眼球白多黑少的人，看人总像在渺视。他蹲在席子上，我发言大抵就反对；我早觉得奇怪，注意着他的了，到这时才打听别人：说这话的是谁呢，有那么冷？认识的人告诉我说：他叫范爱农，是徐伯荪的学生。

我非常愤怒了，觉得他简直不是人，自己的先生被杀了，连打一个电报还害怕，于是便坚执地主张要发电，同他争起来。结果是主张发电的居多数，他屈服了。其次要推出人来拟电稿。

"何必推举呢？自然是主张发电的人罗……"他说。

我觉得他的话又在针对我，无理倒也并非无理的。但我便主张这一篇悲壮的文章必须深知烈士生平的人做，因为他比别人关系更密切，心里更悲愤，做出来就一定更动人。于是又争起来。结果是他不做，我也不做，不知谁承认做去了；其次是大家走散，只留下一个拟稿的和一两个干事，等候做好之后去拍发。

从此我总觉得这范爱农离奇，而且很可恶。天下可恶的人，当初以为是满人，这时才知道还在其次；第一倒是范爱农。中国不革命则已，要革命，首先就必须将范爱农除去。

然而这意见后来似乎逐渐淡薄，到底忘却了，我们从此也没有再见面。直到革命的前一年，我在故乡做教员，大概是春末时候罢，忽然在熟人的客座上看见了一个人，互相熟视了不过两三秒钟，我们便同时说：

"哦哦，你是范爱农！"

"哦哦，你是鲁迅！"

不知怎地我们便都笑了起来，是互相的嘲笑和悲哀。他眼睛还是那样，然而奇怪，只这几年，头上却有了白发了，但也许本来就有，我先前没有留心到。他穿着很旧的布马褂，破布鞋，显得很寒素。谈起自己的经历来，他说他后来没有了学费，不能再留学，便回来了。回到故乡之后，又受着轻蔑，排斥，迫害，几乎无地可容。现在是躲在乡下，教着几个小学生糊口。但因为有时觉得很气闷，所以也乘了航船进城来。

他又告诉我现在爱喝酒，于是我们便喝酒。从此他每一进城，必定来访我，非常相熟了。我们醉后常谈些愚不可及的疯话，连母亲偶然听到了也发笑。一天我忽而记起在东京开同乡会时的旧事，便问他：

"那一天你专门反对我，而且故意似的，究竟是什么缘故呢？"

"你还不知道？我一向就讨厌你的，——不但我，我们。"

"你那时之前，早知道我是谁么？"

"怎么不知道。我们到横滨，来接的不就是子英和你么？你看不起我们，摇摇头，你自己还记得么？"

我略略一想，记得的，虽然是七八年前的事。那时是子英来约我的，说到横滨去接新来留学的同乡。汽船一到，看见一大堆，大概一共有十多人，一上岸便将行李放到税关上去候查检，关吏在衣箱中翻来翻去，忽然翻出一双绣花的弓鞋来，便放下公事，拿着仔细地看。我很不满，心里想，这些鸟男人，怎么带这东西来呢。自己不注意，那时也许就摇了摇头。检验完毕，在客店小坐之后，即须上火车。不料这一群读书人又在客车上让起坐位来了，甲要乙坐在这位上，乙要丙去坐，揖让未终，火车已开，车身一摇，即刻跌倒了三四个。我那时也很不满，暗地里想：连火车上的坐位，他们也要分出尊卑来……。自己不注意，也许又摇了摇头。然而那群雍容揖让的人物中就有范爱农，却直到这一天才想到。岂但他呢，说起来也惭愧，这一群里，还有后来在安徽战死的陈伯平烈士，被害的马宗汉烈士；被囚在黑狱里，到革命后才见天日而身上永带着匪刑的伤痕的也还有一两人。而我都茫无所知，摇着头将他们一并运上东京了。徐伯荪虽然和他们同船来，却不在这车上，因为他在神户就和他的夫人坐车走了陆路了。

我想我那时摇头大约有两回，他们看见的不知道是那一回。让坐时喧闹，检查时幽静，一定是在税关上的那一回了，试问爱农，果然是的。

"我真不懂你们带这东西做什么？是谁的？"

"还不是我们师母的？"他瞪着他多白的眼。

"到东京就要假装大脚，又何必带这东西呢？"

"谁知道呢？你问她去。"

到冬初，我们的景况更拮据了，然而还喝酒，讲笑话。忽然是武昌起义，接着是绍兴光复。第二天爱农就上城来，戴着农夫常用的毡帽，那笑容是从来没有见过的。

"老迅，我们今天不喝酒了。我要去看看光复的绍兴。我们同去。"

我们便到街上去走了一通，满眼是白旗。然而貌虽如此，内骨子是依旧的，因为还是几个旧乡绅所组织的军政府，什么铁路股东是行政司长，钱店掌柜是军械司长……。这军政府也到底不长久，几个少年一嚷，王金发带兵从杭州进来了，但即使不嚷或者也会来。他进来以后，也就被许多闲汉和新进的革命党所包围，大做王都督。在衙门里的人物，穿布衣来的，不上十天也大概换上皮袍子了，天气还并不冷。

我被摆在师范学校校长的饭碗旁边，王都督给了我校款二百元。爱农做监学，还是那件布袍子，但不大喝酒了，也很少有工夫谈闲天。他办事，兼教书，实在勤快得可以。

"情形还是不行，王金发他们。"一个去年听过我的讲义的少年来访问我，慷慨地说，"我们要办一种报来监督他们。不过发起人要借用先生的名字。还有一个是子英先生，一个是德清先生。为社会，我们知道你决不推却的。"

我答应他了。两天后便看见出报的传单，发起人诚然是三个。五天后便见报，开首便骂军政府和那里面的人员；此后是骂都督，都督的亲戚，同乡，姨太太……

这样地骂了十多天，就有一种消息传到我的家里来，说都督因为你们诈取了他的钱，还骂他，要派人用手枪来打死你们了。

别人倒还不打紧，第一个着急的是我的母亲，叮嘱我不要再出去。但我还是照常走，并且说明，王金发是不来打死我们的，他虽然绿林大学出身，而杀人却不很轻易。况且我拿的是校款，这一点他还能明白的，不过说说罢了。

果然没有来杀。写信去要经费，又取了二百元。但仿佛有些怒意，同时传令道：再来要，没有了！

不过爱农得到了一种新消息，却使我很为难。原来所谓"诈取"者，并非指学校经费而言，是指另有送给报馆的一笔款。报纸上骂了几天之后，王金发便叫人送去了五百元。于是乎我们的少年们便开起会议来，第一个问题是：收不收？决议曰：收。第二个问题是：收了之后骂不骂？决议曰：骂。理由是：收钱之后，他是股东；股东不好，自然要骂。

我即刻到报馆去问这事的真假。都是真的。略说了几句不该收他钱的话，一个名为会计的便不高兴了，质问我道：

"报馆为什么不收股本？"

"这不是股本……。"

"不是股本是什么？"

我就不再说下去了，这一点世故是早已知道的，倘我再说出连累我们的话来，他就会面斥我太爱惜不值钱的生命，不肯为社会牺牲，或者明天在报上就可以看见我怎样怕死发抖的记载。

然而事情很凑巧，季弗写信来催我往南京了。爱农也很赞成，但颇凄凉，说：

"这里又是那样，住不得。你快去罢……。"

我懂得他无声的话，决计往南京。先到都督府去辞职，自然照准，派来了一个拖鼻涕的接收员，我交出账目和余款一角又两铜元，不是校长了。后任是孔教会会长傅力臣。

报馆案是我到南京后两三个星期了结的,被一群兵们捣毁。子英在乡下,没有事;德清适值在城里,大腿上被刺了一尖刀。他大怒了。自然,这是很有些痛的,怪他不得。他大怒之后,脱下衣服,照了一张照片,以显示一寸来宽的刀伤,并且做一篇文章叙述情形,向各处分送,宣传军政府的横暴。我想,这种照片现在是大约未必还有人收藏着了,尺寸太小,刀伤缩小到几乎等于无,如果不加说明,看见的人一定以为是带些疯气的风流人物的裸体照片,倘遇见孙传芳大帅,还怕要被禁止的。

我从南京移到北京的时候,爱农的学监也被孔教会会长的校长设法去掉了。他又成了革命前的爱农。我想为他在北京寻一点小事做,这是他非常希望的,然而没有机会。他后来便到一个熟人的家里去寄食,也时时给我信,景况愈困穷,言辞也愈凄苦。终于又非走出这熟人的家不可,便在各处飘浮。不久,忽然从同乡那里得到一个消息,说他已经掉在水里,淹死了。

我疑心他是自杀。因为他是浮水的好手,不容易淹死的。

夜间独坐在会馆里,十分悲凉,又疑心这消息并不确,但无端又觉得这是极其可靠的,虽然并无证据。一点法子都没有,只做了四首诗,后来曾在一种日报上发表,现在是将要忘记完了。只记得一首里的六句,起首四句是:"把酒论天下,先生小酒人。大圜犹酩酊,微醉合沉沦。"中间忘掉两句,末了是"旧朋云散尽,余亦等轻尘"。

后来我回故乡去,才知道一些较为详细的事。爱农先是什么事也没得做,因为大家讨厌他。他很困难,但还喝酒,是朋友请他的。他已经很少和人们来往,常见的只剩下几个后来认识的较为年青的人了,然而他们似乎也不愿意多听他的牢骚,以为不如讲笑话有趣。

"也许明天就收到一个电报,拆开来一看,是鲁迅来叫我的。"他时常这样说。

一天,几个新的朋友约他坐船去看戏,回来已过夜半,又是大风雨,他醉着，却偏要到船舷上去小解。大家劝阻他，也不听，自己说是不会掉下去的。但他掉下去了，虽然能浮水，却从此不起来。

第二天打捞尸体，是在菱荡里找到的，直立着。

我至今不明白他究竟是失足还是自杀。

他死后一无所有，遗下一个幼女和他的夫人。有几个人想集一点钱作他女孩将来的学费的基金，因为一经提议，即有族人来争这笔款的保管权，——其实还没有这笔款，——大家觉得无聊，便无形消散了。

现在不知他唯一的女儿景况如何？倘在上学，中学已该毕业了罢。

十一月十八日

佳作点评

本文记述了鲁迅先生在日留学时和回国后与范爱农接触的几个生活片段，重点描写了范爱农不满黑暗社会、追求革命，辛亥革命后又备受打击迫害的知识分子形象，表现了对旧民主革命的失望，对这位倔强的、觉醒的知识分子的同情和悼念。

文章开头便记叙了作者在茶馆里和范爱农相识的事，先抒发作者对范爱农的憎恶，为后文写对他的亲切友善的描写作了铺垫。欲扬先抑的写作手法十分到位，朴素精练的语言，为我们展现了鲁迅先生对死难者的一种同情，一种责任。

死 后

□［中国］鲁迅

我梦见自己死在道路上。

这是那里，我怎么到这里来，怎么死的，这些事我全不明白。总之，待到我自己知道已经死掉的时候，就已经死在那里了。

听到几声喜鹊叫，接着是一阵乌老鸦。空气很清爽，——虽然也带些土气息，——大约正当黎明时候罢。我想睁开眼睛来，他却丝毫也不动，简直不像是我的眼睛；于是想抬手，也一样。

恐怖的利镞忽然穿透我的心了。在我生存时，曾经玩笑地设想：假使一个人的死亡，只是运动神经的废灭，而知觉还在，那就比全死了更可怕。谁知道我的预想竟的中了，我自己就在证实这预想。

听到脚步声，走路的罢。一辆独轮车从我的头边推过，大约是重载的，轧轧地叫得人心烦，还有些牙齿齼。很觉得满眼绯红，一定是太阳上来了。那么，我的脸是朝东的。但那都没有什么关系。切切嚓嚓的人声，看热闹的。他们踹起黄土来，飞进我的鼻孔，使我想打喷嚏了，但终于没有打，仅有想打的心。

陆陆续续地又是脚步声，都到近旁就停下，还有更多的低语声：看的人多起来了。我忽然很想听听他们的议论。但同时想，我生存时说的什么批评不值一笑的话，大概是违心之论罢：才死，就露了破绽了。然而还是听；然而毕竟得不到结论，归纳起来不过是这样——

"死了？……"

"嗡。——这……"

"哼！……"

"啧。……唉！……"

我十分高兴，因为始终没有听到一个熟识的声音。否则，或者害得他们伤心；或则要使他们快意；或则要使他们加添些饭后闲谈的材料，多破费宝贵的工夫；这都会使我很抱歉。现在谁也看不见，就是谁也不受影响。好了，总算对得起人了！

但是，大约是一个马蚁，在我的脊梁上爬着，痒痒的。我一点也不能动，已经没有除去他的能力了；倘在平时，只将身子一扭，就能使他退避。而且，大腿上又爬着一个哩！你们是做什么的？虫豸！？

事情可更坏了：嗡的一声，就有一个青蝇停在我的颧骨上，走了几步，又一飞，开口便舐我的鼻尖。我懊恼地想：足下，我不是什么伟人，你无须到我身上来寻做论的材料……但是不能说出来。他却从鼻尖跑下，又用冷舌头来舐我的嘴唇了，不知道可是表示亲爱。还有几个则聚在眉毛上，跨一步，我的毛根就一摇。实在使我烦厌得不堪，——不堪之至。

忽然，一阵风，一片东西从上面盖下来，他们就一同飞开了，临走时还说——

"惜哉！……"

我愤怒得几乎昏厥过去。

木材摔在地上的钝重的声音同着地面的震动，使我忽然清醒，前额上感着芦席的条纹。但那芦席就被掀去了，又立刻感到了日光的灼热。还听得有人说——

　　"怎么要死在这里？……"

　　这声音离我很近，他正弯着腰罢。但人应该死在那里呢？我先前以为人在地上虽没有任意生存的权利，却总有任意死掉的权利的。现在才知道并不然，也很难适合人们的公意。可惜我久没了纸笔；即有也不能写，而且即使写了也没有地方发表了。只好就这样地抛开。

　　有人来抬我，也不知道是谁。听到刀鞘声，还有巡警在这里罢，在我所不应该"死在这里"的这里。我被翻了几个转身，便觉得向上一举，又往下一沉；又听得盖了盖，钉着钉。但是，奇怪，只钉了两个。难道这里的棺材钉，是只钉两个的么？

　　我想：这回是六面碰壁，外加钉子。真是完全失败，呜呼哀哉了！……

　　"气闷！……"我又想。

　　然而我其实却比先前已经宁静得多，虽然知不清埋了没有。在手背上触到草席的条纹，觉得这尸衾倒也不恶。只不知道是谁给我化钱的，可惜！但是，可恶，收敛的小子们！我背后的小衫的一角皱起来了，他们并不给我拉平，现在抵得我很难受。你们以为死人无知，做事就这样地草率么？哈哈！

　　我的身体似乎比活的时候要重得多，所以压着衣皱便格外的不舒服。但我想，不久就可以习惯的；或者就要腐烂，不至于再有什么大麻烦。此刻还不如静静地静着想。

　　"您好？您死了么？"

　　是一个颇为耳熟的声音。睁眼看时，却是勃古斋旧书铺的跑外的小伙计。不见约有二十多年了，倒还是那一副老样子。我又看看六面的壁，委实太毛糙，简直毫没有加过一点修刮，锯绒还是毛毿毿的。

“那不碍事，那不要紧。”他说，一面打开暗蓝色布的包裹来。“这是明版《公羊传》，嘉靖黑口本，给您送来了。您留下它罢。这是……。”

“你！”我诧异地看定他的眼睛，说，“你莫非真正胡涂了？你看我这模样，还要看什么明版？……”

“那可以看，那不碍事。”

我即刻闭上眼睛，因为对他很烦厌。停了一会，没有声息，他大约走了。但是似乎一个马蚁又在脖子上爬起来，终于爬到脸上，只绕着眼眶转圈子。

万不料人的思想，是死掉之后也还会变化的。忽而，有一种力将我的心的平安冲破；同时，许多梦也都做在眼前了。几个朋友祝我安乐，几个仇敌祝我灭亡。我却总是既不安乐，也不灭亡地不上不下地生活下来，都不能副任何一面的期望。现在又影一般死掉了，连仇敌也不使知道，不肯赠给他们一点惠而不费的欢欣。……

我觉得在快意中要哭出来。这大概是我死后第一次的哭。

然而终于也没有眼泪流下；只看见眼前仿佛有火花一闪，我于是坐了起来。

一九二五年七月十二日

▪佳作点评▪

这是鲁迅一篇著名的散文诗，有着丰富的内涵。

人死后，一切都可以“干净”了：你死了，世间的一切——物质、情感、思想、精神都与你无关了。但鲁迅不是，他借死者的眼睛，观察身后发生的各种事情。这既是死者的幻想，又是社会的现实，鲁迅借此对这些丑陋的现象进行无情的批评和揭露。"然而终于也没有眼泪流下；只看见眼前仿佛有火花一闪，我于是坐了起来。"死去的人，又不愿去死，而活了过来，这是多么幽默和辛辣，原来死去也是一场闹剧罢了。

伤双栝老人 ▌||▪▁▁ ▪▪ ▪

□［中国］徐志摩

看来你的死是无可致疑的了，宗孟先生，虽则你的家人们到今天还没法寻回你的残骸。最初消息来时，我只是不信，那其实是太奇特，太荒唐，太不近情。我曾经几回梦见你生还，叙述你历险的始末，多活现的梦境！但如今在栝树凋尽了青枝的庭院，再不闻"老人"的謦欬；真的没了，四壁的白联仿佛在微风中叹息。这三四十天来，哭你有你的内眷、姊妹、亲戚，悼你的私交；惜你有你的政友与国内无数爱君才调的士夫。志摩是你的一个忘年的小友。我不来敷陈你的事功，不来历叙你的言行；我也不来再加一份涕泪吊你最后的惨变。魂兮归来！此时在一个风满天的深夜握笔，就只两件事闪闪的在我心头：一是你谐趣天成的风怀，一是髫年失怙的诸弟妹，他们，你在时，哪一息不是你的关切，便如今，料想你彷徨的阴魂也常在他们的身畔飘逗。平时相见，我倾倒你的语妙，往往含笑静听，不叫我的笨涩羼杂你的莹澈，但此后，可恨这生死间无情的阻隔，我再没有那样的清福了！只当你是在我跟前，只当是消磨长夜的闲谈，我此时对你说些琐碎，想来你不至厌烦罢。

先说说你的弟妹。你知道我与小孩子们说得来，每回我到你家去，他们一群四五个，连着眼珠最黑的小五，浪一般的拥上我的身来，牵住我的手，攀住我的头，问这样，问那样；我要走时他们就着了忙，抢帽子的，锁门的，嘎着声音苦求的——你也曾见过我的狼狈。自从你的噩耗到后，可怜的孩子们，从不满四岁到十一岁，哪懂得生死的意义，但看了大人们严肃的神情，他们也发了呆，一个个木鸡似的在人前愣着。有一天听说他们私下在商量，想组织一队童子军，冲出山海关去替爸爸报仇！

"栝安"那虚报到的一个早上，我正在你家。忽然间一阵天翻地覆似的闹声从外院陡起，一群孩子拥着一位手拿电纸的大声欢呼着，冲锋似的拥进了上房。果然是大胜利，该得庆祝的："爹爹没有事！""爹爹好好的！"徽那里平安电马上发了去，省她急；福州电也发了去，省他们跋涉。但这欢喜的风景运定活不到三天，又叫接着来的消息给完全煞尽！

当初送你同去的诸君回来，证实了你的死信。那晚，你的骨肉一个个走进你的卧房，各自默恻恻的坐下，啊，那一阵子最难堪的噤寂，千万种痛心的思潮在各个人的心头，在这沉默的暗惨中，激荡，汹涌，起伏。可怜的孩子们也都泪滢滢的攒聚在一处，相互的偎着。半懂得情景的严重。霎时间，冲破这沉默，发动了放声的号啕，骨肉间至性的悲哀——你听着吗，宗孟先生，那晚有半轮黄月斜觇着北海白塔的凄凉？

我知道你不能忘情这一群童稚的弟妹。前晚我去你家时见小四小五在灵帏前翻着筋斗，正如你在时他们常在你的跟前献技。"你爹呢"？我拉住他们问。"爹死了。"他们嘻嘻的回答，小五搂住了小四，一和身又滚做一堆！他们将来的养育是你身后唯一的问题——说到这里，我不由的想起了你离京前最后几回的谈话。政治生活，你说你不但尝够而且厌烦了。这五十年算是一个结束，明年起你准备谢绝俗缘，亲自教课膝前的子女；这一清心你就可以用功你的书法，你自觉你腕下的精力，老来只是健进，你打算再花二十年工夫，打磨你艺术的天才；文章你本来不弱，但你想望的却不是什么等身的著述，你只求沥一生的心得，淘成三两篇不易衰朽的纯晶。这在你是一种觉悟；早年在国外初识面时，你每每自负你政治的异禀，即在年前避居津地时你还以为前途不少有为的希望，直到最近政态诡变，你才内省厌倦，认真想回复你书生逸士的生涯。我从最初惊讶你清奇的相貌，惊讶你更清奇的谈吐，我便不阿附你从政的热心，曾经有多少次我讽劝你趁早回航，领导这新时期的精神，共同发现文艺的新土。即如前年泰戈尔来时，你那兴会正不让我们年轻人；你这半百翁登台演戏，不辞劳倦的精神正不知给了我们多少的鼓舞！

不，你不是"老人"；你至少是我们后生中间的一个。

在你的精神里，我们看不见苍苍的鬈发，看不见五十年光阴的痕迹；你也依旧是二三十年前《春痕》故事里的"逸"的风情——"万种风情无地着"，是你最得意的名句，谁料这下文竟命定是"辽原白雪葬华颠"！

谁说你不是君房的后身？可惜当时不曾记下你摇曳多姿的吐属，蓓蕾似的满缀着警句与谐趣，在此时回忆，只如天海远处的点点航影，再也认不分明。你常常自称厌世人。果然，这世界，这人情，那禁得起你锐利的理智的解剖与抉剔？你的锋芒，有人说，是你一生最吃亏的所在。但你厌恶的是虚伪，是矫情，是顽老，是乡愿的面目，那还是不该的？谁有你的豪爽，谁有你的倜傥，谁有你的幽默？你的锋芒，即使露，也决不是完全在他人身上应用，你何尝放过你自己？对己一如对人，你丝毫不存姑息，不存隐讳，这就够难能，在这无往不是矫揉的日子，再没有第二人，除了你，能给我这样脆爽的清谈的愉快。再没有第二人在我的前辈中，除了你能使我感受这样的无"执"无"我"精神。

最可怜是远在海外的徽徽，她，你曾经对我说，是你唯一的知己；你，她也曾对我说，是她唯一的知己。你们这父女不是寻常的父女。"做一个有天才的女儿的父亲，"你曾说，"不是容易享的福，你得放低你天伦的辈分先求做到友谊的了解。"徽，不用说，一生崇拜的就只你，她一生理想的计划中，哪件事离得了聪明不让她自己的老父？但如今，说也可怜，一切都成了梦幻，隔着这万里途程，她那弱小的心灵如何载得起这奇重的哀惨！这终天的缺陷，叫她问谁补去？佑着她吧，你不昧的阴灵，宗孟先生，给她健康，给她幸福，尤其给她艺术的灵术——同时提携她的弟妹，共同增荣雪池双栝的清名！

十五年二月二日新月社

▪佳作点评 ▮▮▮

　　本文是一篇悼念文章，作者娓娓道来，读之令人愁肠百结，在平实的生活细节的叙述中，我们感到作者对"双栝老人"逝世的无尽哀婉与无可奈何。

　　在对双栝老人的追忆时，作者从生活细节写起，在一种欢乐的、生动的生活场面中，怀念老人的生前，叙说老人的身后，特别是他与女儿徽徽的关系，让我们看到"双栝老人"一个导师、一个慈父的鲜明形象。

　　"在你的精神里，我们看不见苍苍的鬓发，看不见五十年光阴的痕迹；你的依旧是二三十年前《春痕》故事里的'逸'的风情。"在这样的评价中，我们可以看到徐志摩对"双栝老人"精神的赞叹。

翡冷翠山居闲话 ▍▎▁▁▁ ▃

□ ［中国］徐志摩

在这里出门散步去，上山或是下山，在一个晴好的五月的向晚，正像是去赴一个美的宴会，比如去一果子园，那边每株树上都是满挂着诗情最秀逸的果实，假如你单是站着看还不满意时，只要你一伸手就可以采取，可以恣尝鲜味，足够你性灵的迷醉。阳光正好暖和，决不过暖；风息是温驯的，而且往往因为他是从繁花的山林里吹度过来他带来一股幽远的淡香，连着一息滋润的水气，摩挲着你的颜面，轻绕着你的肩腰，就这单纯的呼吸已是无穷的愉快；空气总是明净的，近谷内不生烟，远山上不起霭，那美秀风景的全部正像画片似的展露在你的眼前，供你闲暇的鉴赏。

作客山中的妙处，尤在你永不须踌躇你的服色与体态；你不妨摇曳着一头的蓬草，不妨纵容你满腮的苔藓；你爱穿什么就穿什么；扮一个牧童，扮一个渔翁，装一个农夫，装一个走江湖的桀卜闪，装一个猎户；你再不必提心整理你的领结，你尽可以不用领结，给你的颈根与胸膛一半日的自由，你可以拿一条这边颜色的长巾包在你的头上，学一个太平军的头目，或是拜伦那埃及装的姿态；但最要紧的是穿上你最旧的旧鞋，别管他模样不佳，他们是顶可爱的好友，他们承着你的体重却不叫你记起你还有一双脚在你的底下。

这样的玩顶好是不要约伴，我竟想严格的取缔，只许你独身；因为有了伴多少总得叫你分心，尤其是年轻的女伴，那是最危险最专制不过的旅伴，你应得躲避她像你躲避青草里一条美丽的花蛇！平常我们从自己家里走到朋友的家里，或是我们执事的地方，那无非是在同一个大牢里从一间狱室移到另一间狱室去，拘束永远跟着我们，自由永远寻不到我们；但在这春夏间美秀的山中或乡间你要是有机会独身闲逛时，那才是你福星高照的时候，那才是你实际领受，亲口尝味，自由与自在的时候，那才是你肉体与灵魂行动一致的时候；朋友们，我们多长一岁年纪往往只是加重我们头上的枷，加紧我们脚胫上的链，我们见小孩子在草里在沙堆里在浅水里打滚作乐，或是看见小猫追他自己的尾巴，何尝没有羡慕的时候，但我们的枷，我们的链永远是制定我们行动的上司！所以只有你单身奔赴大自然的怀抱时，像一个裸体的小孩扑入他母亲的怀抱时，你才知道灵魂的愉快是怎样的，单是活着的快乐是怎样的，单就呼吸单就走道单就张眼看耸耳听的幸福是怎样的。因此你得严格的为己，极端的自私，只许你，体魄与性灵，与自然同在一个脉搏里跳动，同在一个音波里起伏，同在一个神奇的宇宙里自得。我们浑朴的天真是像含羞草似的娇柔，一经同伴的抵触，他就卷了起来，但在澄静的日光下，和风中，他的姿态是自然的，他的生活是无阻碍的。

你一个人漫游的时候，你就会在青草里坐地仰卧，甚至有时打滚，因为草的和暖的颜色自然的唤起你童稚的活泼；在静僻的道上你就会不自主的狂舞，看着你自己的身影幻出种种诡异的变相，因为道旁树木的阴影在他们纡徐的婆娑里暗示你舞蹈的快乐；你也会得信口的歌唱，偶尔记起断片的音调，与你自己随口的小曲，因为树林中的莺燕告诉你春光是应得赞美的；更不必说你的胸襟自然会跟着漫长的山径开拓，你的心地会看着澄蓝的天空静定，你的思想和着山壑间的水声，山罅里的泉响，有时一澄到底的清澈，有时激起成章的波动，流，流，流入凉爽的橄榄林中，流入妩媚的阿诺河去……

并且你不但不须应伴，每逢这样的游行，你也不必带书。书是理想的伴侣，但你应得带书，是在火车上，在你住处的客室里，不是在你独身漫步的时候。什么伟大的深沉的鼓舞的清明的优美的思想的根源不是可以在风籁中，云彩里，山势与地形的起伏里，花草的颜色与香息里寻得？自然是最伟大的一部书，葛德说，在他每一页的字句里我们读得最深奥的消息。并且这书上的文字是人人懂得的；阿尔帕斯与五老峰，雪西里与普陀山，来因河与扬子江，梨梦湖与西子湖，建兰与琼花，杭州西溪的芦雪与威尼市夕照的红潮，百灵与夜莺，更不提一般黄的黄麦，一般紫的紫藤，一般青的青草同在大地上生长，同在和风中波动——他们应用的符号是永远一致的，他们的意义是永远明显的，只要你自己心灵上不长疮瘢，眼不盲，耳不塞，这无形迹的最高等教育便永远是你的名分，这不取费的最珍贵的补剂便永远供你的受用；只要你认识了这一部书，你在这世界上寂寞时便不寂寞，穷困时不穷困，苦恼时有安慰，挫折时有鼓励，软弱时有督责，迷失时有南针。

一九二五年七月

佳作点评

这篇散文作于徐志摩在意大利文化名城翡冷翠游历时，此时的他正深深地沉湎于对中国黑暗现实的不满及与陆小曼恋爱的痛苦。春夏之交的裴冷翠山乡，他寄情于自然，一切听其自然，不受任何束缚，体验到个体与自然的和谐统一，精神得到释放和升华，摆脱了一切苦恼。

作者运用诗的语言和旋律，创造出一种深邃而幽远的意境，令人陶醉而向往。也只有作为诗人的徐志摩，才能把人对自然的感受与感应，真正地写绝了，写活了。作者以轻灵飘逸的文笔，向读者展示了一幅洋溢着诗情画意的美好画面，若不是他已超然外物，若不是怀着洒脱坦然的生活态度，岂能写下如此美妙、令人感动的文字！

只有梅花知此恨

□ ［中国］庐隐

唉！评梅，我的哀苦也不愿再向你深说了，现在我再报你一个惨痛的消息，昨天我接到清妹一封快信，她为了你的死，哀痛将要发狂。她说："梅姊的死至少带去我半个生命！"并且她还要从南方来哭你埋葬你。我得到这个消息之后，我一直耽着惊恐，清妹年来的命运太凄苦，天现在更夺去她的梅姊，她小的双肩，怎样担得起这巨重的哀愁！……唉！评梅，这几年来，天为什么特别和我们这几个可怜的女孩过不去呢！使我们尝尽苦恼，使我们受尽揶揄；最难堪的，要算负着创伤的心，还得在人前强为欢笑；在冷酷的人们面前装英雄。眼泪倒流，只有自己知道。唉！评梅你算是解脱了！但是我们呢，从前虽然悲苦，还有你知道，眼泪有时还可以向你流，你虽然也只是陪着我们流泪，可是已足够安慰我们了。现在呢，唉！完了，完了！一切都完了！评梅，我真恨世界，设如有轮回的话，我愿生生世世不再作人！评梅！我诚然"只有梅花知此恨"，然而梅花已经仙去，你叫我向谁说？

　　本文是同为当时文坛才女的庐隐纪念才女石评梅的文章，文章虽然不足 500 字，但具有震撼人心的力量，石评梅的经历、才华、爱情和悲惨的结局，令挚友庐隐悲痛不已，读来令人扼腕叹息。

　　文中，我们看到的不仅仅是庐隐、石评梅、清妹三个女性之间情谊，"清妹年来的命运太凄苦，天现在更夺去她的梅姊，她小的双肩，怎样担得起这巨重的哀愁！"作者直呼"几年来，天为什么特别和我们这几个可怜的女孩过不去呢！"这是作者对生命的追问，只有"梅花"知道了。

何处是归程 ▌▏▁ ▁ ▁

□〔中国〕庐隐

在纷歧的人生路上，沙侣也是一个怯生的旅行者。她现在虽然已是一个妻子和母亲了，但仍不时的徘徊歧路，悄问何处是归程。

这一天她预备请一个远方的归客，天色才朦胧，已经辗转不成梦了。她呆呆地望着淡紫色的帐顶，——仿佛在那上边展露着紫罗兰的花影。正是四年前的一个春夜吧，微风暗送茉莉的温馨，眉月斜挂松尖把光筛洒在寂静的河堤上。她曾同玲素挽臂并肩，踯躅于嫩绿丛中。不过为了玲素去国，黯然的话别，一切的美景都染上离人眼中的血痕。

第二天的清晨，沙侣拿了一束紫罗兰花，到车站上送玲素。沙侣握着玲素的手说："素姐，珍重吧！……四年后再见，但愿你我都如这含笑的春花，它是希望的象征呵！"那时玲素收了这花，火车已经慢慢的蠕动了，——现在整整已经四年。

沙侣正眷怀着往事，不觉环顾自己的四周。忽看见身旁睡着十个月的孩子——绯红的双颊，垂复着长而黑的睫毛，娇小而圆润的面孔，不由得轻轻在他额上吻了一下。又轻轻坐了起来，披上一件绒布的夹衣，拉开蚊帐，黄金色的日光已由玻璃窗外射了进来。听听楼下已有轻微的脚步声，心想大约是张妈起来了吧。于是走到扶梯口轻轻喊了一声"张妈"，一个麻脸而微胖的妇人拿着一把铅壶上来了。沙侣扣着衣纽欠伸着道："今天十点有客来，屋里和客厅的地板都要拖干净些……回头就去买小菜……阿福起来了吗？……叫他吃了早饭就到码头去接三小姐。另外还有一个客人，是和三小姐同轮船来的，……她们九点钟到上海。早点去，不要误了事！"张妈放下铅壶，答应着去了。

沙侣走到梳妆台旁，正打算梳头，忽然看见镜子里自己的容颜老了许多，和墙上所挂的小照，大不同了。她不免暗惊岁月催人，梳子插在头上，怔怔地出起神来。她不住地想道："这是怎么一回事呢？结婚，生子，作母亲，……一切平淡的收束了，事业志趣都成了生命史上的陈迹……女人，……这原来就是女人的天职。但谁能死心塌地地相信女人是这么简单的动物呢？……整理家务，扶养孩子，哦！侍候丈夫，这些琐碎的事情真够消磨人了。社会事业——由于个人的意志所发生的活动，只好不提吧。……唉，真惭愧对今天远道的归客！——一别四年的玲素呵！她现在学成归国，正好施展她平生的抱负。她仿佛是光芒闪烁的北辰，可以为黑暗沉沉的夜景放一线的光明，为一切迷路者指引前程。哦，这是怎样的伟大和有意义！唉，我真太怯弱，为什么要结婚？妹妹一向抱独身主义，她的见识要比我高超呢！现在只有看人家奋飞，我已是时代的落伍者。十余年来所求知识，现在只好分付波臣，把一切都深埋海底吧。希望的花，随流光而枯萎，永永成为我灵宫里的一个残影呵！……"沙侣无论如何排解不开这骚愁的秘结，禁不住悄悄的拭泪。忽听见前屋丈夫的咳嗽声，知道他已醒了，赶忙喊张妈端正面汤，预备点心，自己又跑过去替他拿替换的裤褂。一面又吩咐车夫吃早饭，把车子拉出去预备着。乱了一阵子，才想去洗脸，床上的小乖乖又醒了，连忙放下面巾，抱起小乖，换尿布，壁上的钟已当当的敲了九下。客人就要来了，一切都还不曾预备好，沙侣顾不得了，如走马灯似的忙着。

沙侣走到院子里，采了几支紫色的丁香插在白瓷瓶里，放在客厅的圆桌上。怅然坐在靠窗的沙发上，静静的等候玲素和她的三妹妹。在这沉寂而温馨的空气里，沙侣复重温她的旧梦，眼睫上不知何时又沾濡上泪液，仿佛晨露浸秋草。

不久门上的电铃，琅琅地响了。张妈"呀"的一声开了大门。一个年轻漂亮的女子，手里提了一个小皮包，含笑走了进来。沙侣忙上前握住她的手，似喜似怅地说道："你们回来了。玲素呢……""来了！沙侣！你好吗？想不到在这里看见你，听说你已经做了母亲，快让我看看我们的外甥，……"沙侣默默地痴立着。玲素仿佛明白她的隐衷，因握着沙侣的手，恳切地说道："歧路百出的人生长途上，你总算找到归宿，不必想那些不如意的事吧！"沙侣蒸郁的热泪，不能勉强的咽下去了。她哽咽着叹道："玲姐，你何必拿这种不由衷的话安慰我，归宿——我真是不敢深想，譬如坑洼里的水，它永永不动，那也算是有了归宿，但是太无聊而浅薄了。如果我但求如此的归宿，——如此的归宿便是人生的真义，那么世界还有什么缺陷？"

"这是为什么？姐姐。你难道有什么不如意的事吗？"沙侣摇头叹道："妹妹，我哪敢妄求如意，世界上也有如意的事吗？只求事实与思想不过分的冲突，已经是万分的幸运了！"沙侣凄楚而深痛的语调，使得大家惘然了。三妹妹似不耐此种死一般的冷寂，站了起来，凭着窗子看院子里的蜜蜂，钻进花心采蜜。玲素依然紧握沙侣的手，安慰她道："沙侣，不要太拘迹吧，有什么难受的呢？世界上所谓的真理，原不是绝对的。什么伟大和不朽，究竟太片面了，何尝能解决整个的人生？——人生原来不是这样简单的，谁能够面面顾到？……如果天地是一个完整的，那么女娲氏倒不必炼石补天了，你也太想不开。"

"玲姐的话真不错，人生就仿佛是不知归程的旅行者，走到哪里算到哪里，只要是已经努力的走了，一切都可以卸责了。……姐姐总喜欢钻牛角尖，越钻越仄，……我不怕你笑话，我独身主义的主张，近来有些摇动了……因为我已觉悟，固执是人生滋苦之因，不必拿别人说，且看我们的姑姑吧。"

"姑姑近来怎么样？前些日子听说她患失眠很厉害，最近不知好了没有？三妹妹，你从故乡来，也听到她的消息吗？"

"姐姐！你自然很仰慕姑姑的努力罗。……人们有的说像她这样才算伟大，但是不幸同时也有人冷笑说她无聊，出风头，姑姑恨起来常常咬着嘴唇道：'龃龉的人类，永远是残酷的呵！'但有谁理会她，隔膜仿佛铁壁铜墙般矗立在人与人的中间。"

玲素听见三妹妹慨然的说着，也不觉有些心烦意乱，但仍勉强保持她深沉的态度，淡淡的说道："我想世上既没有兼全的事，那末随遇而安自多乐趣，又何必矫俗干名？"

沙侣摇头道："玲姐！我相信你更比我明白一切，因此我知道你的话还是为安慰我而发的。……究竟你也是替我咽着眼泪，何妨大家痛快些哭一场呢！……我老实的告诉你吧，女孩子们的心，完全迷惑于理想的花园里。——玫瑰是爱情的象征，月光的洁幕下，恋人并肩的坐在花丛里，一切都超越人间，把两个灵魂搅合成一个，世界尽管和死般的沉寂，而他和她是息息相通的，是谐和的。唉，这种的诱惑力之下，谁能相信骨子里的真象呢！……简直完全不是这一回事。——结婚的结果是把他和她从天上摔到人间，他们是为了家务的管理，和性欲的发泄而娶妻。更痛快点说吧，许多女子也是为了吃饭享福而嫁丈夫。——但是作着理想的花园的梦的女子，跑到这种的环境之下，……玲姐，这难道不是悲剧吗？……前天芷芬来，她曾问我说：'你现在怎么样？看着杂乱如麻的国事，竟没有一些努力的意思吗？'玲姐，你知道芷芬这话，使我如何的受刺激！但是罪过，我当时竟说出些欺人自欺的话。——'我现在一切都不想了，抚养大了这个小孩子也就算了。高兴时写点东西，念点书，消遣消遣。我本是个小人物，且早已看淡了一切的虚荣。'……芷芬听罢，极不高兴，她用失望的眼光看着我道：'你能安于此也好，不过我也有我的思想，……将军上马，各自奔前程吧！'她大概看我是个不堪造就的废物，连坐也不坐便走了。当时我觉得很抱歉，并且再扪扪心，我何尝真是没有责任心？……呵，玲姐，怯弱的我只有悔恨我为什么要结婚呢？"沙侣说得十分伤心，不住的用罗巾拭泪。

但是三妹妹总不信，不结婚便可以成全一切，她回过头来看着沙侣和玲素说："让我们再谈谈不结婚的姑姑罢。

"玲姐和姐姐，你们脑子里都应有姑姑的印象吧？美丽如春花般的面孔，玲珑而窈窕的身材，正仿佛这漂亮而馥郁的丁香花。可是只是这时候，是丁香的青春期，香色均臻浓艳；不过催人的岁月，和不肯为人驻足的春之女神，转眼走了，一切便都改观。如果到了鹃啼嫣红，莺恋残枝，已是春事阑珊，只落得眷念既往的青春，那又是如何的可悲，如何的冷落？……姑姑近来憔悴得多了，据我的观察，她或者正悔不曾及时的结婚呢！"

沙侣虽听了这话，但不敢深信，微笑道："三妹妹，你不要太把姑姑看弱了。"

三妹妹辩道："你听我讲她一段故事吧。

"今年中秋月夜，我和她同在古山住着，这夜恰是满山的好月色，瀑布和涧流都闪烁着银色的光。晚饭后，我们沿着石路土阶，慢慢奔北山峰，那里如疏星般列着几块光滑的岩石，我们拣了一块三角形的，并肩坐下。忽从微风里悄送来阵阵的暗香，我们藉着月色的皎朗，看见岩石上攀着不少的藤蔓，也有如珊瑚色的圆球，认不出是什么东西。在我们的脚下，凹下去的地方有一道山涧，正潺潺湲湲的流动。我们彼此无言的对坐着，不久忽听见悠扬的歌声，正从对山的礼拜堂里发出来。姑姑很兴奋的站起来说：'美妙极了，此时此地，倘若说就在这时候死了，岂不……

真的到了那一天，或者有许多人要叹道：可惜，可惜她死得太早了，如果不死，前途成就正未可量呵！……'我听了这话仿佛得了一种暗示，窥见姑姑心头隆起红肿的伤痕。——我因问道：'姑姑，你为什么说这种短气的话，你的前途正远，大家都希望你把成功的消息报告他们呢。……'姑姑抚着我的肩叹道：'三妹，你知道正是为了希望我的人多，我要早死了。只有死才能得最大的同情。……想起两年前在北京为妇女运动奔走，结果只增加我一些惭愧，有些人竟赠了我一个准政客的刻薄名词。后来因为运动宪法修改委员，给我们相当的援助，更不知受了多少嘲笑。末了到底被人造了许多谣言，什么和某人订婚了，最残忍的竟有人说我要给某人作姨太太，并且不止侮辱我一个。他们在酒酣耳热的时候，从他们喷唾沫的口角上，往往流露出轻薄的微笑，跟着，他们必定要求一个结论道：'这些女子都是拿着妇女运动作招牌，借题出风头。'……你想我怎么受？……偏偏我们的同志又不争气，文兰和美真又闹起三角恋爱，一天到晚闹笑话，我不免愤恨而终至于灰心。不久政局又发生了大变，国会解散，……我们妇女同盟会也就冰消瓦解。在北京住着真觉无聊，更加着不知趣的某次长整天和我夹缠，使我决心离开北京。……还以为回来以后，再想法团结同志以图再举，谁知道这里的环境更是不堪？唉！……我的前途茫茫，成败不可必，倘若事业终无希望，……到不如早些作个结束。……

"姑姑黯然地站在月光之下，也许是悄悄地垂泪，但我不忍对她逼视。当我在回来的路上，姑姑又对我说：'真的，我现在感到各方面都太孤零了。'玲姐，姑姑言外之意便可知了。"沙侣静听着，最后微笑道："那末还是结婚好！"

玲素并不理会她的话，只悄悄的打算盘，怎么办？结婚也不好，不结婚也不好，歧路纷出，到底何处是归程呵？她不觉深深的叹道："好复杂的人生！"

沙侣和三妹妹沉默了，大家各自想着心事。四围如死般的寂静，只有树梢头的黄鹂，正宛转着，巧弄她的珠喉呢。

ⅈ佳作点评 ∥﹏

　　庐隐一生颠沛流离，生活多舛，"何处是归程，长亭更短亭"，是庐隐一生的写照，她一生35年间，到处漂泊不定，更是其对生命的追问。不平凡的经历使庐隐对当时不合理的社会现实有着较为真切的理解，因而反映人生的困苦成了她早期作品的主旋律。

　　在这篇文章里，作者描写了沙侣的妹妹和朋友回家探亲的过程，从等友人到与友人、妹妹到家，这里面有人物，有情节。与姑姑、妹妹、玲素的对话等，既有理想的抒发，又有矛盾的冲突。作者借沙侣的眼睛观察社会，探寻女性的出路。作者在文章中塑造的沙侣，代表的是"五四"时期很多渴望光明追求进步的知识分子的形象。

秋 声

□ ［中国］庐隐

我曾酣睡于芬芳的花心，周围环绕着旖旎的花魂，和美丽的梦影；我曾翱翔于星月之宫，我歌唱生命的神秘，那时候正是芳草如茵，人醉青春！

不知几何年月，我为游戏来到人间，我想在这里创造更美丽的梦境，更和谐的人生。谁知不幸，我走的是崎岖的路程，那里没有花没有树，只有墙颓瓦碎的古老禅林，一切法相，也只剩了剥蚀的残身！

我踯躅于憧憧的鬼影之中，眷怀着绮丽的旧梦，忽然吹来一阵歌声，嘹栗而凄清，它似一把神秘的钥匙，掘起我心深处的伤痛。

我如荒山的一颗陨星，从前是有着可贵的光耀，而今已消失无踪！

我如深秋里的一片枯叶，从前虽有着可爱的青葱，而今只飘零随风！

可怕的秋声！世间竟有幸福的人，他们正期望着你的来临，但，请你千万莫向寒窗悲吟，那里面正昏睡着被苦难压迫的病人，他的一切都埋没于华年的匆匆，而今是更荷着一切的悲愁，正奔赴那死的途程。这阵阵的悲吟怕要唤起他葬埋了的心魂，徘徊于哀伤的荒冢！

呵！秋声！你吹破青春的忧境，你唤醒长埋的心魂——这原是运命的播弄，我何敢怒你的残忍！

在这篇散文里，作者借助鬼影、陨星、枯叶等意象比喻自己多舛的命运，在悲愤中表达对现实的不满，给人以强烈的感叹与无奈。

茅盾评价说："读庐隐的全部著作，就仿佛再呼吸着'五四'时期的空气，我们看见一些'追求人生意义'的热情然而空想的青年们，在书中苦闷地徘徊，我们又看见了一些负荷着几千年传统思想束缚的青年们在书中叫着'自我发展'。"茅盾先生的评价可以作为理解这篇文章的参考。

□［中国］石评梅

一

　　我由冬的残梦里惊醒，春正吻着我的睡靥低吟！晨曦照上了窗纱，望见往日令我醺醉的朝霞，我想让丹彩的云流，再认认我当年的颜色。

　　披上那件绣着蛱蝶的衣裳，姗姗地走到尘网封锁的妆台旁。呵！明镜里照见我憔悴的枯颜，像一朵颤动在风雨中苍白凋零的梨花。

　　我爱，我原想追回那美丽的皎容，祭献在你碧草如茵的墓旁，谁知道青春的残蕾已和你一同殉葬。

二

　　假如我的眼泪真凝成一粒一粒珍珠，到如今我已替你缀织成绕你玉颈的围巾。

　　假如我的相思真化作一颗一颗的红豆，到如今我已替你堆集永久勿忘的爱心。

哀愁深埋在我心头。

我愿燃烧我的肉身化成灰烬，我愿放浪我的热情怒涛汹涌，天呵！这蛇似的蜿蜒，蚕似的缠绵，就这样悄悄地偷去了我生命的青焰。

我爱，我吻遍了你墓头青草在日落黄昏；我祷告，就是空幻的梦吧，也让我再见见你的英魂。

三

明知道人生的尽头便是死的故乡，我将来也是一座孤冢，衰草斜阳。有一天呵！我离开繁华的人寰，悄悄入葬，这悲艳的爱情一样是烟消云散，昙花一现，梦醒后飞落在心头的都是些残泪点点。

然而我不能把记忆毁灭，把埋我心墟上的残骸抛却，只求我能永久徘徊在这垒垒荒冢之间，为了看守你的墓茔，祭献那茉莉花环。

我爱，你知否我无言的忧衷，怀想着往日轻盈之梦。梦中我低低唤着你小名，醒来只是深夜长空有孤雁哀鸣！

四

黯淡的天幕下，没有明月也无星光，这宇宙像数千年的古墓；皑皑白骨上，飞动闪映着惨绿的磷花。我匍匐哀泣于此残锈的铁栏之旁，愿烘我愤怒的心火，烧毁这黑暗丑恶的地狱之网。

命运的魔鬼有意捉弄我弱小的灵魂，罚我在冰雪寒天中，寻觅那凋零了的碎梦。求上帝饶恕我，不要再惨害我这仅有的生命，剩得此残躯在，容我杀死那狞恶的敌人！

我爱，纵然宇宙变成烬余的战场，野烟都腥：在你给我的甜梦里，我心长系驻于虹桥之中，赞美永生！

五

我整天踟蹰于垒垒荒冢，看遍了春花秋月不同的风景，抛弃了一切名利虚荣，来到此无人烟的旷野，哀吟缓行。我登了高岭，向云天苍茫的西方招魂，在绚烂的彩霞里，望见了我沉落的希望之陨星。

远处是烟雾冲天的古城，火星似金箭向四方飞游！隐约的听见刀枪搏击之声，那狂热的欢呼令人震惊！在碧草萋萋的墓头，我举起了胜利的金觥，饮吧我爱，我奠祭你静寂无言的孤冢！

星月满天时，我把你遗我的宝剑纤手轻擎，宣誓向长空：愿此生永埋了英雄儿女的热情。

六

假如人生只是虚幻的梦影，那我这些可爱的映影，便是你赠与我的全生命。我常觉你在我身后的树林里，骑着马轻轻地走过去。常觉你停息在我的窗前，徘徊着等我的影消灯熄。常觉你随着我唤你的声音悄悄走近了我，又含泪退到了墙角。常觉你站在我低垂的雪帐外，哀衷地对月光而叹息！

在人海尘途中，偶然逢见个像你的人，我停步凝视后，这颗心呵！便如秋风横扫落叶般冷森凄零！我默思我已经得到爱之心，如今只是荒草夕阳下，一座静寂无语的孤冢。

我的心是深夜梦里，寒光闪烁的残月，我的情是青碧冷静，永不再流的湖水。残月照着你的墓碑，湖水环绕着你的坟，我爱，这是我的梦，也是你的梦，安息吧，敬爱的灵魂！

七

我自从混迹到尘世间，便忘却了我自己；在你的灵魂我才知是谁？

记得也是这样夜里。我们在河堤的柳丝中走过来，走过去。我们无语，心海的波浪也只有月儿能领会。你倚在树上望明月沉思，我枕在你胸前听你的呼吸。抬头看见黑翼飞来掩遮住月儿的清光，你抖颤着问我：假如这苍黑的翼是我们的命运时，应该怎样？

我认识了欢乐，也随来了悲哀，接受了你的热情，同时也随来了冷酷的秋风。往日，我怕恶魔的眼睛凶，白牙如利刃；我总是藏伏在你的腋下趑趄不敢进，你一手执宝剑，一手扶着我践踏着荆棘的途径，投奔那如花的前程！

如今，这道上还留着你斑斑血迹，恶魔的眼睛和牙齿还是那样凶狠。但是我爱，你不要怕我孤零，我愿用这一纤细的弱玉腕，建设那如意的梦境。

八

春来了，催开桃蕾又飘到柳梢，这般温柔慵懒的天气真使人恼！她似乎躲在我眼底有意缭绕，一阵阵风翼，吹起了我灵海深处的波涛。

这世界已换上了装束，如少女般那样娇娆，她披拖着浅绿的轻纱，蹁跹在她那（姹）紫嫣红中舞蹈。伫立于白杨下，我心如捣，强睁开模糊的泪眼，细认你墓头，萋萋芳草。

满腔辛酸与谁道？愿此恨吐向青空将天地包。它纠结围绕着我的心，像一堆枯黄的蔓草，我爱，我待你用宝剑来挥扫，我待你用火花来焚烧。

九

  垒垒荒冢上，火光熊熊，纸灰缭绕，清明到了。这是碧草绿水的春郊。墓畔有白发老翁，有红颜年少，向这一捧黄土致不尽的怀忆和哀悼，云天苍茫处我将魂招；白杨萧条，暮鸦声声，怕孤魂归路迢迢。

  逝去了，欢乐的好梦，不能随墓草而复生，明朝此日，谁知天涯何处寄此身？叹漂迫我已如落花浮萍，且高歌，且痛饮，拼一醉烧熄此心头余情。

  我爱，这一杯苦酒细细斟，邀残月与孤星和泪共饮，不管黄昏，不论夜深，醉卧在你墓碑傍，任霜露侵凌吧！我再不醒。

▮佳作点评▮

  在《墓畔哀歌》中，作者始终以第一人称在轻轻地叙说，这种叙述方式，便于表达哀婉多愁的情绪，容易把读者带入到真实的情境里，不能自拔。文中大量运用富有象征性的比喻，这种比喻能紧贴着变化的心情展开，使作者的感情能够淋漓尽致的表达，令人动容。

  《墓畔哀歌》给了死亡一种很美的诠释，使人感到死亡也远离了悲伤。这篇文章带有对往事浓厚的反思和回忆色彩，感情缠绵悱恻而又深刻隽永。掩卷之后，我们分明读到一颗悲痛欲绝且悔恨不已的心灵，不堪回首而又永远难忘的尘梦！

梦苇的死

□ ［中国］朱湘

　　我踏进病室，抬头观看的时候，不觉吃了一惊，在那弥漫着药水气味的空气中间，枕上伏着一个头。头发乱蓬蓬的，唇边已经长了很深的胡须，两腮都瘦下去了，只剩着一个很尖的下巴；鳘黑的脸上，一双眼睛特别显得大。怎么半月不见，就变到了这种田地？梦苇是一个翩翩年少的诗人，他的相貌与他的诗歌一样，纯是一片秀气；怎么这病榻上的就是他吗？

　　他用呆滞的目光，注视了一些时，向我点头之后，我的惊疑始定。我在榻旁坐下，问他的病况。他说，已经有三天不曾进食了。这病房又是医院里最便宜的房间，吵闹不过。乱得他夜间都睡不着。我们另外又闲谈了些别的话。

　　说话之间，他指着旁边的一张空床道，就是昨天在那张床上，死去了一个福州人，是在衙门里当一个小差事的。昨天临危，医院里把他家属叫来了，只有一个妻子，一个小女孩子。孩子很可爱的，母亲也不过三十岁。病人断气之后，母亲哭得九死一生，她对墙上撞了过去，想寻短见，幸亏被人救了。就是这样，人家把他从那张床上抬了出去。医院里的人，照旧工作；病房同住的人，照常说笑，他的一生，便这样淡淡的结束了。

我听完了他的这一段半对我说、半对自己说的话之后，抬起头来，看见窗外的一棵洋槐树。嫩绿的槐叶，有一半露在阳光之下，照得同透明一般。偶尔有无声的轻风偷进枝间，槐叶便跟着摇曳起来。病房里有些人正在吃饭，房外甬道中有皮鞋声音响过地板上。邻近的街巷中，时有汽车的按号声。是的，淡淡的结束了。谁说这办事员，说不定是书记，他的一生不是淡淡的结束，平凡的终止呢。那年轻的妻子，幼稚的女儿，知道她们未来的命运是个什么样子！我们这最高的文化，自有汽车、大礼帽、枪炮的以及一切别的大事业等着它去制造，那有闲工夫来过问这种平凡的琐事呢！

混人的命运，比起一班平凡的人来，自然强些。肥皂泡般的虚名，说起来总比没有好。但是要问现在有几个人知道刘梦苇，再等个五十年，或者一百年，在每个家庭之中，夏天在星光萤火之下，凉风微拂的夜来香花气中，或者会有一群孩童，脚踏着拍子唱：

> 室内盆栽的蔷薇，
> 窗外飞舞的蝴蝶，
> 我俩的爱隔着玻璃，
> 能相望却不能相接。

冬天在熊熊的炉火旁，充满了颤动的阴影的小屋中，北风敲打着门户，破窗纸力竭声嘶的时候，或者会有一个年老的女伶低低读着：

> 我的心似一只孤鸿，
> 歌唱在沉寂的人间。
> 心哟，放情的歌唱罢，

不妨壮烈，也不妨缠绵，

歌唱那死之伤，

歌唱那生之恋。

咳，薄命的诗人！你对生有何可恋呢？它不曾给你名，它不曾给你爱，它不曾给你任何什么！

你或者能相信将来，或者能相信你的诗终究有被社会正式承认的一日，那样你临终时的痛苦与失望，或者可以借此减轻一点！但是，谁敢这样说呢？谁敢说这许多年拂逆的命运，不曾将你的信心一齐压迫净尽了呢？临终时的失望，永恒的失望，可怕的永恒的失望，我不敢再往下想了。

我还记得：当时你那细得如线的声音，只剩皮包着的真正像柴的骨架。临终的前一天，我第三次去看你，那时我已从看护妇处，听到你下了一次血块，是无救的了。我带了我的祭子惠的诗去给你瞧，想让你看过之后，能把久郁的情感，借此发泄一下，并且在精神上能得到一种慰安，在临终之时。能够恍然大悟出我所以给你看这篇诗的意思，是我替子惠做过的事，我也要替你做的。我还记得，你当时自半意识状态转到全意识状态时的兴奋，以及诗稿在你手中微抖的声息，以及你的泪。我怕你太伤心了不好，想温和的从你手中将诗取回，但是你孩子霸食般地说："不，不，我要！"我抬头一望，墙上正悬着一个镜框，框上有一十字架，框中是画着耶稣被钉的故事，我不觉的也热泪夺眶而出，与你一同伤心。

一个人独病在医院之内，只有看护人照例的料理一切，没有一个亲人在旁。在这最需要情感的安慰的时候，给予你以精神的药草，用一重温和柔软的银色之雾，在你眼前遮起，使你朦胧的看不见渐渐走近的死神的可怖手爪，只是呆呆的躺着，让憧憧的魔影自由的继续的来往于你丰富的幻想之中，或是面对面的望着一个无底深坑里面有许多不敢见阳光的丑物蠕动着，恶臭时时向你扑来，你却被缚在那里，一毫也动不得，并且有肉体的苦痛，时时抽过四肢，逼榨出短促的呻吟，抽搐起脸部的筋肉：这便是社会对你这诗人的酬报。

记得头一次与你相会，是在南京的清凉山上杏院之内。半年后，我去上海。又一年，我来北京，不料复见你于此地。我们的神交便开始于这时。就是那冬天，你的吐血，旧病复发，厉害得很。幸亏有丘君元武无日无夜的看护你，病渐渐的退了。你病中曾经有信给我，说你看看就要不济事了，这世界是我们健全者的世界，你不能再在这里多留恋了。夏天我从你那处听到子惠去世的消息，那知不到几天你自己也病了下来。你的害病，我们真是看得惯了。夏天又是最易感冒之时，并且冬天的大病，你都平安的度了过来，所以我当时并不在意。谁知道天下竟有巧到这样的事？子惠去世还不过一月，你也跟着不在了呢！

你死后我才从你的老相好处，听到说你过去的生活，你过去的浪漫的生活。你的安葬，也是他们当中的两个：龚君业光与周君容料理的。一个可以说是无家的孩子，如无根之蓬般的漂流，有时陪着生意人在深山野谷中行旅，可以整天的不见人烟，只有青的山色、绿的树色笼绕在四周，驮货的驴子项间有铜铃节奏的响着。远方时时有山泉或河流的琤琮随风送来，各色的山鸟有些叫得舒缓而悠远，有些叫得高亢而圆润，自烟雾的早晨经过流汗的正午，到柔软的黄昏，一直在你的耳边和鸣着。也有时你随船户从急流中淌下船来。两岸是高峻的山岩，倾斜得如同就要倒塌下来一般。山径上偶尔有樵夫背着柴担夷然的唱着山歌，走过河里，是急迫的桨声，应和着波浪舐船舷与石岸的声响。你在船舱里跟着船身左右的颠簸，那时你不过十来岁，已经单身上路，押领着一船的货物在大鱼般的船上，鸟翼般的篷下，过这种漂泊的生活了。临终的时候，在渐退渐远的意识中，你的灵魂总该是脱离了丑恶的城市，险诈的社会，飘飘的化入了山野的芬芳空气中，或是挟着水雾吹过的河风之内了罢？

在那时候，你的眼前，一定也闪过你长沙城内学校生活的幻影，那时的与黄金的夕云一般灿烂缥缈的青春之梦，那时的与自祖母的磁罐内偷出的糕饼一般鲜美的少年之快乐，那时的与夏天绿树枝头的雨阵一般的来得骤去得快，只是在枝叶上添加了一重鲜色，在空气中勾起了一片清味的少年之悲哀，还有那沸腾的热血、激烈的言辞、危险的受戒、炸弹的摩挲，也都随了回忆在忽明的眼珠中，骤然的面庞上，与渐退的血潮，慢慢的淹没入迷瞀之海了。

我不知道你在临终的时候，可反悔作诗不？你幽灵般自长沙飘来北京，又去上海，又去宁波，又去南京，又来北京；来无声息，去无声息，孤鸿般的在寥廓的天空内，任了北风摆布，只是对着在你身边漂过的白云哀啼数声，或是白荷般的自污浊的人间逃出，躲入诗歌的池沼，一声不响的低头自顾幽影，或是仰望高天，对着月亮，悄然落晶莹的眼泪，看天河边坠下了一颗流星，你的灵魂已经滑入了那乳白色的乐土与李贺、济慈同住了。

> 巢父掉头不肯住，
> 东将入海随烟雾。
> 诗卷长留天地间，
> 钓竿欲拂珊瑚树。

你的诗卷中间有歌与我俩的诗卷，无疑的要长留在天地间，她像一个带病的女郎，无论她会瘦到那一种地步，她那天生的娟秀，总在那里，你在新诗的音节上，有不可埋没的功绩。现在你是已经吹着笙飞上了天，只剩着也许玄思的诗人与我两个在地上了，我们能不更加自奋吗？

朱湘在这篇文章中，记录了诗人梦苇去世前的情况。诗人在病中悲惨的生活情景，诗人对诗歌的热爱之情，诗人与自己真挚的友情，作者都在文中都作了生动的描写。同样作为诗人的作者，感叹生命的不易，悲叹青春的早逝，在这样悲怆的情绪中和往事的回忆里，作者把一个鲜活的诗人形象和思想凸显在读者面前。

面对梦苇的早逝，作者以此鞭策自己，"现在你是已经吹着笙飞上了天，只剩着也许玄思的诗人与我两个在地上了，我们能不更加自奋吗？"使整篇文章在悲痛中露出了亮色。

再 会

□ ［中国］许地山

靠窗棂坐着那位老人家是一位航海者，刚从海外归来底。他和萧老太太是少年时代底朋友，彼此虽别离了那么些年，然而他们会面时，直像忘了当中经过底日子。现在他们正谈起少年时代底旧话。

"蔚明哥，你不是二十岁底时候出海底么？"她屈着自己底指头，数了一数，才用那双被阅历染浊了底眼睛看着她底朋友说，"呀，四十五年就像我现在数着指头一样地过去了！"

老人家把手捋一捋胡子，很得意地说："可不是！……记得我到你家辞行那一天，你正在园里饲你那只小鹿；我站在你身边一棵正开着花底枇杷树下，花香和你头上底油香杂窜入我底鼻中。当时，我底别绪也不晓得要从哪里说起；但你只低头抚着小鹿。我想你那时也不能多说什么，你竟然先问一句'要等到什么时候我们再能相见呢'？我就慢答道：'毋须多少时候。'那时，你……"

老太太截着说："那时候底光景我也记得很清楚。当你说这句底时候，我不是说'要等再相见时，除非是黑墨有洗得白底时节'。哈哈！你去时，那缕漆黑的头发现在岂不是已被海水洗白了么？"

老人家摩摩自己底头顶，说："对啦！这也算应验哪！可惜我总不（见）着芳哥，他过去多少年了？""唉，久了！你看我已经抱过四个孙儿了。"她说时，看着窗外几个孩子在瓜棚下玩，就指着那最高的孩子说，"你看鼎儿已经十二岁了，他公公就在他弥月后去世的。"

他们谈话时，丫头端了一盘牡蛎煎饼来。老太太举手嚷着蔚明哥说："我定知道你底嗜好还没有改变，所以特地为你做这东西。

"你记得我们少时，你母亲有一天做这样的饼给我们吃。你拿一块，吃完了才嫌饼里底牡蛎少，助料也不如我底多，闹着要把我底饼抢去。当时，你母亲说了一句话，教我常常忆起，就是'好孩子，算了罢。助料都是搁在一起渗匀底。做底时候，谁有工夫把分量细细去分配呢？这自然是免不了有些多，有些少底；只要饼底气味好就够了。你所吃底原不定就是为你做底，可是你已经吃过，就不能再要了。'蔚明哥，你说末了这话多么感动我呢！拿这个来比我们底境遇罢：境遇虽然一个一个排列在面前，容我们有机会选择，有人选得好，有人选得歹，可是选定以后，就不能再选了。"

老人家拿起饼来吃，慢慢地说："对啦！你看我这一生净在海面生活，生活极其简单，不像你这么繁复，然而我还是像当时吃那饼一样——也就饱了。"

"我想我老是多得便宜。我底境遇底饼虽然多一些助料，也许好吃一些，但是我底饱足是和你一样底。"

谈旧事是多么开心底事！看这光景，他们像要把少年时代底事迹一一回溯一遍似地。但外面底孩子们不晓得因什么事闹起来，老太太先出去做判官；这里留着一位矍铄的航海者静静地坐着吃他底饼。

佳作点评

　　许地山在这篇精美的小品文中，讲述了两个年少时代好朋友的重逢。在经历岁月的沧桑与磨砺之后，虽然一生经历各不相同，但最终他们回忆起年少往事时，还是那样的兴奋与快乐。这些触动灵魂的优美文字，源自文学大师的心灵深处，在岁月的长河中，如宝石般熠熠生辉，陪伴着我们一路远行。

　　生活就是这样，不论经历如何，最终还是要回归生命的原点。"我想我老是多得便宜。我底境遇底饼虽然多一些助料，也许好吃一些，但是我的饱足是和你一样底。"这就是生命的意义。

早老者的忏悔

□〔中国〕夏丏尊

朋友间谈话，近来最多谈及的是关于身体的事。不管是三十岁的朋友，四十左右的朋友，都说身体应付不过各自的工作，自己照起镜子来，看到年龄以上的老态。彼此感慨万分。

我今年五十，在朋友中原比较老大。可是自己觉得体力减退，已好多年了。三十五六岁以后，我就感到身体一年不如一年，工作起不得劲，只是恹恹地勉强挨，几乎无时不觉到疲劳，什么都觉得厌倦，这情形一直到如今。十年以前，我还只四十岁，不知道我年龄的都说我是五十岁光景的人，近来居然有许多人叫我"老先生"。论年龄，五十岁的人应该还大有可为，古今中外，尽有活到了七十八十，元气很盛的。可是我却已经老了，而且早已老了。

因为身体不好，关心到一般体育上的事情，对于早年自己的学校生活，发见一种重大的罪过。现在的身体不好，可以说是当然的报应。这罪过是什么？就是看不起体操教师。

体操教师的被蔑视，似乎在现在也是普通现象。这是有着历史关系的。我自己就是一个历史的人物。三十年前，中国初兴学校，学校制度不像现在的完整。我是弃了八股文进学校的，所进的学校，先后有好几个，程度等于现在的中学。当时学生都是所谓"读书人"，童生、秀才都有，年龄大的可三十岁，小的可十五六岁，我算是比较年青的一个。那时学校教育虽号称"德育、智育、体育并重"，可是学生所注重的是"智育"，学校所注重的也是"智育"，"德育"和"体育"只居附属的地位。在全校的教师之中，最被重视的是英文教师，次之是算学教师、格致（理化博物之总名）教师，最被蔑视的是修身教师、体操教师。大家把修身教师认作迂腐的道学家，把体操教师认作卖艺打拳的江湖家。修身教师大概是国文教师兼的，体操教师的薪水在教师中最低，往往不及英文教师的半数。

那时学校新设，各科教师都并无一定的资格，不像现在的有大学或专门科毕业生。国文教师、历史教师，由秀才、举人中挑选，英文教师大概向上海聘请，圣约翰书院（现在改称大学，当时也叫梵王渡）出身的曾大出过风头，算学、格致教师也都是把教会学校的未毕业生拉来充数。论起资格来，实在薄弱得很。尤其是体操教师，他们不是三个月或半年的速成科出身，就是曾经在任何学校住过几年的三脚猫。那时一面有学校，一面还有科举，大家把学校教育当作科举的准备。体操一科，对于科举是全然无关的，又不像现在学校的有竞技选手之类的名目，谁也不去加以注重。在体操时间，有的请假，有的立在操场上看教师玩把戏，自己敷衍了事。体操教师对于所教的功课，似乎也并无何等的自信与理论，只是今日球类，明日棍棒，轮番着变换花样，想以趣味来维系人心。可是学生老不去睬他。

蔑视体操科，看不起体操教师，是那时的习惯。这习惯在我竟一直延长下去，我敢自己报告，我在以后近十年的学生生活中，不曾用心操过一次的体操，也不曾对于某一位体操教师抱过尊敬之念。换一句话说，我在学生时代不信"一二三四"等类的动作和习惯会有益于自己后来的健康。我只觉得"一二三四"等类的动作干燥无味。

朋友之中，有每日早晨在床上作二十分操的，有每日临睡操八段锦的，据说持久着做，会有效果，劝我也试试。他们的身体确比我好得多，我也已经从种种体验上知道运动的要义不在趣味而在继续持久，养成习惯。可是因为一向对于这些上面厌憎，终于立不住自己的决心，起不成头，一任身体一日不如一日。

我们所过的是都市的工商生活，房子是鸽笼，业务头绪纷烦，走路得刻刻留心，应酬上饮食容易过度，感官日夜不绝地受到刺激，睡眠是长年不足的，事业上的忧虑，生活上的烦闷是没有一刻忘怀的，这样的生活当然会使人早老早死，除了捏锄头的农夫以外，却无法不营这样的生活，这是事实，积极的自救法，唯有补充体力，及早预备好了身体来。

"如果我在学生时代不那样蔑视体操科，对于体操教师不那样看他们不起，多少听受他们的教诲，也许……"我每当顾念自己的身体现状时常这样暗暗叹息。

▎佳作点评 ▍

本文是我国现代著名作家夏丏尊先生五十岁时，对学校生活的点滴回忆，特别是过去对体育的不重视，看不起体操教师，进行了忏悔，同时也对旧的教育制度进行了批评。在真诚的心情中，体现了一位老者的厚重和宽阔的心怀。

记风雨茅庐

□〔中国〕郁达夫

自家想有一所房子的心愿，已经起了好几年了；明明知道创造欲是好，所有欲是坏的事情，但一轮到了自己的头上，总觉得衣食住行四件大事之中的最低限度的享有，是不可以不保住的。我衣并不要锦绣，食也自甘于藜藿，可是住的房子，代步的车子，或者至少也必须一双袜子与鞋子的限度，总得有了才能说话。况且从前曾有一位朋友劝过我说，一个人既生下了地，一块地却不可以没有，活着可以住住立立，或者睡睡坐坐，死了便可以挖一个洞，将己身来埋葬；当然这还是没有火葬，没有公墓以前的时代的话。

自搬到杭州来住后，于不意之中，承友人之情，居然弄到了一块地，从此葬的问题总算解决了；但是住呢，占据的还是别人家的房子。去年春季，写了一篇短短的应景而不希望有什么结果的文章，说自己只想有一所小小的住宅；可是发表了不久，就来了一个回响。一位做建筑事业的朋友先来说："你若要造房子，我们可以完全效劳。"一位有一点钱的朋友也说："若通融得少一点，或者还可以想法。"四面一凑，于是起造一个风雨茅庐的计划即便成熟到了百分之八十，不知我者谓我有了钱，深知我者谓我冒了险，但是有钱也罢，冒险也罢，入秋以后，总之把这笑话勉强弄成了事实，在现在的寓所之旁，也竟丁丁笃笃地动起了工，造起了房子。这也许是我的 Folly，这也许是朋友们对于我的过信，不过从今以后，那些破旧的书籍，以及行军床、旧马子之类，却总可以不再去周游列国，学夫子的栖栖一代了。在这些地方，所有欲原也有它的好处。

本来是空手做的大事，希望当然不能过高；起初我只打算以茅草来代瓦，以涂泥来作壁，起它五间不大不小的平房，聊以过过自己有一所住宅的瘾的；但偶尔在亲戚家一谈，却谈出来了事情。他说："你要造房屋，也得拣一个日，看一看方向；古代的《周易》，现代的天文地理，却实在是有至理存在那里的呢！"言下他还接连举出了好几个很有证验的实例出来给我听，而在座的其他三四位朋友，并且还同时做了填具脚踏手印的见证人。更奇怪的，是他们所说的这一位具有通天入地眼的奇迹创造者，也是同我们一样，读过哀皮西提，演过代数几何，受过现代高等教育的学校毕业生。经这位亲戚的一介绍，经我的一相信，当初的计划，就变了卦，茅庐变作了瓦屋，五开间的一排营房似的平居，拆作了三开间两开间的两座小蜗庐。中间又起了一座墙，墙上更挖了一个洞；住屋的两旁，也添了许多间的无名的小房间。这么的一来，房屋原多了不少，可同时债台也已经筑得比我的风火围墙还高了几尺。这一座高台基石的奠基者郭相经先生，并且还劝我说："东南角的龙手太空，要好，还得造一间南向的门楼，楼上面再做上一层水泥的平台才行。"他的这一句话，又恰巧打中了我的下意识里的一个痛处；在这只空角上，这实在也在打算盖起一座塔样的楼来，楼名是十五六年前就想好的，叫作"夕阳楼"。现在这一座塔楼，虽则还没有盖起，可是只打算避避风雨的茅庐一所，却也涂上了朱漆，嵌上了水泥，有点像是外国乡镇里的五六等贫民住宅的样子了；自己虽则不懂阳宅的地理，但在光线不甚明亮的清早或薄暮看起来，倒也觉得郭先生的设计，并没有弄什么玄虚，合科学的方法，仍旧还是对的。所以一定要在光线不甚明亮的时候看的原因，就因为我的胆子毕竟还小，不敢空口说大话要包工用了最好的材料来造我这一座贫民住宅的缘故。这倒还不在话下，有点儿觉得麻烦的，却是预先想好的那个风雨茅庐的风雅名字与实际的不符。皱眉想了几天，又觉得中国的山人并不入山，儿子的小犬也不是狗的玩意儿，原早已有人在干了，我这样小小的再说一个并不害人的谎，总也不至于有死罪。况且西湖上的那间巍巍乎有点像先施、永安的堆栈似的高大洋楼之以 ×× 草舍作名称，也不曾听见说有人去干涉过。多一事不如少一事，九九归原，还是照最初的样子，把我的这间贫民住宅，仍旧叫作了避风雨的茅庐。横额一块，却是因马君武先生这次来杭之便，硬要他伸了疯痛的右手，替我写上的。

◢ 佳作点评 ▮▮－

　　郁达夫，原名郁文，浙江富阳人。早年留学日本，与郭沫若、成仿吾等创建文学团体创造社。主要作品有小说《沉沦》《春风沉醉的晚上》《薄奠》《她是一个弱女子》《迷羊》《迟桂花》《出奔》等。

　　郁达夫先生的小品文一直受到读者的赞赏，这篇文章主要记述自己建房子的经过，在艰辛中，感受自己拥有一座房子时的幸福。"风雨茅庐"是作者的一种生活态度和一种人生追求。

她走了 ║║ı═ ═ ═

□［中国］梁遇春

她走了，走出这古城，也许就这样子永远走出我的生命了。她本是我生命源泉的中心里的一朵小花，她的根总是种在我生命的深处，然而此后我也许再也见不到那隐有说不出的哀怨的脸容了。这也可说我的生命的大部分已经从我生命里消逝了。

两年前我的懦怯使我将这朵花从心上轻轻摘下，（世上一切残酷大胆的事情总是懦怯弄出来的，许多自杀的弱者，都是因为起先太顾惜生命了，生命果然是安稳地保存着，但是自己又不得不把它扔掉。弱者只怕失败，终免不了一个失败，天天兜着这个圈子，兜的回数愈多，也愈离不开这圈子了!)——两年前我的懦怯使我将这朵小花从心上摘下，花叶上沾着几滴我的心血，它的根当还在我心里，我的血就天天从这折断处涌出，化成脓了。所以这两年来我的心里的贫血症是一年深一年了。今天这朵小花，上面还濡染着我的血，却要随着江水——清流乎？浊流乎？天知道!——流去，我就这么无能为力地站在岸上，这么心里狂涌出鲜红的血。

"谁道人生无再少，门前流水尚能西。"但是我凄惨地相信西来的弱水绝不是东去的逝波。否则，我愿意立刻化作牛矢满面的石板在溪旁等候那万万年后的某一天。

她走之前，我向她扯了多少瞒天的大谎呀！但是我的鲜血都把它们染成为真实了。还没有涌上心头时是个谎话，一经心血的洗礼，却变做真实的真实了。我现在认为这是我心血唯一的用处。若使她知道个个谎都是从我心房里榨出，不像那信口开河的真话，她一定不让我这样不断地扯谎着的。我将我生命的精华搜集在一起，全放在这些谎话里面，掷在她的脚旁，于是乎我现在剩下来的只是这堆渣滓，这个永远是渣滓的自己。我好比一根火柴，跟着她已经擦出一朵神奇的火花了，此后的岁月只消磨于躺在地板上做根腐朽的木屑罢了！人们践踏又何妨呢？"推枰犹恋全输局"，我已经把我的一生推在一旁了，而且丝毫也不留恋着。

她劝我此后还是少抽烟，少喝酒，早些睡觉，我听着我心里欢喜得正如破晓的枝头弄舌的黄雀，我不是高兴她这么挂念着我，那是用不着证明的，也是言语所不能证明的，我狂欢的理由是我看出她以为我生命还未全行枯萎，尚有留恋自己生命的可能，所以她进言的时期还没有完全过去；否则，她还用得着说这些话吗？我捧着这血迹模糊的心求上帝，希望她永久保留有这个幻觉。我此后不敢不多喝酒，多抽烟，迟些睡觉，表示我的生命力尚未全尽，还有心情来扮个颓丧者，因此使她的幻觉不全是个幻觉。虽然我也许不能再见她的倩影了，但是我却有些迷信，只怕她靠着直觉能够看到数千里外的我的生活情形。

她走之前，她老是默默地听我的忏情的话，她怎能说什么呢？我怎能不说呢？但是她的含意难伸的形容向我诉出这十几年来她辛酸的经验，悲哀已爬到她的眉梢同她的眼睛里去了，她还用得着言语吗？她那轻脆的笑声是她沉痛的心弦上弹出的绝调，她那欲泪的神情传尽人世间的苦痛，她使我凛然起敬，我觉得无限的惭愧，只好滤些清净的心血，凝成几句的谎言。天使般的你呀！我深深地明白你会原宥，我从你的原宥我得到我这个人唯一的价值。你对我说，"女子多半都是心地极偏狭的，顶不会容人的，我却是心最宽大的"，你这句自白做了我黑暗的心灵的闪光。

我真认识得你吗？真走到你心窝的隐处吗？我绝不这样自问着，我知道在我不敢讲的那个字的立场里，那个字就是唯一的认识。心心相契的人们那里用得着知道彼此的姓名和家世。

你走了，我生命的弦戛然一声全断了，你听见了没有？

写这篇东西时，开头是用"她"字，但是有几次总误写做"你"字，后来就任情地写"你"字了。仿佛这些话迟早免不了被你瞧见，命运的手支配着我的手来写这篇文字，我又有什么办法哩！

▎佳作点评 ▎

梁遇春是中国现代文学史上一个被忽略的角色，在短短27年的生命里，他给我们留下了37篇小品文和二三十部译作。

"她走了"，这里的"她"可能是作者朝思暮想的梦中女孩，也可能是自己心中的美好理想，不论是谁，然而"她"走了之后，"我"生命中的弦戛然一声全断了。

本文是作者最真情的流露，标题是"她走了"写到后来就变成了"你走了"，由此可见，作者当时写作时的痛苦与对"她"的爱慕，"仿佛这些话迟早免不了被你瞧见，命运的手支配着我的手来写这篇文字，我又有什么办法哩！"这不是无奈，而是一片真情流露。

中　年

□［中国］苏雪林

如其说人的一生，果然像年之四季，那么除了婴儿期的头，斩去了死亡期的尾，人生应该分为四个阶级，即青年、壮年、中年、老年是也。自成童至二十五岁为青春期，由此至三十五岁为壮年期，由此至四十五岁为中年期，以后为老年期。但照中国一般习惯，往往将壮年期并入中年，而四十以后，便算入了老年，于是西洋人以四十为生命之开始，中国人则以四十为衰老之开始。请一位中国中年，谈谈他身心两方面的经验，也许会涉及老年的范围，这是我们这未老先衰民族的宿命，言之是颇为可悲的。若其身体强健，可以活到八九十或百岁的话，则上述四期，可以各延长五年十年，反之则缩短几年。总之这四个阶级的短长，随人体质和心灵的情况分之，不必过于呆板。

中年和青年差别的地方，在形体方面也可以显明地看出。初入中年时，因体内脂肪积蓄过多，而变成肥胖，这就是普通之所谓"发福"。男子"发福"之后，身材更觉魁伟，配上一张红褐色的脸，两撇八字小胡，倒也相当的威严。在女人，那就成了一个恐慌问题。如名之为"发福"，不如名之为"发祸"。过丰的肌肉，蚕食她原来的娇美，使她变成一个粗蠢臃肿的"硕人"。许多爱美的妇女，为想瘦，往往厉行减食绝食，或操劳，但长期饥饿辛苦以后，一复食和一休息，反而更肥胖起来。我就看见很多的中年女友，为了胖之一字，烦恼哭泣，认为那是莫可禳解的灾殃。不过平心而论，这可恶的胖，虽然夺去了你那婀娜的腰身，秀媚的脸庞和莹滑的玉臂，也偿还你一部分青春之美。等到你肌肉退潮，脸起皱纹时，你想胖还不可得呢。

四十以后，血气渐衰，腰酸背痛，各种病痛乘机而起，一叶落而知天下秋，一星白发，也就是衰老的预告。古人最先发现自己头上白发，便不免要再三嗟叹，形之吟咏，谁说这不是发于自然的情感。眼睛逐渐昏花，牙齿也开始动摇，肠胃则有如淤塞的河道，愈来愈窄。食欲不旺，食量自然减少，少年凡是可吃的东西，都吃得很有味，中年则必须比较精美的方能入口。而少年据案时那种狼吞虎咽的豪情壮概，则完全消失了。

对气候的抗拒力极差。冬天怕冷，夏天又怕热。以我个人而论，就在乐山这样不大寒冷的冬天，棉小袄上再加皮袍，出门时更要压上一件厚大衣。晚间两层棉被，而汤婆子还是少不得。夏天热到八九十度，便觉胸口闭室，喘不过气来。略为大意，就有触暑发痧之患。假如自己原有点不舒服，再受这蒸郁气候压迫时，便有徘徊于死亡边沿的感觉。古人曰夏为"死季"，大约是专为我们这种孱弱的中年人或老年人而说的吧。

再看那些青年人，大雪天竟有仅穿一件夹袍或一件薄棉袍而挺过的。夏季赤日西窗，挥汗如雨，一样可以伏案用功。比赛过一场激烈的篮球或足球后，浑身热汗如浆，又可以立刻跳入冷水池游泳。使我们处这场合，非疯瘫则必罹重感冒了。所以青年在我们眼里不但怀有辟尘珠而已，他们还有辟寒辟暑珠呢。啊，青年真是活神仙！

记得从前有位长辈，见我常以体弱为忧，便安慰我说，青年人身体里各种组织都很脆弱而且空虚，到了中年，骨髓长满，脏腑的营养功能也完成了，体气自然充强。这话你们或者要认为缺少生理学的根据，而我却是经验之谈，你将来是可以体会到的。听了这番话后，我对于将来的健康，果然抱了一种希望。忽忽二十余年，这话竟无兑现之期，才明白那长辈的经验只是他个人的经验而已。不过青年体质虽健旺而神经则似乎比较脆弱。所以青年有许多属于神经方面的疾病。我少年时，下午喝杯浓茶或咖啡，或偶尔构思，或精神受了小小刺激，则非通宵失眠不可。用脑筋不能连续二小时以上，又不能天天按时刻用功。于今这些现象大都不复存在，可见我的神经组织确比以前坚固了。不过这也许是麻木，中年人的喜怒哀乐，都不如青年之易于激动，正是麻木的证据。

有人说所谓中年的转变，如其说它是属于生理方面，毋宁说它是属于心理方面。人生到了四十左右，心理每会发生绝大变化，在恋爱上更特别显明。是以有人定四十岁为人生危险年龄云云。这话我从前也信以为真，而且曾祈祷它赶快实现。因为我久已厌倦于自己这不死不生的精神状况，若有个改换，那管它是由那里来的，我都一样欣喜地加以接受。然而没有影响，一点也没有。也许时候还没有到，我愿意耐心等待。可是我预料它的结局，也将同我那对生理方面的希望一般。要是真来了呢，我当然不愿再行接受邱比特的金箭，我只希望文艺之神再一度拨醒我心灵创作之火，使我文思怒放，笔底生花，而将十余年预定的著作计划，一一实现。听说四十左右是人生的成熟期，西洋作家有价值的作品，大都产于此时。谁说我这过奢的期望，不能实现几分之几？但回顾自己的身体状况，又不免灰心，唉，这未老先衰民族的宿命！

中年人所最恼恨自己的，是学习的困难。学习的成绩，要一个仓库去保存它，那仓库就是记忆力，但人到中年，这份宝贵的天赋，照例要被造物主收回。无论什么书，你读过一遍后，可以很清晰的记得其中情节，几天以后，痕迹便淡了一层，一两个月后，只留得一点影子，以后连那点影子也模糊了。以起码的文字而论，幼小时学会的结构当然不易遗忘，但有些俗体破体先入为主——这都是从油印讲义，教员黑板，影印的古书来的——后来想矫正也觉非常之难。我们当国文教师的人，看见学生在作文簿上写了俗破体的字，有义务替他校正。校过二三回之后，他还再犯，便不免要生气怪他太不小心，甚至心里还要骂他几声低能。然而说也可怜，有些不大应用的字，自己想写时，还得查查字典呢。

我有亲戚某君，中学卒业后，为生活关系，当了猢狲王。常自恨少时英文没有学好，四十岁以上，居然下了读通这门文字的决心。他平日功课太忙，只能利用暑假，取古人三冬文史之意。这样用了三四个假期的功，英文果大有进步，可以不假字典而读普遍文学书，写信作文，不但通而且可说好。但后来他还是把这"劳什子"丢开手了。他告诉我们说，中年人想学习一种新才艺，不惟事倍功半，竟可以说不可能，原因就为了记忆力退化得太利害。以学习生字来讲，幼时学十多个字要费一天半天功夫，于今半小时可以记得四五十个。有时窃窃自喜，以为自己的头脑比幼时还强。是的，以理解力而论，现在果大胜于幼年时代，这种强记的本领，大半是靠理解力帮忙的。但强记只能收短时期的功效。那些生字好比一群小精灵，非常狡狯，它们被你抓住时，便伏伏帖帖地服从你指挥，等你一转背，便一个一个溜之大吉。有人说读外国文记生字有秘诀，天天温习一次，就可以永为己有了。这法子我也曾试过，效果不能说没有，但生字积上几百时，每天温习一次，至少要费上几小时的时间，所学愈多，担负愈重，不是经济办法，何况搁置一久，仍然遗忘了呢。翻开生字簿个个字认得，在别处遇见时，则有时像有些面善，但仓卒间总喊不出它的名字，有时认得它的头，忘了它的尾；有时甲的意义会缠到乙上去。你们看见我英文写读的能力，以为学到这样的程度，抛荒可惜。不知那点成绩是我在拼命用功之下产生出来的，是努力到炉火纯青时，生命锤砧间，敲打出来的几块钢铁。将书本子搁开三五个月，我还是从前的我。一个人非永远保有追求时情热，就维持不住太太的心，那么她便是天上神仙，也只有不要。我的生活环境既不许我天天捧着英文念，则我放弃这每天从坠下原处再转巨山上山的希腊神话里，受罪英雄的苦工，你们该不至批评我无恒吧。

不仅某君如此，大多数中年用功的人都有这经验。中年人用功往往是"竹篮打水一场空"，照法国俗话，又像是"檀内德的桶"(Le tonneaude Danaides)，这头塞进，那头立刻脱出。听说托尔斯泰以八十高龄还能从头学习希腊文。而哈理孙女士七十多岁时也开始学习一种新文字。那是天才的头脑，非普通人所能企及的。——不过中年人也不必因此而灰了做学问的雄心，记忆力仍然强的，当然一样可以学习。

所以，青年人禀很高的天资，又处优良的环境，而悠悠忽忽不肯用心读书；或者将难得光阴，虚耗在儿戏的恋爱和无聊的征逐上，真是莫大的罪过，非常的可惜。

学问既积蓄在记忆的仓库里，而中年人的记忆力又如此之坏，那么你们究竟有些什么呢？嘘，朋友，我告诉你一个秘密，轻轻地，莫让别人听见。我们是空洞的。打开我们的脑壳一看，虽非四壁萧然，一无所有，却也寒伧得可以。我们的学问在那里，在书卷里，在笔记簿里，在卡片里，在社会里，在大自然里，幸而有一条绳索，一头连结我们的脑筋，一头连结在这些上。只须一牵动，那些埋伏着的兵，便听了暗号似的，从四面八方蜂拥出来，排成队伍，听我自由调遣。这条绳索，叫做"思想的系统"，是我们中年人修炼多年而成功的法宝。我们可以向青年骄傲的，也许仅仅是这件东西吧。设若不幸，来了一把火，将我们精神的壁垒烧个精光，那我们就立刻窘态毕露了。但是，亏得那件法宝水火都侵害它不得，重挣一份家当还不难，所以中年人虽甚空虚，自己又觉得很富裕。

上文说中年喜怒哀乐都不易激动，不过这是神经麻木而不是感情麻木。中年的情感实比青年深沉，而波澜则更为阔大。他不容易动情，真动时连自己也怕。所谓"中年伤于哀乐"，所谓"中年不乐"正指此而言。青年遇小小伤心事，更会号涕泣，中年的眼泪则比金子还贵。然而青年死了父母和爱人，当时虽痛不欲生，过了几时，也就慢慢忘记了。中年于骨肉之生离死别，表面虽似无所感动，而那深刻的悲哀，会啮蚀你的心灵，镌削你的肌肉，使你暗中消磨下去。精神的创口，只有时间那一味药可以治疗，然而中年人的心伤也许到死还不能结合。

中年人是颓废的。到了这样年龄，什么都经历过了，什么味都尝过了，什么都看穿看透了。现实呢，满足了。希望呢，大半渺茫了。人生的真义，虽不容易了解，中年人却偏要认为已经了解，不完全至少也了解它大半。世界是苦海，人是生来受罪的，黄连树下弹琴，毒蛇猛兽窥伺着的井边，啜取岩蜜，珍惜人生，享受人生，所谓人生真义不过是这么一回事。中年人不容易改变他的习惯，细微如抽烟喝茶，明知其有害身体，也克制不了。勉强改了，不久又犯，也许不是不能改，是懒得改，它是一种享乐呀！女人到了三十以上，自知韶华已谢，红颜不再，更加着意装饰。为什么青年女郎服装多取素雅，而中年女人反而欢喜浓妆艳抹呢？文人学士则有文人学士的享乐，"天上一轮好月，一杯得火候好茶，其实珍惜之不尽也"。张宗子《陶庵梦忆》，就充满了这种"中年情调"。无怪在这火辣辣战斗时代里，有人要骂他为"有闲"。

人生至乐是朋友，然而中年人却不易交到真正的朋友，由于世故的深沉，人情的历炼，相对之际，谁也不能披肝沥胆，掏出性灵深处那片真纯。少年好友相处，互相尔汝，形迹双忘，吵架时好像其仇不共戴天，转眼又破涕为欢，言归于好了。中年人若在友谊上发生意见，那痕迹便终身拂拭不去，所以中年人对朋友总客客气气的有许多礼貌。有人将上流社会的社交，比做箭猪的团聚：箭猪在冬夜离开太远苦寒，挤得太紧又刺痛，所以它们总设法永远保持相当的距离。上流人社交的客气礼貌，便是这距离的代表。这比喻何等有趣，又何等透澈，有了中年交友经验的人，想来是不会否认的。不过中年人有时候也可以交到极知心的朋友，这时候将嬉笑浪谑的无聊，化作有益学问的切磋，酒肉征逐的浪费，变成严肃事业的互助。一位学问见识都比你高的朋友。不但能促进你学业上的进步，更能给你以人格上莫大的潜移默化。开头时，你俩的意见，一个站在南极的冰峰，一个据于北极的雪岭，后来慢慢接近了，慢慢同化了。你们辩论时也许还免不了几场激烈的争执，然而到后来，还不是九九归元，折衷于同一的论点。每当久别相逢之际，夜雨西窗，烹茶剪烛，举凡读书的乐趣，艺术的欣赏，变幻无端的世途经历，生命旅程的甘酸苦辣，都化作娓娓清谈，互相勘查，互相印证，结果往往是相视而笑，莫逆于心。其趣味之隽永深厚，决不是少年时代那些浮薄的友谊可比的。

除了独身主义者，人到中年，谁不有个家庭的组织。不过这时候夫妇间的轻怜密爱，调情打趣都完了，小小离别，万语千言的情书也完了，鼻涕眼泪也完了，闺闼之中，现在已变得非常平静，听不见吵闹之声，也听不见天真孩气的嬉笑。新婚时的热恋，好比那春江汹涌的怒潮，于今只是一潭微澜不生，莹晶照眼的秋水。夫妇成了名义上的、只合力维持着一个家庭罢了。男子将感情意志，都集中于学问和事业上。假如他命运亨通，一帆风顺的话，做官定已做到部长次长，教书，则出洋镀金以后，也可以做到大学教授，假如他是个作家，则灾梨祸枣的文章，至少已印行过三册五册；在商界非银行总理，则必大店的老板。地位若次了一等或二等呢，那他必定设法向上爬。在山脚望着山顶，也许有懒得上去的时候，既然到半山或离山顶不远之处，谁也不肯放弃这份"登峰造极"的光荣和陶醉不是？听说男子到了中年，青年时代强盛的爱欲就变为权势欲和领袖欲，总想大权独揽，出人头地，所以倾轧、排挤、嫉妒、水火、种种手段，在中年社会里玩得特别多。啊，男子天生个个都是政客！

男子权势欲领袖欲之发达，即在家庭也有所表现。在家庭，他是丈夫，是父亲，是一家之主。许多男子都以家室之累为苦，听说从前还有人将家庭画成一部满装老小和家具的大车，而将自己画作一个汗流气喘拼命向前拉曳的苦力。这当然不错，当家的人谁不是活受罪，但是，你应该知道做家主也有做家主的威严。奴仆服从你，儿女尊敬你，太太即说是如何的摩登女性，既靠你养活，也不得不委曲自己一点而将就你。若是个旧式太太，那更会将你当作神明供奉。你在外边受了什么刺激，或在办公所受了上司的指斥，逼着一肚皮气回家，不妨向太太发泄发泄，她除了委曲得哭泣一场之外，是决不敢向你提出离婚的。假如生了一点小病痛，更可以向太太撒撒娇，你可以安然躺在床上，要她替你按摩，要她奉茶奉水，你平日不常吃到的好菜，也不由她不亲下厨房替你烧。撒娇也是人生快乐之一，一个人若无处撒娇，那才是人生大不幸哪！

女人结婚之后，一心对着丈夫，若有了孩子，她的恋爱就立刻换了方向。尼采说"女人种种都是谜，说来说去，只有一个解答，叫做生小孩。"其实这不是女人的谜，是造物主的谜，假如世间没有母爱，嘻，你这位疯狂哲学家，也能在这里摇唇弄笔发表你轻视女性的理论么？女人对孩子，不但是爱，竟是崇拜，孩子是她的神。不但在养育，也竟在玩弄，孩子是她的消遣品。她爱抚他，引逗他，摇撼他，吻抱他，一缕芳心，时刻萦绕在孩子身上。就在这样迷醉甜蜜的心情中，才能将孩子一个个从摇篮尿布之中养大。养孩子就是女人一生的事业，就这样将芳年玉貌，消磨净尽，而匆匆到了她认为可厌的中年。

青年生活于将来，老年生活于过去，中年则生活于现在。所以中年又大都是实际主义者。人在青年，谁没有一片雄心大志，谁没有一番宏济苍生的抱负，谁没有种种荒唐瑰丽的梦想。青年谈恋爱，就要歌哭缠绵，誓生盟死，男以维特为豪，女以绿蒂自命；谈探险，就恨不得乘火箭飞入月宫，或到其他星球里去寻觅殖民地；话革命，又想赴汤蹈火与恶势力拼命，披荆斩棘，从赤土上建起他们理想的王国。中年人可不像这么罗曼帝克，也没有这股子傻劲。在他看来，美的梦想，不如享受一顿精馔之实在；理想的王国，不如一座安适家园之合乎他的要求；整顿乾坤，安民济世，自有周公孔圣人在那里忙，用不着我去插手。带领着妻儿，安稳住在自己手创的小天地里，或从事名山胜业，以博身后之虚声，或丝竹陶情，以写中年之怀抱，或着意安排一个向平事了，五岳毕游以后的娱老之场。管他世外风云变幻，潮流撞击，我在我的小天地里还照样优哉游哉，聊以卒岁。你笑我太颓唐，骂我太庸俗，批评我太自私，我都承认，算了，你不必再寻着我缠了。

不过我以上所说的话，并不认为每个中年人都如此，仅说我所见一部分中年人呈有这种现象而已。希望中年人读了拙文，不致于对我提起诉讼，以为我在毁坏普天下中年人的名誉。其实中年才是人生的成熟期，谈学问则已有相当成就，谈经验则也已相当丰富，叫他去办一项事业，自然能够措置有方，精神贯注，把它办得井井有条。少年是学习时期，壮年是练习时期，中年才是实地应用时期，所以我们求人才必求之于中年。

少年读古人书，于书中所说的一切，不是盲目的信从，就是武断的抹煞。中年人读书比较广博，自能参悟折衷，求出一个比较适当的标准。他不轻信古人，也不瞎诋古人。他决不把婴儿和浴盆的残水都泼出。他对于旧殿堂的庄严宏丽，能给予适当的赞美和欣赏，若事实上这座殿堂非除去不可时，他宁可一砖一石，一栋一梁，慢慢地拆，材料若有可用的，就保存起来，留作将来新建筑之用，决不卤卤莽莽地放一把火烧得寸草不留，后来又有无材可用之叹。少年时读古人书，总感觉时代已过，与现代不发生交涉，所以恨不得将所有线装书一齐抛入毛厕；甚至西洋文艺宗哲之书，也要替它定出主义时代的所属，如其不属他们所信仰的主义和他们所视为神圣的时代，虽莎士比亚、拉辛、悲多文、罗丹等伟大天才心血的结晶，也恨不得以"过时""无用"两句话轻轻抹煞。中年人则知道这种幼稚狂暴的举动未免太无意识，对于文化遗产的接受也是太不经济，况且古人书里说的话就是古人的人生经验，少年人还没有到获得那种经验的年龄，所以读古人书总感觉隔膜，到了中年了解世事渐多，回头来读古人书又是一番境界，他对于圣贤的教训，前哲的遗谟，天才血汗的成绩，不像少年人那么狂妄地鄙弃，反而能够很虚心地加以承认。

青年最富于感染性，容易接受新的思想，到了中年，则脑筋里自然筑起一千丈铜墙铁壁，所以中年多不能跟着时代潮流跑。但据此就判定中年"顽固"的罪名，他也不甘伏的。中年涉世较深，人生经验丰富，断判力自然比较强，对于一种新学说新主义，总要以批评的态度，将其中利弊，实施以后影响的好坏仔细研究一番。真个合乎需要，他采用它也许比青年更来得坚决。他又明白一个制度的改良，一个理想的实现，不一定需要破坏和流血，难道没有比较温和的途径可以遵循？假如青年多读些历史，认识历来那些不合理性革命之恐怖，那些无谓牺牲之悲惨，那些毫无补偿的损失之重大，也许他们的态度要稳健些了。何况时髦的东西，不见得真个是美，真个合用，年轻女郎穿了短袖衫，看见别人的长袖，几乎要视为大逆不道，可是二三年后又流行长袖，她们又要视短袖为异端了。幸而世界是青年与中老年共有的，幸而青年也不久会变成中老年，否则世界三天就要变换一个新花样，能叫人生活得下去么，还是谢谢吧。

踏进秋天园林，只见枝头累累，都是鲜红，深紫，或金黄色的果实，在秋阳里闪着异样的光。丰硕，圆满，清芬扑鼻，蜜汁欲流，让你尽情去采撷。但你说想欣赏那荣华绚烂的花时，哎，那就可惜你来晚了一步，那只是春天的事情啊！

▮佳作点评 ▮▮

苏雪林是一位儒学气很浓的女作家，她的文字里流露出对人生的深思熟虑和文笔的圆熟简练。豪放处气势如江河滔滔，令人目动神摇；平淡处朴实无华，含蕴深厚，叫人玩味不已。《中年》一文深深地揉进了她的人生情怀和价值之梦，她以时间为序，对人的生命旅程进行思索，写得很有味道，没有骚动，没有喧哗，娓娓而谈。苏雪林对中年的体验，别有一番滋味：中年是生命的黄金时期，富有、成熟、高贵，不惑之期迈入成熟，确实是人类的一种渴望。这篇散文，充满了典型的女性品味，细腻、亲切、自然，作者像一个极为成熟的中年人，在向读者谈吐人生的感触。

乞 丐

□ ［俄国］屠格涅夫

我走在大街上……

一个乞丐——一个衰弱的老人挡住了我。

红肿的、含着泪水的眼睛，发青的嘴唇，粗糙、褴褛的衣服，龌龊的伤口……呵，贫困把这个不幸的人折磨成了什么样子啊！

他向我伸出一只红肿、肮脏的手……

他呻吟着，哀求施舍。

我伸手搜索自己所有的口袋……没有钱包，没有表，也没有一块手帕……我随身什么东西也没有带。

但乞丐在等待着……他伸出来的手，无力地摆动和战栗。

我惘然无措，惶惑不安，紧紧地握了握这只肮脏的、战栗的手……"请原谅，兄弟；我什么也没有带，兄弟。"

乞丐那对红肿的眼睛凝视着我；他发青的嘴唇笑了笑——接着，他也紧紧地握了握我变得冷起来的手指。

"——哪儿的话，兄弟，——"他嘟哝说，"——这已经是很值得感谢的了。这也是施舍呵，兄弟。"

我明白，我也从我的兄弟那儿得到了施舍。

佳作点评

这篇美丽的散文诗讲述了一个发生在"我"和乞丐之间的故事，故事看起来简单，但不仅写到了平等、爱心和同情，还写到了一层别的意思，屠格涅夫的最后一句话是："我明白，我也从我的兄弟那儿得到了施舍。"因为他从乞丐那儿得到了人与人之间的信任和爱。

这篇散文诗不满四百字，却以生动细腻的文笔、精妙深邃的思想给读者们的心灵以震撼。

富士的黎明 ▌▍▎▁ ▁ ▁

□ ［日本］德富芦花

希望有心人来看一看此刻的富士山的黎明。

清晨六时过后，站立于逗子海滨放眼望去，呈现在你眼前的是水雾朦胧的相模湾。海湾的尽头，沿着水平线可以看到一丝微暗的蓝色。若不去眺望耸立北端的同样蓝色的富士山，那你也许不会知道足柄、箱根、伊豆等群山正隐没在这一抹蓝色之中呢。

海与山尚在沉睡之中。

唯有一抹蔷薇色的亮光，薄雾透迤地横浮在离富士山巅一箭之遥处。忍着寒气，再站着眺望一会吧。你会看到那蔷薇色的亮光，一秒一秒地朝着富士山巅往下移动。一丈、五尺、三尺、一尺、而至一寸。

富士山正在从睡梦中醒来。

它终于苏醒了。你瞧，山峰东面的一角，已变成蔷薇色了。

看吧，可别眨眼啊。富士山巅的红霞正将富士山黎明前的暗影驱赶下来。一分、——两分、——肩膀、——胸前。看吧，那耸立于天边的珊瑚般的富士山，飘溢着桃色芳香般的雪肤，整座山变得晶莹透亮。

富士山从桃红色中醒来。请将视线下移，红霞已经罩在最北面的大山顶上了，很快又照到了足柄山，接着又移向箱根山。你瞧，黎明驱赶黑夜的脚步多么快呀。红追蓝奔，伊豆的群山已是一片桃色尽染。

当红色曙光的脚步越过伊豆山脉南端的天城山时，请将视线移向富士山麓吧。你会看到紫色的江之岛一带，忽而有两三点金帆闪烁。

大海已经苏醒了。

你若仍无倦意再伫立一会儿。就会见到江之岛对面的腰越岬赫然苏醒的情景。接着是小坪岬的苏醒。若再站一会儿，当你颀长的身影倒影在你面前时，相模滩的水雾渐收，海光一碧，清澈如镜。此时，举目远眺，群山已褪去红妆，天空由鹅黄色变成了淡蓝色，白雪的富士山高耸于晴空中。

啊，真希望有心人来看一看此刻的富士山的黎明。

▎佳作点评 ▍▍

德富芦花（1868—1927），日本近代著名社会派小说家、散文家，崇拜托尔斯泰，尊重自然，主张人类和平，宣扬人道主义，作品以剖析和鞭挞社会的黑暗而在日本近代文学中独树一帜。

富士山是日本第一高峰，山体呈圆锥状，山顶终年积雪，被日本人民奉为"圣山"，是日本民族引以为傲的象征，很多日本文人都写诗或文章来赞美富士山。

开篇作者便意味深长说道："希望有心人来看一看此刻的富士山的黎明。"不同于常人习惯于在晴天碧空之下仰望富士山的雄伟，作者关注的却是知者甚少的黎明时富士山的那份美。作者心中，黎明是孕育生命的黎明，而这时的富士山就是充满生机的富士山。

作者借言"富士的黎明"是需要我们用心去守望的，来向人们传达人生诸多美好的风景和光明的前途也是需要我们用心去守望的这一人生理念。

被拨弄的生活

□［印度］泰戈尔

下午我坐在码头最后一级石阶上，碧澄的河水漫过我的赤足，潺潺逝去。

多年生活的残羹剩饭狼藉的餐厅远远落在后面。

记得消费安排常常欠妥。手头有钱的时光，市场上生意萧条，货船泊在河边，散集的钟声可恶地敲响。

早到的春晓唤醒了杜鹃；那天调理好琴弦，我弹起一支歌曲。

我的听众已梳妆停当，橘黄的纱丽边缘披在胸前。

那是炎热的下午，乐曲分外倦乏、凄婉。

灰白的光照出现了黑色锈斑。停奏的歌曲像熄灯的小舟，沉没在一个人的心底，勾起一声叹息，灯再没点亮。

为此我并不悔恨。

饥饿的离愁的黑洞里，日夜流出激越的乐曲之泉。阳光下它舞蹈的广袖里，嬉戏着七色光带。

淙淙流淌的碧清的泉水，融合子夜诵读的音律。

从我灼热的正午的虚空，传来古典的低语。

今日我说被拨弄的生活富有成果——盛放死亡的供品的器皿里，凝积的痛楚已经挥发，它的奖赏置于光阴的祭坛上。

人在生活旅途上跋涉，是为寻找自己。歌手在我心里闪现，奉献心灵的尚未露面。

我望见绿荫中，我隐藏的形象，似山脚下微波不漾的一泓碧水。

暮春池畔的鲜花凋败，孩童漂放纸船，少女用陶罐汩汩地汲水。

新雨滋润的绿原庄重、广袤、荣耀，胸前簇拥活泼的游伴。

年初的飓风猛扇巨翅，如镜的水面不安地翻腾，烦躁地撞击环围的宁谧——兴许它蓦然省悟：从山巅疯狂飞落的瀑布已在山底哑默的水中屈服——囚徒忘掉了以往的豪放——跃过山岩，冲出自身的界限，在歧路被未知轰击得懵头懵脑，不再倾吐压抑的心声，不再急旋甩抛隐私。

我衰弱、憔悴，对从死亡的捆绑中夺回生命的叱咤风云的人物一无所知，头顶着糊涂的坏名声踽踽独行。

在险象环生的彼岸，知识的赐予者在黑暗中等待；太阳升起的路上，耸入云际的人的牢狱，高昂着黑石砌成的暴虐的尖顶；一个个世纪用受伤的剧痛的拳头，在牢门上留下血红的叛逆的印记；历史的主宰拥有的珍奇，被盗藏在魔鬼的钢铁城堡里。

长顺荡着神王的呼吁："起来，战胜死亡者！"

擂响了鼓皮，但安分的无所作为的生活中，未苏醒搏杀的犷悍；协助天神的战斗中，我未能突破鹿砦占领阵地。

在梦中听见战鼓咚咚，奋进的战士的脚下火把的震颤，从外面传来，溶入我的心律。

世世代代的毁灭的战场上，在焚尸场巡回进行创造的人的光环，在我的心幕上黯淡了下来；我谨向征服人心、以牺牲的代价和痛苦的光华建造人间天堂的英雄躬身施礼！

佳作点评

　　泰戈尔是印度伟大的诗人，他的诗歌灵动自然，充满着丰厚的哲理；他的散文如同他的诗歌一样，阅读时，是在享受一场视觉、听觉、味觉的盛宴。作者喜欢用许多的优美字句，将一幅画面荡漾在我们眼前，当然这是作者独具慧眼发现的，独具匠心设计的，让读者在不经意间沉浸在诗意之中。

　　面对现实，作者认为不管生活如何拨弄：喜悦的、痛苦的或是死亡的，都应义无反顾，勇往直前。我们深为泰戈尔对生活的态度和对生命的追求所感染。

少妇的梦

□〔亚美尼亚〕西曼伦

一年又一年，独坐在我的窗前，我凝眸望着你的路，我的同心的爱人呵。在这信里我要把我去失了保护的身体和思想的惊恐再唱给你听。

呵，你也记得起你动身出去那天的太阳么？我眼泪是这样的多，我的亲吻是这样的热烈！你的许诺是这样的好，而你的归期是定得这样早！你不记得你动身那天的太阳和我的祈祷了；你不记得我把水瓶里的水洒上你坐骑的影子，祝你过海时海会让开一条路，而在你脚下的土地将开满鲜花。

呵，你别离时的太阳，而今变为黑夜了！这许多年来期待的眼泪从我眼里流出，像星一般落在我面颊上，看啊，面颊上的红玫瑰褪色了。

够了够了。我期待你，犹如头上期待着头发。我仍旧受着你酒杯里的酒力，我是你远出的魁梧身材的孀居者。想念你时我呜咽如风，我的膝受伤，因为跪在教堂门首，我呼觅，你却杳无消息。

怎能有一天，从此岸到彼岸的海水干枯了？怎能片刻之间两世界就相接触啊？天或太阳，而今于我是不需要了。

归来！我待你归来，在我茅屋的门口。我在我的黑罗衫里梦见你，但我手中却没有你的手。归来，像我们园里甜的果子一般！我衷心的爱情正留藏着亲吻给你。

呵，我的牛乳般白的腰臀尚不知怀孕的味儿；而且我未能把出嫁时的绣金丝的面巾装饰成小儿的襁褓；而且我亦未能傍了摇篮坐着，唱亚美尼亚母亲所唱的纯洁而神圣的催眠歌。

归来，我的期待终无已时，当黑夜来了而且展开他的尸衾，当枭鸟在庭中互相鸣呼，当我的哽咽已尽，而我的眼泪变成了血。孤零零的在我失望的新妇的梦中像一个恶鬼，我用手开始筛我坟墓的泥土在我头上，我的死日是愈来愈近了啊！

▎佳作点评 ▎

西曼佗这篇《少妇的梦》读之令人凄婉、令人动情，一个鲜活美丽的少妇她是怎样的无辜，怎样的无助。然而，她对爱情又是如此的忠实。一年又一年，她独坐在的窗前，凝眸望着新婚夫走时的路，每天以泪洗面，她心爱的人、她的新婚夫何时才能回来？

美丽的少妇在希望中绝望，她不甘心，她还没有尝试怀孕的味道，她还没有做母亲，没有唱亚美尼亚母亲所唱的纯洁而神圣的催眠歌，她要做的事还有很多很多……"我用手开始筛我坟墓的泥土在我头上，我的死日是愈来愈近了啊！"这样蚀骨的思念，使人疼痛不已。

我的心不安定

爱，有时像激流与激流的相撞，有时像恍恍惚惚的醉意，

有时又像春风，像小溪的潺潺流水，奏出一曲曲丰富的人生

之歌来。

　　　　　　　　　　　　　　　　　　　　——池田大作

淡淡的血痕中

□ ［中国］鲁迅

目前的造物主，还是一个怯弱者。

他暗暗地使天变地异，却不敢毁灭一个这地球；暗暗地使生物衰亡，却不敢长存一切尸体；暗暗地使人类流血，却不敢使血色永远迟鲜秾；暗暗地使人类受苦，却不敢使人类永远记得。

他专为他的同类——人类中的怯弱者——设想，用废墟荒坟来衬托华屋，用时光来冲淡苦痛和血痕；日日斟出一杯微甘的苦酒，不太少，不太多，以能微醉为度，递给人间，使饮者可以哭，可以歌，也如醒，也如醉，若有知，若无知，也欲死，也欲生。他必须使一切也欲生；他还没有灭尽人类的勇气。

几片废墟和几个荒坟散在地上，映以淡淡的血痕，人们都在其间咀嚼着人我的渺茫的悲苦。但是不肯吐弃，以为究竟胜于空虚，各各自称为"天之僇民"，以作咀嚼着人我的渺茫的悲苦的辩解，而且悚息着静待新的悲苦的到来。新的，这就使他们恐惧，而又渴欲相遇。

这都是造物主的良民。他就需要这样。

叛逆的猛士出于人间；他屹立着，洞见一切已改和现有的废墟和荒坟，记得一切深广和久远的苦痛，正视一切重叠淤积的凝血，深知一切已死，方生，将生和未生。他看透了造化的把戏；他将要起来使人类苏生，或者使人类灭尽，这些造物主的良民们。

造物主，怯弱者，羞惭了，于是伏藏。天地在猛士的眼中于是变色。

1926 年 4 月 8 日

⸤佳作点评⸥

这篇文章的副标题是《记念几个死者和生者和未生者》，因而就可以明白作者在写这篇文章时的心情——鲁迅对"三·一八"惨案充满愤怒，却无法平抑心中的怒火。在对死者的缅怀和对生者的关心下，鲁迅写下了这篇充满战斗意味的散文。

文章开头就说："目前的造物主，还是一个怯弱者。"鲁迅列举了怯弱者的几种特征，这个"造物主"，寓意当时的国民政府。在这个"造物主"下，国民又是怎样的呢？悲苦"这就使他们恐惧，而又渴欲相遇"。鲁迅的笔是犀利的，对国民的劣性已揭示到了极点。但猛士的到来，还是令人激奋的，这是未来的希望。"天地在猛士的眼中于是变色。"这里的猛士就是那些革命者。

人们把鲁迅的杂文比喻为檄文，从中可以管窥一斑。

鲁迅先生记（一）▌▎▁▁ ▁ ▁

□［中国］萧红

鲁迅先生家里的花瓶，好像画上所见的西洋女子用以取水的瓶子，灰蓝色，有点从瓷釉而自然堆起的纹痕，瓶口的两边，还有两个瓶耳，瓶里种的是几棵万年青。

我第一次看到这花的时候，我就问过：

"这叫什么名字？屋里不生火炉，也不冻死？"

第一次，走进鲁迅家里去，那是近黄昏的时节，而且是个冬天，所以那楼下室稍微有一点暗，同时鲁迅先生的纸烟，当它离开嘴边而停在桌角的地方，那烟纹的卷痕一直升腾到他有一些白丝的发梢那么高。而且再升腾就看不见了。

"这花，叫'万年青'，永久这样！"他在花瓶旁边的烟灰盒中，抖掉了纸烟上的灰烬，那红的烟火，就越红了，好像一朵小红花似的和他的袖口相距离着。

"这花不怕冻？"以后，我又问过，记不得是在什么时候了。

许先生说："不怕的，最耐久！"而且她还拿着瓶口给我摇着。

我还看到了那花瓶的底边是一些圆石子，以后，因为熟识了的缘故，我就自己动手看过一两次，又加上这花瓶是常常摆在客厅的黑色长桌上；又加上自己是来在寒带的北方，对于这在四季里都不凋零的植物，总带着一点惊奇。

而现在这"万年青"依旧活着，每次到许先生家去，看到那花，有时仍站在那黑色的长桌子上，有时站在鲁迅先生照像的前面。

花瓶是换了，用一个玻璃瓶装着，看得到淡黄色的须根，站在瓶底。

有时候许先生一面和我们谈论着，一面检查着房中所有的花草。看一看叶子是不是黄了？该剪掉的剪掉；该洒水的洒水，因为不停地动作是她的习惯。有时候就检查着这"万年青"，有时候就谈鲁迅先生，就在他的照像前面谈着，但那感觉，却像谈着古人那么悠远了。

至于那花瓶呢？站在墓地的青草上面去了，而且瓶底已经丢失，虽然丢失了也就让它空空地站在墓边。我所看到的是从春天一直站在秋天；它一直站到邻旁墓头的石榴树开了花而后结成了石榴。

从开炮以后，只有许先生绕道去过一次，别人就没有去过。当然那墓草是长得很高了，而且荒了，还说什么花瓶，恐怕鲁迅先生的瓷半身像也要被荒了的草埋没到他的胸口。

我们在这边，只能写纪念鲁迅先生的文章，而谁去努力剪齐墓上的荒草？我们是越去越远了，但无论多么远，那荒草是总要记在心上的。

1938 年

▎佳作点评 ▎

这是一篇写人的散文，作者纪念伟人鲁迅，没有从宏大的方面写，而是写与鲁迅交往的一个小事。

"万年青"这种植物是本文的核心。"万年青"的特点是坚贞顽强、

中国书籍文学馆·精品赏析 感时伤怀

不畏严寒、四季常青。鲁迅说："这花，叫'万年青'，永久这样！"面对严寒，许广平先生说："不怕的，最耐久！"作者通过"万年青"把鲁迅先生战斗者的形象凸显出来。

在这篇短文中，作者把对鲁迅的深情描写在细节中，尊爱之情犹如温暖、深沉之泉从记忆中涌出。

鲁迅先生记（二）▌▌▁▁ ▂▂ ▂

□ ［中国］萧红

在我住所的北边，有一带小高坡，那上面种的或是松树，或是柏树。它们在雨天里，就像同在夜雾里一样，是那么朦胧而且又那么宁静！好像飞在枝间的鸟雀羽翼的音响我都能够听到。

但我真的听得到的，却还是我自己脚步的声音，间或从人家墙头的枝叶落到雨伞上的大水点特别地响着。

那天，我走在道上，我看着伞翅上不住地滴水。

"鲁迅是死了吗？"

于是心跳了起来，不能把"死"和鲁迅先生这样的字样相连接，所以左右反复着地是那个饭馆里下女的金牙齿，那些吃早餐的人的眼镜、雨伞，他们好像小型木凳似的雨鞋；最后我还想起了那张贴在厨房边的大画，一个女人，抱着一个举着小旗的很胖的孩子，小旗上面就写着："富国强兵"；所以以后，一想到鲁迅的死，就想到那个很胖的孩子。

我已经打开了房东的格子门，可是我无论如何也走不进来，我气恼着：我怎么忽然变大了？

女房东正在瓦斯炉旁斩断一根萝卜，她抓住了她白色的围裙开始好像鸽子似的在笑："伞……伞……"

原来我好像要撑着伞走上楼去。

她的肥胖的脚掌和男人一样，并且那金牙齿也和那饭馆里下女的金牙齿一样。日本女人多半镶了金牙齿。

我看到有一张报纸上的标题是鲁迅的"偲"。这个偲字，我翻了字典，在我们中国的字典上没有这个字。而文章上的句子里，"逝世，逝世"这字样有过好几个，到底是谁逝世了呢？因为是日文报纸看不懂之故。

第二天早晨，我又在那个饭馆里在什么报的文艺篇幅上看到了"逝世，逝世"，再看下去，就看到"损失"或"殒星"之类。这回，我难过了，我的饭吃了一半，我就回家了。一走上楼，那空虚的心脏，像铃子似的闹着，而前房里的老太婆在打扫着窗棂和席子的噼啪声，好像在打着我的衣裳那么使我感到沉重。在我看来，虽是早晨，窗外的太阳好像正午一样大了。

我赶快乘了电车，去看××。我在东京的时候，朋友和熟人，只有她。车子向着东中野市郊开去，车上本不拥挤，但我是站着。"逝世，逝世"，逝世的就是鲁迅？路上看了不少的山、树和人家，它们却是那么平安、温暖和愉快！我的脸几乎是贴在玻璃上，为的是躲避车上的烦扰，但又谁知道，那从玻璃吸收来的车轮声和机械声，会疑心这车子是从山崖上滚下来了。

××在走廊边上，刷着一双鞋子，她的扁桃腺炎还没有全好，看见了我，颈子有些不会转弯地向我说：

"啊！你来得这样早！"

我把我来的事情告诉她，她说她不相信。因为这事情我也不愿意它是真的，于是找了一张报纸来读。

"这些日子病得连报也不订，也不看了。"她一边翻那在长桌上的报纸，一边用手在摸抚着颈间的药布。

而后，她查了查日文字典，她说那个"偲"字是个印象的意思，是面影意思。她说一定有人到上海访问了鲁迅回来写的。

我问她："那么为什么有逝世在文章中呢？"我又想起来了，好像那文章上又说：鲁迅的房子有枪弹穿进来，而安静的鲁迅，竟坐在摇椅上摇着。或者鲁迅是被枪打死的？日本水兵被杀事件，在电影上都看到了，北四川路又是戒严，又是搬家。鲁迅先生又是住的北四川路。

但她给我的解释，在阿Q心理上非常圆满，她说："逝世"是从鲁迅的口中谈到别人的"逝世"，"枪弹"是鲁迅谈到"一二·八"时的枪弹，至于"坐在摇椅上"，她说谈过去的事情，自然不用惊慌，安静地坐在摇椅上又有什么希奇。

出来送我走的时候，她还说：

"你这个人啊！不要神经质了！最近在《作家》上、《中流》上他都写了文章，他的身体可见是在复原期中……"

她说我好像慌张得有点傻，但是我愿意听。于是在阿Q心理上我回来了。

我知道鲁迅先生是死了，那是22日，正是靖国神社开庙会的时节。我还未起来的时候，那天天空开裂的爆竹，发着白烟，一个跟着一个在升起来。隔壁的老太婆呼喊了几次，她阿拉阿拉地向着那爆竹升起来的天空呼喊，她的头发上开始束了一条红绳。楼下，房东的孩子上楼来送我一块撒着米粒的糕点，我说谢谢他们，但我不知道在那孩子脸上接受了我怎样的眼睛。因为才到五岁的孩子，他带小碟下楼时，那碟沿还不时地在楼梯上磕碰着。他大概是害怕我。

靖国神社的庙会一直闹了三天，教员们讲些下女在庙会时节的故事，神的故事，和日本人拜神的故事，而学生们在满堂大笑，好像世界上并不知道鲁迅死了这回事。

有一天，一个眼睛好像金鱼眼睛的人，在黑板上写着：鲁迅先生大骂徐懋庸引起了文坛一场风波……茅盾起来讲和……

这字样一直没有擦掉。那卷发的，小小的，和中国人差不多的教员，他下课以后常常被人团聚着，谈些个两国不同的习惯和风俗。他的北京话说得很好，中国的旧文章和诗也读过一些。他讲话常常把眼睛从下往上看着：

"鲁迅这个人，你觉得怎么样？"我很奇怪，又像很害怕，为什么他向我说？结果晓得不是向我说。在我旁边那个位置上的人站起来了，有的教员点名的时候问过他："你多大岁数？"他说他三十多岁。教员说："我看你好像五十多岁的样子……"因为他的头发白了一半。

他作旧诗作得很多，秋天，中秋游日光，游浅草，而且还加上谱调读着。有一天他还让我看看，我说我不懂，别的同学有的借他的诗本去抄录。我听过几次，有人问他："你没再作诗吗？"他答："没有喝酒呢？"

他听到有人问他，他就站起来了：

"我说……先生……鲁迅，这个人没有什么，没有什么了不起的，他的文章就是一个骂，而且人格上也不好，尖酸刻薄。"

他的黄色的小鼻子歪了一下。我想用手替他扭正过来。

一个大个子，戴着四角帽子，他是"满洲国"的留学生，听说话的口音，还是我的同乡。

"听说鲁迅不是反对'满洲国'的吗？"那个日本教员，抬一抬肩膀，笑了一下："嗯！"

过了几天，日华学会开鲁迅追悼会了。我们这一班中四十几个人，去追悼鲁迅先生的只有一位小姐。她回来的时候，全班的人都笑她，她的脸红了，打开门，用脚尖向前走着，走得越轻越慢，而那鞋跟就越响。她穿的衣裳颜色一点也不调配，有时是一件红裙子绿上衣，有时是一件黄裙子红上衣。

这就是我在东京看到的这些不调配的人，以及鲁迅的死对他们激起怎样不调配的反应。

1938 年

₌₌佳作点评 ₌₌

萧红把鲁迅当亲人和师长一样回忆着。文章没有空洞的话，萧红很注重细节，甚至不发表意见，对于鲁迅先生的死，作者在不动声色的平淡叙述中缅怀、感染着读者。

上一篇纪念鲁迅，萧红主要通过万年青、与许广平的对话和墓地的野草追忆鲁迅先生。本文主要是写鲁迅逝世后对一群庸人所持的态度：充满了孤愤、郁闷之情。

文章从容淡静，看似平静的表述下面却流动着深沉的感情，用这种笔法写鲁迅这样的伟人，是最恰切不过了，这正是萧红文章的不平凡之处。

五月卅一日急雨中 ▌▏▖▁ ▁▁ ▁▁

□［中国］叶圣陶

从车上跨下，急雨如恶魔的乱箭，立刻打湿了我的长衫。满腔的愤怒，头颅似乎戴着紧紧的铁箍。我走，我奋疾地走。

路人少极了，店铺里仿佛也很少见人影。哪里去了！哪里去了！怕听昨天那样的排枪声，怕吃昨天那样的急射弹，所以如小鼠如蜗牛般蜷伏在家里，躲藏在柜台底下么？这有什么用！你蜷伏，你躲藏，枪声会来找你的耳朵，子弹会来找你的肉体：你看有什么用？

猛兽似的张着巨眼的汽车冲驰而过，泥水溅污我的衣服，也溅及我的项颈。我满腔的愤怒。

一口气赶到"老闸捕房"门前，我想参拜我们的伙伴的血迹，我想用舌头舔尽所有的血迹，咽入肚里。但是，没有了，一点儿也没有了！已经给仇人的水龙头冲得光光，已经给烂了心肠的人们踩得光光，更给恶魔的乱箭似的急雨洗得光光！

不要紧，我想。血曾经淌在这块地方，总有渗入这块土里的吧。那就行了。这块土是血的土，血是我们的伙伴的血。还不够是一课严重的功课么？血灌溉着，滋润着，将会看到血的花开在这里，血的果结在这里。

我注视这块土，全神地注视着，其余什么都不见了，仿佛自己整个儿躯体已经融化在里头。

抬起眼睛，那边站着两个巡捕：手枪在他们的腰间，泛红的脸上的肉，深深的颊纹刻在嘴的周围，黄色的睫毛下闪着绿光，似乎在那里狞笑。

手枪，是你么？似乎在那里狞笑，是你么？

"是的，是的，就是我，你便怎样！"——我仿佛看见无量数的手枪在点头，仿佛听见无量数的张开的大口在那里狞笑。

我舔着嘴唇咽下去，把看见的听见的一齐咽下去，如同咽一块粗糙的石头，一块烧红的铁。我满腔的愤怒。

雨越来越急，风把我的身体卷住，全身湿透了，伞全然不中用。我回转身走刚才来的路，路上有人了。三四个，六七个，显然可见是青布大褂的队伍，中间也有穿洋服的，也有穿各色衫子的短发的女子。他们有的张着伞，大部分却直任狂雨乱泼。

我开始惊异于他们的脸。我从来没有见到过这么严肃的脸，有如昆仑之耸峙；从来没有见到过这么郁怒的脸，有如雷电之将作。青年的柔秀的颜色隐退了，换上了壮士的北地人的苍劲。他们的眼睛冒得出焚烧一切的火，抿紧的嘴唇里藏着咬得死生物的牙齿，鼻头不怕闻血腥与死人的尸臭，耳朵不怕听大炮与猛兽的咆哮，而皮肤简直是百炼的铁甲。

佩弦的诗道，"笑将不复在我们唇上！"用来歌咏这许多张脸正合适。他们不复笑，永远不复笑！他们有的是严肃与郁怒，永远是严肃的郁怒的脸。

青布大褂的队伍纷纷投入各家店铺，我也跟着一队跨进一家，记得是布匹庄。我听见他们开口了，差不多掏出整个的心，涌起满腔的血，真挚地热烈的讲着。他们讲到民族的命运，他们讲到群众的力量，他们讲到反抗的必要；他们不惮郑重叮咛的是"咱们是一伙儿"！我感动，我心酸，酸的痛快。

店伙的脸也比较严肃了；他们没有话说，暗暗点头。

我跨出布匹庄。"中国人不会齐心呀！如果齐心，吓，怕什么！"听到这句带有尖刺的话，我回头去看。

是一个三十左右的男子，粗布的短衫露着胸，苍黯的肤色标记他是在露天出卖劳力的。他的眼睛放射出英雄的光。

不错呀，我想。露胸的朋友，你喊出这样简要精练的话来，你伟大！你刚强！你是具有解放的优先权者！——我虔敬地向他点头。

但是，恍惚有蓝袍玄褂小髭须的影子在我眼前晃过，玩世的微笑，又仿佛鼻子里轻轻的一声"嗤"。接着又晃过一个袖手的，漂亮的嘴脸，漂亮的衣著，在那里低吟，依稀是"可怜无补费精神"！袖手的幻化了，抖抖地，显出一个瘠瘦的中年人，如鼠的觳觫的眼睛，如兔的颤动的嘴唇，含在喉际，欲吐又不敢吐的是一声"怕……"

微笑的魔影，漂亮的魔影，惶恐的魔影，我诅咒你们！你们灭绝！你们消亡！你们是拦路的荆棘！你们是伙伴的牵累！你们灭绝，你们消亡，永远不存一丝儿痕迹，永远不存一丝儿痕迹于这块土地上！

我倒楣，我如受奇辱，看见这种种的魔影，我愤怒地张大眼睛，什么魔影都没有了，只见满街的乱箭似的急雨。

有淌在路上的血，有严肃的郁怒的脸，有露胸朋友那样的意思，"咱们一伙儿"，有救，一定有救，——岂但有救而已！

我满腔的愤怒。再有露胸朋友那样的话在路上吧？我向前走去。

依然是满街恶魔的乱箭似的急雨。

一九二五年五月三十一日作

这篇文章写于 1925 年 5 月 31 日，时值"五卅"惨案的第二天。文章感情激越，波涛汹涌，字里行间无不充满对帝国主义及其走狗的极端仇恨，和对广大劳动人民、爱国青年的热情歌颂。作者将感情抒发与对事物的叙述、描写融为一体，寓爱憎于事物的描画之中，同时借描述以释放心中感情的火焰，自然真挚。

"急雨"二字在文章标题中尤为显目，而本文的行文节奏也是"急雨"式的。"急雨"不仅构成了现实的氛围，也是一种激愤的心情的倾诉。外部世界的"急雨"与内心世界的"激愤"形成了一种充满力量的对抗，因而，叙述节奏急切、紧迫。这篇散文的优秀之处不仅在于作者在语言运用上的成功，更在于作者那激愤的感情表达，充满了强烈的战斗精神和震撼人心的情感，深深地打动了我们的心。

春夜的幽灵 ▌▖▁▁ ▁▁ ▁

□ ［中国］台静农

魂来枫林青

魂返关塞黑

　　我们在什么地方相晤了，在梦境中我不能认出；但是未曾忘记的，不是人海的马路上，不是华贵的房屋里，却是肮脏的窄促的茅棚下，这茅棚已经是破裂的倾斜了。这时候，你仍旧是披着短发。仍旧是同平常一样的乐观的微笑。同时表示着，"我并没有死？"我呢，是感觉了一种意外的欢欣，这欢欣是多年所未有的；因为在我的心中，仅仅剩有的是一次惨痛的回忆，这回忆便是你的毁灭！

　　在你的毁灭两周以前，我们知道时代变得更恐怖了。他们将这大的城中，布满了铁骑和鹰犬；他们预备了残暴的刑具和杀人机。在二十四小时的白昼和昏夜里，时时有人在残暴的刑具下忍受着痛苦，时时有人在杀人机下交给了毁灭。少男少女渐渐地绝迹了，这大的城中也充满了鲜血、幽灵。他们将这时期划成了一个血的时代，这时代将给后来的少男少女以永久的追思与努力！

"俞也许会离开这个时期的！"我有时这样地想，在我的心中，总是设想着你能够从鹰犬的手中避开了他们的杀人机；其实，这是侥幸，这是懦怯，你是将你的生命和肉体，整个地献给人间了！就是在毁灭的一秒钟内，还不能算完成了你，因为那时候你的心正在跳动，你的血还在疯狂地奔流！

在你毁灭了以后的几日，从一个新闻记者口中辗转传到了我，那时并不知道你便是在第一次里完结了；因为这辗转传出的仅是一个简单的消息。但这简单的消息，是伟大的、悲壮的。据说那是在一个北风怒啸的夜里，从坚冰冻结的马路上，将你们拖送到某处的大牧场里，杀人机冷然放在一旁，他们于是将你们一个个交给了。然而你们慷慨地高歌欢呼，直到你们最后的一人，这声音才孤独地消逝了！自我知道这消息以后，我时常在清夜不能成寐的时候，凄然地描画着，荒寒的夜里，无边的牧场上，一些好男儿的身躯，伟健地卧在冻结的血泊上。虽然我不知道你在其间。

一天清晨，我同秋谈到这种消息，他说也有所闻，不过地址不在某处的牧场，其余的情形都是一样的，但是他也不知道其间有你。忽然接到外面送来的某报，打开看时，上面森然列着被难者的名字，我们立刻变了颜色。这新闻是追报两周以前的事，于是证实了我们的消息，并且使我们知道被难的日了。

这一天的夜里，也许我还在荧灯前无聊的苦思，也许早已入梦了，反正是漠然地无所预感。然而我所忘不了的仍是两周后的一个清晨，报上所登的名字有你的好友甫。回忆那三年前的春夜，你大醉了，曾将甫拟作你的爱人，你握着他，眼泪滴湿他的衣；虽然这尚不免少年的狂放，但是那真纯的热烈的友情，使我永远不能忘记。你们一起将你们自己献给了人间，你们又一起将你们的血奠了人类的塔的基础。啊，你们永远同在！

三年前，我同漱住在一块，你是天天到我们那里去的。我们将爱情和时事作我们谈笑的材料，随时表现着我们少年的豪放。有时我同漱故意虚造些爱情的事体来揶揄你，你每次总是摇动着短发微微地笑了。这时候我们的生活，表面虽近于一千六百年前魏晋人的麈尾清淡，其实我是疏慵，漱是悲观，而你却将跨进新的道路了。

　　第二年你切实地走进了人间以后，我们谈笑的机会于是少了。但是一周内和两周内还得见一次面的。渐渐一月或两月之久，都不大能够见面了。即或见了面，仅觉得我们生活的情趣不一致，并不觉着疏阔，因为我是依然迷恋在旧的情绪中，你已在新的途中奔驰了。

　　去年的初春，好像是今年现在的时候，秋约我访你，但是知道你不会安居在你的住处；打了两天的电话，终于约定了一个黄昏的时分，我们到你那里去。你留我们晚餐。我们谈着笑着，虽然是同从前一样的欢乐，而你的神情却比从前沉默得多了。有时你翻着你的记事簿，有时你无意的嘴中计算着你的时间，有时你痴神的深思。这时候给我的印象，直到现在还没有隐没，这印象是两个时代的不同的情调，你是这样的忙碌，我们却是如此的闲暇，当时我便感觉着惭愧和渺小了。

　　以后，我们在电车旁遇过，在大学的槐荫下遇过，仅仅简单地说了一两句话，握一握手，便点着头离开了。一次我同秋往某君家去，中途遇着你，我们一同欢呼着这样意外的邂逅。于是你买了一些苹果，一同回到我的寓处。但不久你便走了。秋曾听人说，你是惊人的努力，就是安然吃饭的机会，也是不常有，身上往往是怀着烧饼的。

　　不幸这一次我送你出门，便成了我们的永诀！这在我也不觉着怎样的悲伤，因为在生的途上，终于免不了最后的永诀；永诀于不知不觉的时候，我们的心比较得轻松。至于你，更无所谓了，因为你已不能为你自己所有，你的心，你的情绪早已扩大到人群中了。况且在那样的时代中，时时刻刻都能够将你毁灭的；即使在我们热烈地谈笑中，又何尝不能使我们马上永诀呢？

　　春天回来了，人间少了你！而你的幽灵却在这凄凉的春夜里，重新来到我的梦中了。我没有等到你的谈话便醒了，仅仅在你的微笑中感觉着你的表示"我并没有死"。

我确实相信，你是没有死去；你的精神是永远在人间的！现在，我不愿将你存留在我的记忆中，因为这大地上的人群，将永远系念着你了！

▲佳作点评 ▐▌▖

台静农（1903—1990），安徽霍邱人，著名作家、文学评论家、书法家。早年致力于新文学的创作，文风兼具犀利批判与悲悯胸襟。台静农是20世纪20年代中国乡土文学的代表作家之一，鲁迅评价他的作品短篇小说集《地之子》将乡间的死生，泥土的气息，移在纸上。

这是作者为悼念牺牲的好友所作的文章。文章以春夜梦境开篇，曾经熟识而今阴阳永隔的一对挚友在梦里相晤，这样的意外惊喜只是为了反衬作者因痛失友人而产生的无法排遣的悲伤；由梦境回到现实，回到眼前"凄凉的春夜"，又仿佛看到友人在寒冷而凄凉的春夜里奋然前行。正是有许许多多的像友人一样的人存在，因而革命一定能取得胜利，英雄也终将走向不朽，这是作者在向友人致敬！

《春夜的幽灵》，献给勇士的挽歌！

没有秋虫的地方

□ ［中国］叶圣陶

阶前看不见一茎绿草，窗外望不见一只蝴蝶，谁说是鹁鸽箱里的生活，鹁鸽未必这样趣味干燥呢。秋天来了，记忆就轻轻提示道："凄凄切切的秋虫又要响起来了。"可是一点影响也没有，邻居儿啼人闹，弦歌杂作的深夜，街上轮震石响邪许并起的清晨，无论你靠着枕儿听，凭着窗沿听，甚至贴着墙角听，总听不到一丝秋虫的声息。并不是被那些欢乐的劳困的宏大的清亮的声音淹没了，以致听不出来，乃是这里本没有秋虫这东西。呵，不容留秋虫的地方！秋虫所不屑居留的地方！

若是在鄙野的乡间，这时令满耳是虫声了。白天与夜间一样的安闲；一切人物或动或静，都有自得之趣；嫩暖的阳光或者轻淡的云影覆盖在场上，到夜呢，明耀的星月或者徐缓的凉风看守着整夜，在这境界这时间唯一的足以感动心情的就是虫儿们的合奏。它们高、低、宏、细、疾、徐、作、歇，仿佛曾经过乐师的精心训练，所以这样地无可批评，踌躇满志。其实他们每一个都是神妙是乐师；众妙毕集，各抒灵趣，那有不成人间绝响的呢。

虽然这些虫声会引起劳人的感叹，秋士的伤怀，独客的微喟，思妇的低泣；但是这正是无上的美的境界，绝好的自然诗篇，不独是旁人最欢喜吟味的，就是当境者也感受一种酸酸的麻麻的味道，这种味道在一方面是非常隽永的。

大概我们所蕲求的不在于某种味道，只要时时有点儿味道尝尝，就自诩为生活不空虚了。假若这味道是甜美的，我们固然含着笑意来体味它；若是酸苦的，我们也要皱着眉头来辨尝它；这总比淡漠无味胜过百倍。我们以为最难堪而呕欲逃避的，惟有这一个淡漠无味！

所以心如槁木不如工愁多感，迷蒙的醒不如热烈的梦，一口苦水胜于一盏白汤，一场痛哭胜于哀乐两忘。但这里并不是说愉快乐观是要不得的，清健的醒是不须求的，甜汤是罪恶的，狂笑是魔道的。这里只说有味总比淡漠远胜罢了。

所以虫声终于是足系恋念的东西。又况劳人、秋士、独客、思妇以外还有无量的人，他们当然也是酷嗜味道的，当这凉意微逗的时候，谁能不忆起那妙美的秋之音乐？

可是没有，绝对没有！井底似的庭院，铅色的木门汀地，秋虫早已避去惟恐不速了。而我们没有它们的翅膀与大腿，不能飞又不能跳，还是死守在这里。想到"井底"与"铅色"，觉得象征的意味丰富极了。

一九二三年八月三十一日作

⊿佳作点评 ‖⅃⌐

借物抒情向来是文人表达感情的惯用手法，本文以秋虫为切入点，通过对没有秋虫的地方诅咒，热烈而深刻地表达了对淡漠沉寂、枯燥无味的生活的厌倦。文章从环境渲染起笔，着意运用了对比手法，先是将邪许并起的窒息环境与生机勃勃的乡村生活鲜明对比，从而突出期盼的急切和无奈的焦灼；而素来寓意秋愁怨曲的秋虫音响，却正与作者不甘沉寂的心灵律动相应和。进一步，作者将愉快乐观的状态与酸苦悲愁的感受对比，强化了对淡漠生活的厌倦之情和积极达现的人生态度。

　　本文精致、简练、声情并茂的语言，多种修辞手法的运用，细腻的描写笔触，都使文章达到了生动形象、合蓄隽永的表达效果，展现出作者心中理想的秋的境界、生活的境界，具有很强的音乐感，感染力十足。

女师大惨剧的经过 ▌|ı──‥ ▪

——寄告晶清

□ ［中国］石评梅

　　我恍惚不知掉落在一层地狱，隐约听见哭声打声笑声胜利的呼喊！四面都站着戴了假面具的两足兽，和那些蓬头垢面的女鬼；一列一列的亮晶晶的刀剑，勇纠纠气昂昂排列满无数的恶魔，黑油的脸上发出狰狞的笑容。懦弱的奴隶们都缩头缩脑的，瞪着灰死的眼睛，看这一幕惨剧。在光天化日之下，发生了这幕惨剧：而我们贵国的教育确实整顿的肃清了，真不知这位"名邦大学，负笈分驰"的章教长，效法那一名邦，步尘那一大学：使教育而武装？

　　自从报上载着章士钊、刘百昭等拟雇女丐强拖女生出校的消息后，她们已经是一夕数惊，轮流守夜，稍有震动，胆破欲裂，在她们心惊胆跳的时候，已消极的封锁校门，聚哭一堂，静等着强暴的来临，她们已抱定校存校亡，共此休戚的决心。八月二十二号上午八点钟，女师大的催命符，女子大学筹备处的降主牌就挂在门口了。下午二时余，刘百昭带着打手，流氓，军警，女丐，老妈，有二百多人，分乘二十余辆汽车，尘烟突起处，杀向女师大而来！这时候我确巧来女师大看她们。

我站在参政胡同的中间，听着里面的哭声振天，一阵高一阵远，一阵近一阵低的在里边抵抗，追逐，进避，捕捉。虽然有高壁堑立在我面前，使我看不见里面女同学们挣扎抵抗的可怜，但是在那呜咽的哭声里，已告诉我这幕惨剧已演成血肉横飞，辗转倒地了。正在用心的眼了望她们狼狈状况时，忽然擦、擦的鞭打声起了，于是乎打声哭声绞成一片，我的心一酸懦弱的泪先流了！这时哭喊声近了，参政胡同的小门也开了，由那宽莫有三尺的小门里，拖出一个散发披襟，血泪满脸的同学来，四个蛮横的女丐，两个强悍的男仆，把她捉上汽车。这时人围住汽车我看不清楚是谁，但听见她哭骂的声音，确乎像琼妹。晶清！你想我应该怎样呢，我晕了，我一点都不知道的倒在一个女人身上，幸亏她唤醒我：我睁开眼看时，正好一辆汽车飞过去，她们的哭声也渐渐远了，也不知载她们到什么地方去？那时薇在我旁边，我让她坐上汽车去追她们去，知道她们在什么地方时，回来再告我，我在这里想着等韵出来。

呵！天呵！一样的哭喊，一样的鞭打，有的血和泪把衣衫都染红了！第二辆汽车捉走的是韵了，看见我时，喊了一声我名字她已不能抬头，当我嚼紧牙齿跑到汽车前时，只有一缕烟尘扑到我鼻里，一闪时她仍也都去了。这时里面的哭声未止，鞭打声也未止，路傍许多看热闹的女人们都流下泪来，慨叹着说："咳！这都是千金小姐，在家里父母是娇贵惯的难受过这气，谁更挨过这打呢！"

"上学上成这样，该有多么寒心！咱们家女孩快不要让她们上学受这苦！"薇来了，告诉我说把她们送在地检厅不收，现在她们在报子街补习科里。我马上坐上车到了那里，两扇红门紧紧地关着不许人进去，我那时真愤恨极了，把门捶的如鼓般响，后来一辆汽车来了，里面坐着油面团团的一位官僚，不问自然知道是教育部的大员，真该谢谢他，我和许多同学才能跟着他进来。一进门，琼和韵握着我手痛哭起来，我也只有挥泪默然的站着。这时忽然听见里边大哭起来，我们跑进去看时，李桂生君直挺挺的在院里地下躺着，满身的衣服都撕破了，满身上都成了青紫色的凸起，她闭着眼睛，口边流着白沫，死了！

那位面团团的部员大概心还未死，他看见这种悲惨的境地，他似乎也有点凄然了。但是同学们依然指着他赶着他骂走狗。我见他这样，我遂过去同他谈话，我质问他教育部为什么要出此毒手？我问他家内有莫有妹妹儿女？他很恳切表明他不赞成章刘的过激，此来纯系个人慰问，并非教部差遣。事已至此，我也不便和他多谈，就问他对于李桂生的死去，教部负不负护救责任？他马上答应由他个人负担去请医生，过了半小时北京医院来了一位医生，给她打了一针，她才有一口气呼出，不过依然和死去一样直躺着不能动。我听琼说："她这次受伤太重，医生诊察是内部受伤；加之三次军警打她们时，她三次都受伤，才成了这样"。生命维持到何时未可知？到今天，才送进德国医院。又听人说是头部受伤，因为下车时，她已哭晕过去，由两个流氓把她扔在地下，大概扔的时候头部神经受振动了。

这位部员对于李桂生的病，似乎很帮忙救护，我们不知他是否章士钊派来，还是真的他个人来慰问？但是他曾愤极的说，假如这事成讼，李桂生受伤我可以作证人。那时我们只鄙视的笑了笑！

第二天我和罗刘两位又回到女师大，我们意思要劝她们好好出来，不必受他们的毒打和拖拉，可巧我们走进角门时，正好秀和谛四人被捉上车去，她们远远望见我们来，又放声大哭起来，我们都站在车上温慰了她们几句，劝她们节哀保身。秀的衣襟撕的真成捉襟见肘，面色像梨一样黄，她哭的已喘不上气来，她们都捉尽了。她是最后的奋斗者。当汽车开时，她们望着女师大痛哭！那红楼绿柳也黯然无光的在垂泣相送。

晶清！你在翠湖畔应该凭吊，在他们哭喊声嘶后，女师大已一息斩断，从此死亡！然而那一面女子大学的牌匾也一样哀惨无光，这是我们女界空前未有的奇耻，也是我教育界空前未有的奇耻！那一面女子大学筹备处的牌匾下，将来也不过站一些含泪忍痛，吞声咽气的弱者。琼告我当她们严守大门时，殊未想到打手会由后边小门进来，进来后，她们牵作一团抵抗着这般如虎似狼的敌人。一方面有人捉人拖人，一方面便有许多人跑到寝室里去抢东西。一位女同学被拖走时，要同去拿点钱预备出来用，回到寝室时见床褥已满翻在地下，枕头边的一个皮包已不翼而飞。她气极了，向刘百昭骂他强盗，刘百昭由皮夹里拿出五十元给她，她掷在地下，刘又笑嘻嘻的拣起。这次女丐流氓混入女师大之后，定有许多人发财不少，然而这万里外无家的同学们此后无衣食无寝栖，将何以生存，教育部是否忍令其流离失所，饿毙路旁？

十三个人被困在补习科，还有四五人不知去向，有七八人押送地检厅，尚有赵世兰同姜伯谛被押至何处不知，闻有人逢见在司法部街上毒打已体无完肤，奄奄待毙。晶清！幸而你因父丧未归，不然此祸你那能侥免，人间地狱，我女子奋斗解放数十年之效果，依然如斯，真令人伤心浩叹！野蛮黑暗，无天日到这样地步。

教部把他们捉送到补习科即算驱逐出校，校内一切铺盖概不给与，那夜大雨，她们又饥又寒，第二天已病倒不少，琼妹面色憔悴黄瘦，尤令我看着难受！今天她东倒西歪已经不能支持了，躺在地板上呻吟！那种情形真惨不忍睹。昨夜大雨，补习科因已无人住，故纸窗破烂，桌椅灰尘，凄凉黯淡，真类荒冢古墓；那一点洋灯的光，像萤火一样闪亮着，飕飕的凉风吹的人寒栗！她们整整哭了一夜莫睡眠，今天我们送了些东西，才胡乱吃了点，有的几位朋友，送了几件衣裳，她们才换上，脱下那被撕成条的衣衫，不禁对着那上边斑点的血迹流泪！

中国教育界已成这种情形，还有什么话可说呢！我从前希望他们的现在已绝望了。无公理，无是非，只要有野蛮的武力，只要有古怪的头脑，什么残忍莫人道，万恶莫人心的事做不出来呢！她们也算抗争公理了，然而结果呢，总不免要被淫威残害。别的人看着滑稽的喜剧高兴，痛痒既不关心，同情更是表面援助的好名词。

写到这里我接到朋友一封信，说昨夜十一钟她们都不知林卓凤的下落，后来有人说她仍锁在女师大。她们听见回到学校去找，军警不让进去，再三交涉，才请出女师大庶务科一位事务员，他说林君已越窗逃出。现在听说在一个朋友家，她神经已有点失常了，恐怕要有疯症的趋势。你是知道她的，她本来身体素弱，神经质衰的一个人，怎能经过这样的磨难呢！晶清！你归来呵！归来时你当异常伤心，看见她们那种狼狈病容，衰弱心神的时候。我们永久纪念这耻辱，我们当永久的奋斗！这次惨剧是我们女界人格的奇耻，同时也是中国教育破产的先声！

▎佳作点评 ▎

此文和石评梅其他文章的风格有些不同，从开头我们就能看出，作者对女师大的惨剧和当政者的无耻，充满了愤怒，同时通过倾诉的方式把女师大惨剧的经过和自己的心情，告诉了好友陆晶清，让后人了解到事情的真相。

看罢全文，我们和作者一样愤慨，当局者这种惨绝人寰的行为，令人发指。"我们永久纪念这耻辱，我们当永久的奋斗！这次惨剧是我们女界人格的奇耻，同时也是中国教育破产的先声！"这是抗争与反抗的最强音。

灰　烬

□［中国］石评梅

我愿建我的希望在灰烬之上，然而我的希望依然要变成灰烬：灰烬是时时刻刻的寓在建设里面，但建设也时时刻刻化作灰烬。

我常对着一堆灰烬微笑，是庆祝我建设的成功，然而我也对着灰烬痛哭，是抱恨我的建设的成功终不免仍是灰烬。

一星火焰起了，围着多少惊怕颤战的人们，唯恐自己的建设化成灰烬；火焰熄了，人们都垂头丧气离开灰烬或者在灰烬上又用血去建筑起伟大的工程来！在他们欣欣然色喜的时候，灰烬已走进来，偷偷的走进来了！

这本来是平常的一件事，然而众人都拿它当作神妙的谜。我为了这真不能不对聪明的人们怀疑了！

谁都忍心自己骗自己，谁都是看不见自己的脸，而能很清楚的看别人的脸，不觉自己的面目可憎，常常觉着别人的面目是可憎。上帝虽然曾告诉人们有一面镜子，然而人们都藏起来，久而久之忘了用处，常常拿来照别人。

这是上帝的政策，羁系世界的绳索；谁都愿意骗自己，毫不觉的诚心诚意供献一切给骗自己的神。

我们只看见装璜美丽，幻变无常的舞台，然而我们都不愿去知道，复杂凌乱，真形毕露的后台；我们都看着喜怒聚合，乔装假扮的戏剧，然而我们都不过问下装闭幕后的是谁？不愿去知道，不愿去过问明知道是怕把谜猜穿。可笑人们都愿蒙上这一层自己骗自己的薄纱，永远不要猜透，直到死神接引的时候。

锦绣似的花园，是荒冢，是灰烬！美丽的姑娘，是腐尸，是枯骨！然而人们都徘徊在锦绣似的花园，包围着美丽的姑娘。荒冢和枯骨都化成灰烬了，沉恋灰烬的是谁呢？我在深夜点着萤火灯找了许久了，然而莫有逢到一个人？

谁都认荒冢枯骨是死了的表象，然而我觉着是生的开始，因此我将我最后的希望建在灰烬之上。

在这深夜里，人们都睡了，我一个人走到街上去游逛，这是专预备给我的世界吧！一个人影都莫有，一点声音都莫有，这时候统治宇宙的是我，静悄悄家家的门儿都关闭着，人们都在梦乡里呓语，睁着眼看这宇宙的只有我！我是拒绝在门外和梦乡的人，纵然我现在投到母亲的怀里，母亲肯解怀留我：不过母亲也要惊奇的，她的女儿为什么和一切的环境反抗，众人蠢动的时候，她却睡着，众上睡梦的时候，她却在街上观察宇宙，观察一切已经沉寂的东西呢？

其实这有什么惊奇呵：一样度人生，谁也是消磨这有尽的岁月，由建设直到灰烬；我何尝敢和环境反抗，为什么我要和它们颠倒呢？为了我的希望建在灰烬之上，而他们的希望却是建在坚固伟大的工程里。

我终日和人们笑；但有时我在人们面前流下泪来！这不过只是我的一种行为，环境逼我出此的一种行为。我的心绝对不跑到人间，尤其不会揭露在人们的面前。我的心是闪烁在烨光萤火之上，荒墟废墓之间；在那里你去低唤着我的心时，她总会答应你！而且她会告诉你不知道的那个世界里的世界。萤火便在我手里，然而追了她光华来找我的却莫有人。我想杀人，然而人也想杀我；我想占住我的地盘，然而人也想占住我的地盘；我想推倒你，谁知你也正在要推倒我！翻开很厚的历史，展阅很广的地图，都是为了这些把戏。我站在睡了的地球上，看着地上的血迹和尸骸这样想。

一把火烧成了灰烬，灰烬上又建造起很伟大庄严美丽的工程来。火是烧不尽的，人也是杀不尽的，假如这就是物质不灭的时候。

人生便是互相仇杀残害，然而多半是为了扩大自己的爱，爱包括了一切，统治了一切；因之产生了活动的进行的战线，在每个人离开母怀的时候。这是经验告诉我的。

烦恼用铁锤压着我，同时又有欲望的花香引诱我，设下一道深阔的河，然而却造下航渡的船筏；朋友们，谁能逃逸出这安排好的网儿？蠢才！低着头负上你肩荷的东西，走这万里途程吧，一点一点走着，当你息肩叹气时，隐隐的深林里有美妙的歌声唤你：背后却有失望惆怅骑着快马追你！

朝霞照着你！晚虹也照着你！然而你一天一天走进墓门了。不是墓门，是你希望的万里途程，这缘途有高官厚禄娇妻美妾，名誉金钱幸福爱人。那里是个深远的幽谷，这端是生，那端便是死！这边是摇篮，那边便是棺材。我看见许多人对我骄傲的笑，同时也看见许多人向我凄哀的哭；我分辨不出他们的脸来，然而我只知道他们是同我走着一条道的朋友。我曾命令他们说：

"俘虏！你跪在我裙下！"

然而有时他们也用同样的命令说：

"进来吧！女人，这是你自己的家。"

这样互相骗着，有时弄态作腔的，时哭时笑，其实都是这套把戏，得意的笑，和失望的哭，本来是一个心的两面，距离并不遥远。

誓不两立的仇敌，戴上一个假面具时，马上可以握手言欢，作爱的朋友；爱的朋友，有时心里用箭用刀害你时，你却笑着忍受。看着别人杀头似乎是宰羊般有趣，当自己割破了指头流血时，心痛到全部的神经都颤战了！我不知道为了犯人才有监狱，还是有了监狱才有犯人；但是聪明的人们，都愿意自己造了圈套自己环绕；有宁死也愿意坐在监狱里，而不愿焚毁了监狱逃跑的。我良心常常在打骂我，因为我在小朋友面前曾骄傲我的宝藏，她们将小袋检开给我看时，我却将我的大袋挂在高枝上。我欺骗了自己，我不管她，人生本来是自骗；然而几次欺骗了人，觉的隐隐有鬼神在嘲笑我！而且深夜里常觉有重锤压在我心上。其实这是我太聪明了，一样的有许多人正在那里骗我，一样有许多人也挂着大袋骄傲我？

我在睡了的地球上，徘徊着，黑暗的夜静悄悄包围了我。在这时候，我的思想落在纸上。鸡鸣了！人都醒了，我面前有一堆灰烬。

母亲！寄给你，我一夜燃成的灰烬！然而这灰烬上却建着我最后的希望！

▪佳作点评 ▍▍▂

评论家认为，石评梅独特的气质个性使她十分自然地接受了叔本华、厨川白村等人的影响，从而建构了"人生本苦"的宇宙观、"缺陷之美"的美学观以及"悲剧之美"的生命意识。

"灰烬"既是坟墓，可以埋葬一切奢华；分号"灰烬"也是开始，"又建造起很伟大庄严美丽的工程来"。"灰烬"在作者的笔下寄托着悲剧与新生，可以说，不是作者没有看到人生的大悲哀，也不是作者不懂得人生的大悲哀，恰恰是因为作者看懂了人生的悲剧性与悲剧价值，才毅然选择了悲剧。"谁都认荒冢枯骨是死了的表象，然而我觉着是生的开始，因此我将我最后的希望建在灰烬之上。"这声凄惋而深沉的长叹，真切地赋予了作者忧伤的气质。

异国秋思

□〔中国〕庐隐

自从我们搬到郊外以来，天气渐渐清凉了。那短篱边牵延着的毛豆叶子，已露出枯黄的颜色来，白色的小野菊，一丛丛由草堆里攒出头来，还有小朵的黄花在凉劲的秋风中抖颤，这一些景象，最容易勾起人们的秋思，况且身在异国呢！低声吟着"帘卷西风，人比黄花瘦"之句，这个小小的灵宫，是弥漫了怅惘的情绪。

书房里格外显得清寂，那窗外蔚蓝如碧海似的青天，和淡金色的阳光，还有夹着桂花香的阵风，都含了极强烈的，挑拨人类心弦的力量。在这种刺激之下，我们不能继续那死板的读书工作了。在那一天午饭后，波便提议到附近吉祥寺去看秋景，三点多钟我们乘了市外电车前去，——这路程太近了，我们的身体刚刚坐稳便到了。走出长甬道的车站，绕过火车轨道，就看见一座高耸的木牌坊，在横额上有几个汉字写着"井之头恩赐公园"。我们走进牌坊，便见马路两旁树木葱茏，绿阴匝地，一种幽妙的意趣，萦绕脑际，我们怔怔的站在树影下，好像身入深山古林了。在那枝柯掩映中，一道金黄色的柔光正荡漾着。使我想象到一个披着金绿柔发的仙女，正赤着足，踏着白云，从这里经过的情景。再向西方看，一抹彩霞，正横在那迭翠的峰峦上，如黑点的飞鸦，穿林翩翩，我一缕的愁心真不知如何安排，我要吩咐征鸿它带回故国吧！无奈它是那样不着迹的去了。

我们徘徊在这浓绿深翠的帷幔下，竟忘记前进了。一个身穿和服的中年男人，脚上穿着木屐，提塔提塔的来了。他向我们打量着，我们为避免他的觑视，只好加快脚步走向前去。经过这一带森林，前面有一条鹅卵石堆成的斜坡路，两旁种着整齐的冬青树，只有肩膀高，一阵阵的青草香，从微风里荡过来。我们慢步的走着，陡觉神气清爽，一尘不染。下了斜坡，面前立着一所小巧的东洋式的茶馆，里面设了几张小矮几和坐褥，两旁列着柜台，红的蜜桔，青的苹果，五色的杂糖，错杂的罗列着。

"呀！好眼熟的地方！"我不禁失声的喊了出来。于是潜藏在心底的印象，陡然一幕幕的重映出来，唉！我的心有些抖颤了，我是被一种感怀已往的情绪所激动，我的双眼怔住，胸膈间充塞着悲凉，心弦凄紧的搏动着。自然是回忆到那些曾被流年蹂躏过的往事：

"唉！往事，只是不堪回首的往事呢！"我悄悄的独自叹息着。但是我目前仍然有一幅逼真的图画再现出来……

一群骄傲于幸福的少女们，她们孕育着玫瑰色的希望，当她们将由学校毕业的那一年，曾随了她们德高望重的教师，带着欢乐的心情，渡过日本海来访蓬莱的名胜。在她们登岸的时候，正是暮春三月樱花乱飞的天气，那些缀锦点翠的花树，都使她们乐游忘倦。她们从天色才黎明，便由东京的旅舍出发；先到上野公园看过樱花的残妆后，又换车到井之头公园来。这时疲倦袭击着她们，非立刻找个地点休息不可。最后她们发现了这个位置清幽的茶馆，便立刻决定进去吃些东西。大家团团围着矮凳坐下，点了两壶龙井茶，和一些奇甜的东洋点心，她们吃着喝着，高声谈笑着，她们真像是才出谷的雏莺；只觉眼前的东西，件件新鲜，处处都富有生趣。当然她们是被搂在幸福之神的怀抱里了。青春的爱娇，活泼快乐的心情，她们是多少可艳羡的人生呢？

但是流年把一切都毁坏了！谁能相信今天在这里低徊追怀往事的我，也正是当年幸福者之一呢！哦！流年，残刻的流年呵！它带走了人间的爱娇，它蹂躏了英雄的壮志，使我站在这似曾相识的树下，只有咽泪，我有什么方法，使年光倒流呢！

唉！这仅仅是九年后的今天。呀，这短短的九年中，我走的是崎岖的世路，我攀缘过陡削的崖壁，我由死的绝谷里逃命，使我尝着忍受由心头淌血的痛苦，命运要我喝干自己的血汗，如同喝玫瑰酒一般……

唉！这一切的刺心回忆，我忍不住流下辛酸的泪滴，连忙离开这容易激动感情的地方吧！我们便向前面野草漫径的小路上走去。忽然听见一阵悲恻的唏嘘声，我仿佛看见张着灰色翅翼的秋神，正躲在那厚密的枝叶背后。立时那些枝叶都息息索索的颤抖起来。草底下的秋虫，发出连续的唧唧声，我的心感到一阵阵的凄冷，不敢向前去，找到路旁一张长木凳子坐下。我用滞呆的眼光，向那一片阴阴森森的丛林里睁视，当微风分开枝柯时，我望见那小河里的潺潺碧水了。水上皱起一层波纹，一只小划子，从波纹上溜过。两个少女摇着桨，低声唱着歌儿。我看到这里，又无端感触起来，觉到喉头哽塞，不知不觉叹道："故国不堪回首呵！"同时那北海的红漪清波浮现眼前，那些手携情侣的男男女女，恐怕也正摇着划桨，指点着眼前清丽秋景，低语款款吧！况且又是菊茂蟹肥时候，料想长安市上，车水马龙，正不少欢乐的宴聚，这飘泊异国，秋思凄凉的我们当然是无人想起的。不过，我们却深深地眷怀着祖国，渴望得些好消息呢！况且我们又是神经过敏的，揣想到树叶凋落的北平，凄风吹着，冷雨洒着的那些穷苦的同胞，也许正向茫茫的苍天悲诉呢！唉，破碎紊乱的祖国呵！北海的风光不能粉饰你的寒伧！来今雨轩的灯红酒绿，不能安慰忧患的人生，深深眷念着祖国的我们，这一颗因热望而颤抖的心，最后是被秋风吹冷了。

　　本文庐隐记述了和丈夫 1930 年东渡日本东京后的一次秋游，对异国秋景作了细致描写，引发眷恋祖国的思乡之情，忧国忧民，表现了海外赤子一片爱国之心。

　　庐隐的散文往往弥漫着若有若无的伤感，在《异国秋思》中，井之头公园里的树影、彩霞、飞鸦、征鸿等景物，在作者强烈的故国之思的导引下，使读者产生了共鸣。作者不仅渲染婉约词中常见的景物，还常常直接引用一些婉约词句，文中李煜的"故国不堪回首"，就如同作家的一声叹息，烘托出一派愁苦的情绪氛围。

我的心不安定

□ ［中国］庐隐

异云：

你的信我收到了，没有什么可说。天底下的春蚕没有不作茧的，也正犹之乎飞蛾扑火，明知是惹火烧身，但是命运如此，——正如你所说除了冷静去承受，实在也没有更高明的办法。

不过，异云，你要知道人类是不可思议的神秘的怪物，所以自苦的情形虽等于春蚕等于飞蛾，然而蚕茧的收获可以织出光彩的绸缎，飞蛾投入于火焰中虽是痛苦，同时可以加强火的燃烧力，因之，人类虽愚，自甘沉没的结果，便得到最高的快乐和智慧了。异云，你为什么病？你是否为了搜寻智慧而病呢？……我愿意知道。

这些天连着喝酒，我愿迷醉，但是朋友们太小心，唯恐我醉，常常不许我尽量，因此，我只能半醉，我只能模糊的记忆痛苦的以往，——但是我不能整个忘了宇宙呵，异云，这是多么苦痛的事情呢？我希望有一天我能够醉得十分深——最好永不醒来，唉，异云，我是怪人，我不了解快乐，我只能领会悲哀。

自从认识你以后，我的心似乎有了一点东西，——也许是一把锁匙，也许是一阵风，我的心不安定呢。

我觉得有一个美丽的幻影在我面前诱惑，发誓纵使这幻影终久是空虚而苦痛的，但是我为了他醉人的星眸，我要追逐他——以至于这幻影消灭了，——我也毁灭的时候！呵！异云，我不愿更饶舌了，我只有沉默——除了沉默是没有方法可以包涵我心中无限的意思！

疯话一篇也许你懂，——当然我是希望你懂；不过，不懂也好，至少没有钥匙，没有了风，我的心门将永久闭塞，我的生命也永不起波浪。好了，星期日见吧。

冷鸥

1928 ～ 1930 年

▎佳作点评 ▌▍▁

这是一篇小札，作者是写给朋友异云的。

从内容中可以揣测，上一封异云给她的信中，可能谈到了痛苦之类的事情，作者在这篇回复中写到："正如你所说除了冷静去承受，实在也没有更高明的办法。"接着，作者以飞蛾投火象征自己对"他"的追求，哪怕不惜毁灭自己。以钥匙象征和异云的友谊，"也许是一把锁匙，也许是一阵风，我的心不安定呢"。这封信是作者对理想的表达，当然，浓郁的情绪中免不了有着若有若无的伤感。

幽 弦 ‖‖▮▯▯▯▯▮

□［中国］庐隐

倩娟正在午梦沉酣的时候，忽被窗前树上的麻雀噪醒。她张开惺忪的睡眼，一壁理着覆额的卷发，一壁翻身坐起。这时窗外的柳叶儿，被暖风吹拂着，东飘西舞。桃花腥红的，正映着半斜的阳光。含苞的丁香，似乎已透着微微的芬芳。至于蔚蓝的云天，也似乎含着不可言喻的春的欢欣。但是倩娟对着如斯美景，只微微地叹了一声，便不踌躇的离开这目前的一切，走到外面的书房，坐在案前，拿着一支秃笔，低头默想。不久，她心灵深处的幽弦竟发出凄楚的哀音，萦绕于笔端，只见她拿一张纸写道：——

"时序——可怕的时序呵！你悄悄的奔驰，从不为人们悄悄停驻。多少青年人白了的双鬓，多少孩子们失却天真，更有多少壮年人消磨尽志气。你一时把大地装点得冷落荒凉，一时又把世界打扮得繁华璀璨。只在你悄悄的奔驰中，不知酝酿成人间多少的悲哀。谁不是在你的奔驰里老了红颜，白了双鬓。——人们才走进白雪寒梅冷隽的世界里，不提防你早又悄悄的逃去，收拾起冰天雪地的万种寒姿，而携来饶舌的黄鹂，不住传布春的消息，催起潜伏的花魂，深隐的柳眼。唉，无情的时序，真是何心？那干枯的柳枝，虽满缀着青青柔丝，但何能绾系住飘泊者的心情！花红草绿，也何能慰落漠者的灵魂！只不过警告人们未来的岁月有限。唉！时序呵！多谢你："红了樱桃，绿了芭蕉。"这眼底的繁华，莺燕将对你高声颂扬。人们呢？只有对你含泪微笑。不久，人们将为你唱挽歌了：——

春去了！春去了！

万紫千红，转瞬成枯槁，

只余得阶前芳草，

和几点残英，

飘零满地无人扫！

蝶懒蜂慵，

这般烦恼；

问东风：

何事太无情，

一年一度催人老！

倩娟写到这里，只觉心头怅惘若失。她想儿时的飘泊。她原是无父之孤儿，依依于寡母膝下。但是她最痛心的，她更想到她长时的沦落。她深切的记得，在她的一次旅行里，正在一年的春季的时候。这一天黄昏，她站在满了淡雾的海边，芊芊碧草，和五色的野花，时时送来清幽的香气，同伴们都疲倦倚在松柯上，或睡在草地上。她舍不得"夕阳无限好"的美景，只怔怔呆望，看那浅蓝而微带淡红色的云天，和海天交接处的一道五彩卧虹，感到自然的超越。但是笼里的鹦鹉，任他海怎样阔，天怎样空，绝没有飞翔优游的余地。她正在悠然神往的时候，忽听背后有人叫道：“密司文，你一个人在这里不嫌冷寂吗？”她回头一看，原来是他——体魄魁梧的张尚德。她连忙笑答道：“这样清幽的美景，颇足安慰旅行者的冷寂，所以我竟久看不倦。”她说着话，已见她的同伴向她招手，她便同张尚德一齐向松林深处找她们去了。

过了几天，她们离开了这碧海之滨，来到一个名胜的所在。这时离她们开始旅行的时间差不多一个月了。大家都感到疲倦。这一天晚上，才由火车上下来，她便提议明晨去看最高的瀑布，而同伴们大家只是无力的答道：“我们十分疲倦，无论如何总要休息一天再去。”她听同伴的话，很觉扫兴，只见张尚德道：“密司文，你若高兴明天去看瀑布，我可以陪你去。听说密司杨和密司脱杨也要去，我们四个人先去，过一天若高兴，还可以同她们再走一趟。好在美景极不是一看能厌的。”她听了这话，果然高兴极了，便约定次日一早在密司杨那里同去。

这天只有些许黄白色的光，残月犹自斜挂在天上，她们的旅行队已经出发了。她背着一个小小的旅行袋，里头满蓄着水果及干点，此外还有一只热水壶。她们起初走在平坦大道上，觉得早晨的微风，犹带些寒意。后来路越走越崎岖，因为那瀑布是在三千多丈的高山上。她们从许多杂树蔓藤里攀缘而上，走了许多泥泞的山洼，经过许多蜿蜒的流水，差不多将来到高山上，已听见隆隆的响声，仿佛万马奔腾，又仿佛众机齐动。她们顺着声音走去，已远远望见那最高的瀑布了。那瀑布是从山上一个湖里倒下来的。那里山势极陡，所以那瀑布成为一道笔直白色云梯般的形状。在瀑布的四围都是高山，永远照不见太阳光。她们到了这里，不但火热的身体，立感清凉，便是久炙的灵焰，也都渐渐熄灭。她烦扰的心，被这清凉的四境，洗涤得纤尘不染。她感觉到人生的有限，和人事的虚伪。她不禁忏悔她昨天和张尚德所说的话。她曾应许他，作他唯一的安慰者，但是她现在觉得自己太渺小了，怎能安慰他呢？同时觉得人类只如登场的傀儡，什么恋爱，什么结婚，都只是一幕戏，而且还要牺牲多少的代价，才能换来这一刹的迷恋。"唉，何苦呵！还是拒绝了他吧？况且我五十岁的老母，还要我侍奉她百年呢！等学校里功课结束后，我就伴着她老人家回到乡下去，种些桑麻和稻粱，吃穿不愁了。闲暇的时候，看看牧童放牛，听听蛙儿低唱，天然美趣，不强似……"她正想到这里，忽见张尚德由山后转过道："密司文来看，此地的风景才更有趣呢!"她果真随着他，转过山后去，只见一带青山隐隐，碧水荡漾，果然比那足以洗荡尘雾的瀑布不同。一个好像幽静的处女，一个却似盖世的英雄。在那里有一块很平整的山石，她和他便坐在那里休息。在这静默的里头，张尚德屡次对她含笑的望着，仿佛这绝美的境地，都是为她和他所特设。但这只是他的梦想，他所认为安慰者，已在前一点钟里被大自然的伟力所剥夺了。当他对她表示满意的时候，她正将一勺冷水回报他，她说："密司脱张，我希望你别打主意罢，实在的！我绝不能作你终身的伴侣。"唉！她当时实在不曾为失意者稍稍想象其苦痛呢!……

倩娟想到这里，由不得流下泪来，她举头看看这屋子，只觉得冷寞荒凉，思量到自己的前途，也是茫茫无际。那些过去的伤痕每每爆裂，她想到她的朋友曾写信道："朋友！你不要执迷吧！不自然的强制着自己的情感，是对自己不住的呵！"但是现在的她已经随时序并老，还说什么？

人间事，本如浮云飞越，无奈冷漠的心田，犹不时为残灰余烬所燃炙。倩娟虽一面看破世情，而一面仍束缚于环境，无论美丽的春光怎样含笑向人，也难免惹起她身世之感。这是她对着窗外的春色，想到自身的飘零，一曲幽弦，怎能不向她的朋友细弹呢？她收起所涂乱的残稿，重新蘸饱秃笔写信给她的朋友肖菊了。她写道：——

肖菊吾友：沉沉心雾，久滞灵通，你的近况如何？想来江南春早，这时桃绽新红，柳抽嫩绿，大好春光，逸兴幽趣，定如所祝。都中气候，亦渐暖和，青草绵芊，春意欣欣。昨日伴老母到公园——园里松柏，依然苍翠似玉，池水碧波，依然因风轻漾。澹月疏星，一切不曾改观。但是肖菊！往事不堪回首，你的倩娟已随流光而憔悴了。唉！静悄悄的园中，一个飘泊者，独对皎月，怅望云天，此时的心境，凄楚曷极！想到去年别你的时候正是一堂同业，从此星散的时候，是何等的凄凉？况且我又正卧病宿舍。当你说道："倩娟，我不能陪你了。"你是无限好意，但是枕痕泪渍至今可验。我不敢责你忍心，我也明知你自有你的苦衷。当时你两颊绯红，满蓄痛泪，勉强走了。我只紧闭双目，不忍看。那时我的心，只有绝望……唉！我只不忍回忆了呵！

肖菊！我现在明白了，人生在世，若失了热情的慰藉，无论海阔天空，也都难使郁结之心消释；任他山清水秀，也只增对景怀人之感。我现在活着，全是为了这一点不可扑灭的热情，——使我恋恋于老母和亲友，使我不忍离开她们，不然我早随奔驰的时序俱逝了！又岂能支持到今日？但是不可捉摸的热情，究竟何所依凭？我的身世又是如何飘零，——老母一旦设有不讳，这飘零的我，又将何以自遣？吾友！试闭目凝想，在一个空旷的原野，有一只失了凭依的小羊，——只有一只孤零零的小羊，当黄昏来到世界上，四面罩下苍茫的幕子来，那小羊将如何的彷徨？她嘶声的哀鸣，如何的悲伤。呵，肖菊！记得我们同游苏州，在张公祠的茅草亭上，那时你还在我的眼前，但当我们听了那虎丘坡上，小羊呜咽似的哀鸣，犹觉惨怛无限。现在你离我辽远，一切的人都离我辽远，我就是那哀鸣的小羊了，谁来安慰我呢？这黑暗的前途，又叫我如何迈步呢？

可笑，我有时想超脱现在，我想出世，我想到四无人迹的空山绝岩中过一种与世绝隔的生活——但是老母将如何？并且我也有时觉得我这思想是错的，而我又不能制住此想。唉！肖菊呵！我只是被造物主拔弄的败将，我只是感情帜下的残卒，……近来心境更觉烦恼。窗前的玫瑰发了新芽，几上的腊梅残枝，犹自插在瓶里。流光不住地催人向老死的路上去，花开花谢，在在都足撩人愁恨！

我曾读古人的诗道："天若有情天亦老。"可怜的人类，原是感情的动物呵！

倩娟正写着，忽听一阵箫声，随着温和的春风，摇曳空中，仿佛空谷中的潺潺细流，经过沙碛般的幽咽而沉郁。她放下笔，一看天色已经黄昏，如眉的新月，放出淡淡的清光。新绿的柔柳，迎风袅娜，那箫声正从那柳梢所指的一角小楼里发出。她放下笔，斜倚在沙发上，领略萧声的美妙。忽听萧声以外，又夹着一种清幽的歌声，那歌声和萧韵正节节符和。后来萧声渐低，歌喉的清越，真如半空风响又凄切又哀婉，她细细地听，歌词隐约可辨，仿佛道：——

春风！春风！

一到生机动，

河边冰解，山顶雪花融。

草争绿，花夺红，

大地春意浓。

只幽闺寂寞，

对景泪溶溶。

问流水飘残瓣，

何处驻芳踪！

呵！茫茫大地，何处是飘泊者的归宿？正是"问流水飘残瓣，何处驻芳踪！"倩娟反复细嚼歌词越觉悲抑不胜。未完的信稿，竟无力再续。只怔怔的倚在沙发上，任那动人的歌声，将灵田片片的宰割罢，任那无情的岁月步步相逼吧!……

▮佳作点评 ▮▮▮

文中的倩娟，可以说是庐隐的化身，她受过良好的教育，有着敏感而深沉的心灵，整篇文章，以倩娟孤独的情绪贯穿。孤独让倩娟想过一种与世隔绝的生活，但她又无奈地生活在这个嘈杂的、混浊的、没有希望的社会中，这是十分痛苦的，文中的小羊"她嘶声的哀鸣，如何得悲切"。这小羊是倩娟自己。然而，倩娟的出路在哪里，作者也没有给出，倩娟"只怔怔的倚在沙发上，任那动人的歌声，将灵田片片的宰割罢，任那无情的岁月步步相逼吧!"这里面既有决绝，又有伤痛。

光底死

□〔中国〕许地山

光离开他底母亲去到无量无边，一切生命的世界上。因为他走底时候脸上常带着很忧郁的容貌，所以一切能思维、能造作底灵体也和他表同情；一见他，都低着头容他走过去；甚至带着泪眼避开他。

光因此更烦闷了。他走得越远，力量越不足；最后，他躺下了。他躺下底地方，正在这块大地。在他旁边有几位聪明的天文家互相议论说："太阳底光，快要无所附丽了，因为他冷死底时期一天近似一天了。"

光垂着头，低声诉说："唉，诸大智者，你们为何净在我母亲和我身上担忧？你们岂不明白我是为饶益你们而来么？你们从没有〔在〕我面前做过我曾为你们做底事。你们没有接纳我，也没有……"

他母亲在很远的地方，见他躺在那里叹息，就叫他回去说："我底命儿，我所爱底，你回去罢。我一天一天任你自由地离开我，原是为众生底益处；他们既不承受，你何妨回来？"

光回答说："母亲，我不能回去了。因为我走遍了一切世界，遇见一切能思维、能造作底灵体，到现在还没有一句话能够对你回报。不但如此，这里还有人正咒诅我们哪！我哪有面目回去呢？我就安息在这里罢。"

他底母亲听见这话，一种幽沉的颜色早已现在脸上。他从地上慢慢走到海边，带着自己底身体、威力，一分一厘地浸入水里。母亲也跟着晕过去了。

▎佳作点评 ▮▮▃

　　许地山是中国现代文学史上一位风格独特的作家，其散文创作中浸润着浓厚的宗教思想。《光底死》，作者把光比喻成一个要去世界上探索的儿子，与天文学家和母亲的一段对话，表达了光不甘平庸的理想，想象奇特，富有人生哲理，是"五四"时期现代抒情散文和散文诗的代表。

信仰底哀伤

□［中国］许地山

在更阑人静底时候，伦文就要到池边对他心里所立底乐神请求说："我怎能得着天才呢？我底天才缺乏了，我要表现的，也不能尽地表现了！天才可以像油那样，日日添注入我这盏小灯么？若是能，求你为我，注入些少。"

"我已经为你注入了。"

伦先生听见这句话，便放心回到自己底屋里。他舍不得睡，提起乐器来，一口气就制成一曲。自己奏了又奏，觉得满意，才含着笑，到卧室去。

第二天早晨，他还没有盥漱，便又把昨晚上底作品奏过几遍；随即封好，教人邮到歌剧场去。

他底作品一发表出来，许多批评随着在报上登载八九天。那些批评都很恭维他：说他是这一派，那一派。可是他又苦起来了！

在深夜底时候，他又到池边去，垂头丧气地对着池水，从口中发出颤声说："我所用底音节，不能达我底意思么？呀，我底天才丢失了！再给我注入一点罢。"

“我已经为你注入了。”

他屡次求，心中只听得这句回答。每一作品发表出来，所得底批评，每每使他忧郁不乐。最后，他把乐器摔碎了，说：“我信我底天才丢了，我不再作曲子了。唉，我所依赖底，枉费你眷顾我了。”

自此以后，社会上再不能享受他底作品；他也不晓得往哪里去了。

▄佳作点评▐▁

伦文先生想做天才，便向神去祈求。“我已经为你注入了。”神多次告诉他，然而他却不觉醒。作者以对话形式，批评了伦文先生的平庸和荒唐。作者针对青年人在学习上的堕性，友善地指出要想获得成功，唯有靠自己的勤奋。作品想象丰富，弥漫着浪漫的气息。

秋夜吟 ▏▎▏▁▁ ▁▁ ▁

□ ［中国］郑振铎

幸亏找到了小石。这一年的夏天特别热，整个夏天我以面包和凉开水作为午餐；等太阳下去，才就从那蛰居小楼的蒸烤中溜出来，嘘一口气，兜着圈子，走冷僻的路到他家里，用我们的话，"吃一顿正式的饭"。

小石是一个顽皮的学生，在教室里发问最多，先生们一不小心，就要受窘。但这次在忧患中遇见，他却变得那么沉默寡言了。既不问我为什么不到内地去，也不问我在上海有什么任务，当然不问我为什么不住在庙弄，绝对不问我如今住在什么地方。

我突然的找到他了，突然每晚到他家里吃饭了，然而这仿佛是平常不过的事，早已如此，一点不突然。料理饮食的也是小石一位朋友的老太太，我们共同享用着正正式式的刚煮好的饭，还有汤——那位老太太在午间从不为自己弄汤菜，那是太奢侈了。——在那里，我有一种安全的感觉。直到有一次我在这"晚宴"上偶然缺席，第二天去时看到他们的脸上是怎样从焦虑中得到解放，才知道他们是如何理解我的不安全。那位老太太手里提着铲刀，迎着我说："哎呀，郑先生，您下次不来吃饭最好打电话来关照一声啊，我们还当您怎么了呢。"

然而小石连这个也不说。

于是只好轮到我找一点话，在吃过晚饭之后，什么版画，元曲，变文，老庄哲学，都拿来乱谈一顿，自己听听很像是在上文学史之类，有点可笑。

于是我们就去遛马路。

有时同着二房东的胖女孩，有时拉着后楼的小姐 L，大家心里舒舒坦坦的出去"走风凉"。小石是喜欢魏晋风的，就名之谓"行散"。

遛着遛着也成为日课，一直到光脚踏屐的清脆叩声渐渐冷落下来，后门口乘风凉的人们都缩进屋里去了，我们行散的兴致依然不减。

秋天的黄昏比夏天的更好，暮霭像轻纱似的一层一层笼罩上来，迷迷糊糊的雾气被凉风吹散。夜了，反觉得亮了些，天蓝的清清净净，撑得高高的，嵌出晶莹皎洁的月亮，真是濯心涤神，非但忘却追捕，躲避，恐怖，愤怒，直要把思维上腾到国家世界以外去。

我们一边走着，一边谈性灵，谈人类的命运，争辩月之美是圆时还是缺时，是微云轻抹还是万里无垠……

小石的住所朝南再朝南。是徐家汇路，临着一条河，河南大都是空地和田，没有房子遮着，天空更畅得开，我们从打浦桥顺着河沿往下走往下走，把一道土堆算城墙，又一幢黑魆魆的房屋算童话里的堡垒，听听河水是不是在流。

走得微倦，便靠在河边一株横倒的树干上，大家都不谈话。

可是一阵风吹过来了，夹着河水污浊的气味，熏得我们站起来。这条河在白天原是不可向迩的。"夜只是遮盖，现实到底是现实，不能化朽腐为神奇！"小石叹了口气。

觉着有点凉，我随手取起了放在树干上的外衣，想穿。"嘎！"L 叫了起来，"有毛毛虫！"外衣上附着两只毛虫呢，连忙抖拍了下去。大家一阵忙，皮肤起着栗，好像有虫在爬。

"不要神经过敏了，听，叫哥哥在叫呢。"

"不，那是纺织娘。"

"哪里，那一定是铜管娘。"

"什么铜管娘，昆虫学里没有的名字。"

其实谁也没有研究过昆虫学。热心的争论起来了，把毛毛虫的不快就此抖掉。

"听，那边更多呢。"

一路倾听过去，忽然有一个孩子的声音叫：

"在这里了。"

那是一个穿了睡衣裤的小孩，手里执着小竹笼，一条辫子梢上还系着红线，一条辫子已经散了，大概是睡了听见叫哥哥叫的热闹又爬起来的。

"你不要动，等我捉。"铁丝网那边的丛莽中有一个男人在捉，看样子很是外行，拿了盒火柴，一根根划着。

秋虫的声音到处都是，可是去捉呢，又像在这里，又像在那里，孩子怕铁丝网刺他，又急着捉不到，直叫。

小石也钻进丛莽里去了。

一个骑自行车的人经过，也停下来，放好了车，取下了车上的电石灯，也加入去捉了。

这人可是个惯家，捉了一会，他说："不行，这样，你拿着灯，我们来捉。"原来的男人很听话的赶快把灯接过来，很合拍的照亮着。

果然，不一会，骑自行车的人就捉到了一只，大家钻出来，孩子喜欢得直跳。

骑自行车的人大大的手里夹着叫哥哥，因为感觉到大家欣赏他的成功而害羞，怯怯的说道："给谁呢？给谁呢？"

原来在捉的男人就推给小石说："先给他吧，他不会捉的。"孩子也说："给你吧，我们还好再捉。"

小石被这亲热的推让和赠予弄得不好意思起来，连忙走开去，说："哪里，哪里，我原不想要，我是帮你们捉的，"想想自己又不会捉，又改说，"我不过凑凑热闹。"

我们也说："小妹妹别客气了，把它放在笼子里吧，看跳掉了。"

那个孩子才欢欢喜喜感谢地要了，男人和骑自行车的又钻进丛莽中去。

小石一边走，一边笑，一边咕噜："我又不是小孩子，推给我做什么。"

L说："人家当你比那个小孩还小啦，这又有什么可脸红的呢。"

于是小石就辩了："月亮光底下看得出脸红脸白么。"

其实我们大家都饫饮这善良的温情而陶然了。

走得很远，回过头去，还看得见丛莽里一闪一闪亮着自行车的摩电灯。

■ 佳作点评 ▮▮▂

郑振铎的散文大多采用现实主义的手法，描写细腻，很有感染力。

《秋夜吟》写我和学生小石一起夜游的情景，展示了人们的美好心灵，小石的童稚，路人的友善，世俗的生活在这个平常的夜晚变得那么美好。读着这样的文章，仿佛觉得是在听一位长者数说家常，是那样的亲切平易，娓婉动听。

关于三月十八日的死者

□ ［中国］周作人

一

我是极缺少热狂的人，但同时也颇缺少冷静，这大约因为神经衰弱的缘故，一遇见什么刺激，便心思纷乱，不能思索，更不必说要写东西了。三月十八日下午我往燕大上课，到了第四院时知道因外交请愿停课，正想回家，就碰见许家鹏君受了伤逃回来，听他报告执政府卫兵枪击民众的情形，自此以后，每天从记载谈话中听到的悲惨事实逐日增加，堆积在心上再也摆脱不开，简直什么事都不能做。到了现在已是残杀后的第五日，大家切责段棋瑞贾德耀，期望国民军的话都已说尽，且已觉得都是无用的了，这倒使我能够把心思收束一下，认定这五十多个被害的人都是白死，交涉结果一定要比沪案坏得多，这在所谓国家主义流行的时代或者是当然的，所以我可以把彻底查办这句梦话抛开，单独关于这回遭难的死者说几句感想到的话。——在首都大残杀的后五日，能够说这样平心静气的话了，可见我的冷静也还有一点哩。

二

我们对于死者的感想第一件自然是哀悼。对于无论什么死者我们都应当如此，何况是无辜被戕的青年男女，有的还是我们所教过的学生。我的哀感普通是从这三点出来，熟识与否还在其外，即一是死者之惨苦与恐怖，二是未完成的生活之破坏，三是遗族之哀痛与损失。这回的死者在这三点上都可以说是极重的，所以我们哀悼之意也特别重于平常的吊唁。第二件则是愧惜。凡青年夭折无不是可惜的，不过这回特别的可惜，因为病死还是天行而现在的戕害乃是人功。人功的毁坏青春并不一定是最可叹惜，只要是主者自己愿意抛弃，而且去用以求得更大的东西，无论是恋爱或是自由。我前几天在茶话《心中》里说："中国人似未知生命之重。故不知如何善舍其生命，而又随时随地被夺其生命而无所爱惜。"这回的数十青年以有用可贵的生命不自主地被毁于无聊的请愿里，这是我所觉得太可惜的事。我常常独自心里这样痴想："倘若他们不死······"我实在几次感到对于奇迹的希望与要求，但是不幸在这个明亮的世界里我们早知道奇迹是不会出来的了。——我真深切地感得不能相信奇迹的不幸来了。

三

这回执政府的大残杀，不幸女师大的学生有两个当场被害。一位杨女士的尸首是在医院里，所以就搬回了；刘和珍女士是在执政府门口往外逃走的时候被卫兵从后面用枪打死的，所以尸首是在执政府，而执政府不知怎地把这二三十个亲手打死的尸体当作宝贝，轻易不肯给人拿去，女师大的职教员用了九牛二虎之力，到十九晚才算好容易运回校里，安放在大礼堂中。第二天上午十时棺殓，我也去一看；真真万幸我没有见到伤痕或血衣，我只见用衾包裹好了的两个人，只余脸上用一层薄纱蒙着，隐约可以望见面貌，似乎都很安闲而庄严地沉睡着。刘女士是我这大半年来从宗帽胡同时代起所教的学生，所以很是面善，杨女士我是不认识的，但我见了她们俩位并排睡着，不禁觉得十分可哀，好象是看见我的妹子——不，我的妹子如活着已是四十岁了，好象是我的现在的两个女儿的姊姊死了似的，虽然她们没有真的姊姊。当封棺的时候，在女同学出声哭泣之中，我陡然觉得空气非常沉重，使大家呼吸有点困难，我见职教员中有须发斑白的人此时也有老泪要流下来，虽然他的下颔骨乱动地想忍他住也不可能了。……

这是我昨天在《京副》发表的文章中之一节，但是关于刘杨二君的事我不想再写了，所以抄了这篇"刊文"。

四

二十五日女师大开追悼会，我胡乱做了一副挽联送去，文曰：

死了倒也罢了，若不想到二位有老母倚闾，亲朋盼信。
活着又怎么着，无非多经几番的枪声惊耳，弹雨淋头。

殉难者全体追悼会是在二十三日，我在傍晚才知道，也做了一联：

赤化赤化，有些学界名流和新闻记者还在那里诬陷。
白死白死，所谓革命政府与帝国主义原是一样东西。

惭愧我总是"文字之国"的国民，只会以文字来纪念者。

一九二六年三月十八日之后五日

▮佳作点评 ▮▮▮

1926 年 3 月 18 日，北京学生到段祺瑞执政府门前请愿，总理卫队竟开枪射击，女师大学生刘和珍和杨德群当场死亡。周作人在震惊和悲痛之中，写下了《关于三月十八日的死者》这篇文章。作者用直白式的语言来表达他的悲痛之情："这回的死者在这三点上都可以说是极重的，所以我们哀悼之意也特别重于平常的吊唁。"作者在为死者哀悼、惋惜后，表达了他对社会的失望。

虽然不同于其兄鲁迅在同为"三·一八"事件所作的《纪念刘和珍君》中如火山一样喷发的言语，但用语"平正通达"的作者，平和中自见凌厉，字里行间，激愤之情溢于言外，同样有份量，使人读后内心感到沉沉的。

世界最美的坟墓

——记 1928 年的一次俄国旅行

□ ［奥地利］斯蒂芬·茨威格

　　我在俄国所见到的景物再没有比托尔斯泰墓更宏伟、更感人的了。这块将被后代永远怀着敬畏之情朝拜的尊严圣地，远离尘嚣，孤零零地躺在林荫里。顺着一条羊肠小路信步走去，穿过林间空地和灌木丛，便到了墓冢前；这只是一个长方形的土堆而已。无人守护，无人管理，只有几株大树荫庇。他的外孙女跟我讲，这些高大挺拔、在初秋的风中微微摇动的树木是托尔斯泰亲手栽种的。小的时候，他的哥哥尼古莱和他听保姆或村妇讲过一个古老传说，提到亲手种树的地方会变成幸福的所在。于是他们俩就在自己庄园的某块地上栽了几株树苗，这个儿童游戏不久也就忘了。托尔斯泰晚年才想起这桩儿时往事和关于幸福的奇妙许诺，饱经忧患的老人突然从中获得了一个新的、更美好的启示。他当即表示愿意将来埋骨于那些亲手栽种的树木之下。

　　后事就这样办了，完全按照托尔斯泰的愿望；他的墓成了世间最美的、给人印象最深刻的、最感人的坟墓。它只是树林中的一个小小长方形土丘，上面开满鲜花——没有十字架，没有墓碑，没有墓志铭，连托尔斯泰这个名字也没有。这个比谁都感到受自己的声名所累的伟人，就像偶尔被发现的流浪汉、不为人知的士兵那样不留名姓地被人埋葬了。谁都可以踏进他最后的安息地，围在四周的稀疏的木栅栏是不关闭的——保护列夫·托尔斯泰得以安息的没有任何别的东西，唯有人们的敬意；而通常，人们却总是怀着好奇，去破坏伟人墓地的宁静。这里，逼人的朴素禁锢住任何一种观赏的闲情，并且不容许你大声说话。风儿在俯临这座无名者之墓的树木之间飒飒响着，和暖的阳光在坟头嬉戏；冬天，白雪温柔地覆盖这片幽暗的土地。无论你在夏天还是冬天经过这儿，你都想象不到，这个小小的、隆起的长方形包容着当代最伟大的人物当中的一个。然而，恰恰是不留姓名，比所有挖空心思置办的大理石和奢华装饰更扣人心弦：今天，在这个特殊的日子里，成百上千到他的安息地来的人中间没有一个有勇气，哪怕仅仅从这幽暗的土丘上摘下一朵花留作纪念。人们重新感到，这个世界上再也没有比这最后留下的、纪念碑式的朴素更打动人心的了。老残军人退休院大理石穹隆底下拿破仑的墓穴，魏玛公侯之墓中歌德的灵寝，西敏司寺里莎士比亚的石棺，看上去都不像树林中的这个只有风儿低吟，甚至全无人语声，庄严肃穆，感人至深的无名墓冢那样能剧烈震撼每一个人内心深藏着的感情。

▎佳作点评 ▎

斯蒂芬·茨威格 (1881—1942)，奥地利著名作家，生于维也纳一个犹太工厂主家庭。第一次世界大战期间，流亡瑞士，从事和平运动。20 世纪 30 年代流亡英国，参加反法西斯斗争。主要作品有中篇小说《一个陌生女人的来信》《象棋的故事》，长篇小说《焦躁的心》，回忆录《昨天的世界》，散文集《邂逅集》等。

众所周知，托尔斯泰的品德是伟大的、影响是深远的，但其坟墓却是朴素而不起眼的；他一生受人景仰，追随其的人也是众多，但其死后却是安静地躺在林荫里。无论是谁，站在他的墓前，一定会感叹不已，只有当你什么也不带走时，给别人留下的才会更多。

这是一篇朴质无华但感清浓烈、抒情而又富有悲壮气息的游记散文，作者运用抒情的笔调描写景物，用以强化感情，并以自己的感受为线索去逐步展开描绘，像卷轴一样展现了一幅幅动人心弦的淡淡的水墨画，刻画了托尔斯泰的伟大灵魂，表现了作者对托尔斯泰的深深敬意。

天　国

□［美国］海伦·凯勒

在我的心灵最深处，信心之火正冉冉升起。当我想象从尘世梦里醒来却有身处天国的感觉，那美妙的滋味犹如在饥饿中获得了一块奶酪，而它正冒着热气，阵阵香气扑面而来。几多甘甜和欣慰，心态得以平衡。我一直以为，并且从没有动摇过，我所失去的每个亲人、朋友，都是尘世和那个早晨醒来时的世界之间的新的联系者，虽然我已无法听到他们亲切的话语，虽然我心中仍保留着悲切，然而我又不禁为他们倍感高兴。

我不能明白为什么人会惧怕死亡，死亡其实没什么了不起。尘世的喧嚣生活，支离破碎又寡淡乏味，而死去则是永恒的生命，是一种精神的永存。明白这一点，我们又何必悲悲切切呢！我常常想，倘若有一天，当我一觉醒来，我恢复了光明，那么，我会选择在我心目中的乡村生活，我坚定的思想，使我不听话的眼睛不把视线投向那些转瞬之间即逝即变的景物。

倘若有百万分之一的机会能使那些先我而去的亲人死而复活，那我定会赴汤蹈火，甘冒万死之风险去争取这样的机会，而不会因犹豫、迟疑让他们的灵魂不安或有怨言。一旦事后发现并非如此，我将尽量不在离去者的欢乐上投下阴影，因为还有一个不朽的机会。我有时想，天上人间，究竟谁最需要欢娱，是那些已死去的人，还是如今活着的人？如果都是靠了一个太阳，在人世的阴影下想象，那黑暗的感觉将是何等真切！

当我们为崇高、纯洁的情和爱所感动时，想起已逝去的人，心内顿觉无限温馨，感到有一股力量在缩小我们与他们之间的距离，这的确是件美妙的事。有这种信念，就会有力量去改变死者的面貌，使不幸转变成为赢得胜利的奋斗，为那些连最后一点支持力量都已经被剥夺掉的人们点燃激励之火。如果我们深信不疑世界上真的有天国，它只是存在于自己心中，而不在身体之外别的什么地方，那就没有所谓的"另一个世界"，而我们所应该做的不外乎竭尽全力地去做、去爱，不断地盼望，并用此时此刻我们心中天国的绚烂多姿的光彩去照亮、去驱散我们四周的漆黑。

天国不是虚幻的，它比人们想象中的样子要美一千倍，那是一个欢乐、祥和的实体，一个崭新的世界，那里没有自私，没有争斗，只有慈祥，只有互助。当天使缓缓经过时，她会抛下知识的黄金果实，让世人采用，那里的人永远生活在爱的氛围之中。

▮▮佳作点评 ▮▮

每次读海伦·凯勒的文章，都觉得非常感动，文字的优美自然不说，单是那种充溢在文中的爱就足以说明一切，那是一种对活着的尊重、对生命的敬畏，读她的文章，我们心中的烦恼会顿时烟消云散。

"我不能明白为什么人会惧怕死亡，死亡其实没什么了不起。"正是看轻了死亡，所以才备感珍惜生命。"当我们为崇高、纯洁的情和爱所感动时，想起已逝去的人，心内顿觉无限温馨，感到有一股力量在缩小我们与他们之间的距离，这的确是件美妙的事。"亲人虽然逝去了，但他们并没有消失，却在用自己的力量，教会我们热爱生活。

这篇文章是对生活的歌颂，对生命的赞美。在作者眼里，没有什么悲哀的事情，只要活着就是幸运的，世界就像天国一样美妙。因为在作者的心灵深处，信心之火正冉冉升起。

生与死

□ ［意大利］达·芬奇

啊，你睡了。睡眠是什么？睡眠是死的形象。唔，你的工作为什么不能成为这样：死后你成为不朽的形象，好像活着的时候；你睡得成了不幸的死人。

除了死亡，每一种灾祸都在记忆里留下悲哀。死亡是最大的灾祸，记忆和生命被它一股脑儿毁灭了。

勤劳的生命带来愉快的死亡，正像劳累的一天带来愉快的睡眠一样。

当我想到我正在学会如何去生活的时候，我已经学会如何去死亡了。

时光飞逝，它偷偷地溜走，而且相继蒙混；再没有比时光易逝的了。但是，能收获荣誉者，必然是播种道德者。

废铁会生锈；死水会变臭；懒惰甚至会逐渐毁坏头脑的活动力。

生命若勤劳，必然能长久。

时光犹如河川之水，你所触到的前浪的浪尾也就是后浪的浪头。因此，你要格外珍惜现在的时间，此时此刻。

人们痛惜时间的飞逝，抱怨它去得太快，看不到这一段时期并不短暂，这都是非常错误的。自然所赋予我们的好记忆使过去已久的事情如同就在眼前。

因为发现在许多年前的许多事情和现在仿佛是密切关联的，所以我们的判断不能按照事情的精确顺序，推断不同时期所要过去的事情。目前的许多事情到我们后辈的遥远年代将视为邈古。对眼睛来说也是如此，远处的东西被太阳光所照的时候仿佛就近在眼前，而眼前的东西却仿佛很远。

时间，你销蚀万物！嫉妒的年岁，你吞噬万物，而且用尖利的一年一年的牙齿吞噬万物，一点一点地、慢慢地叫它们死亡！海伦，当她照着镜子，看到老年在她脸上留下憔悴的皱纹时，她哭泣了，而且不禁对自己寻思：为什么把她带走两次？

哦，时间啊，万物被你耗蚀！哦，嫉妒的年岁，你摧毁万物！

▴佳作点评 ▌▍▖

本文是对生命的思索，人必须面对生与死，有的人悲观，有的人乐观。生与死也是人生的哲学。作者在这里表达了自己的观点：应当面对。"勤劳的生命带来愉快的死亡"，作者带给我们积极的生活意义。

然而，真正掌握时间的人，是能掌握自己的人生的，"废铁会生锈；死水会变臭；懒惰甚至会逐渐毁坏头脑的活动力。"所以在时间的流逝中保持勤劳，"生命若勤劳，必然能长久"。

这是一篇哲理小品，精美的文章对人们树立志向、陶冶心灵、改变人生能产生重要作用，所以，哲理小品作为散文的一支，以其独具的特色深受读者喜爱而生生不息、流传久远。

痛苦与厌倦之间 ▌▏▍▁▁▁ ▂▁▁ ▃

□〔德国〕叔本华

生命剧烈地在痛苦与厌倦的两端摆动，贫穷和困乏带来痛苦，富裕和舒适时，人又生厌倦。所以，当劳动阶层无休止地在困乏、贫穷的痛苦中挣扎时，上层社会却在与富裕、舒适的厌倦打持久战。在内在或主观的状态中，对立的起因是由于人的受容性与心灵能力成正比，每个人对痛苦的受容性，又与对厌倦的受害性成反比。人的迟钝性是指神经不受刺激，气质不觉痛苦或焦虑。无论后者多么巨大，知识的迟钝是心灵空虚的主要根源。唯有经常兴致勃勃地注意观察外界的细微事物的人，脸上才不会流露那种空虚。厌倦源于心灵空虚，好比兴奋过后的人们需要寻找某些事物填补空下来的心灵，但人们寻求的事物又大多类似。

例如，人们依赖的消遣方式，他们的社交娱乐和谈话内容多是一样的，毫无变化而言。由于心灵的空虚，有多少人在阶前闲聊，在窗前凝视窗外，又有多少人寻求社交、余兴、娱乐和各类享受，于是奢侈浪费与灾祸接踵而来。人避免祸患最好的方法，就是增加自己的心灵财富，人的心灵财富越多，厌倦所占的空间就越少。在错综复杂的自我和包罗万象的自然里，那不衰竭的思考活动，寻找新的材料，从事新的组合。这样一来，可以不断鼓舞心灵，除了休闲时间以外，厌倦是不会趁虚而入的。

另外，高度的才智基于高度的受容性、强大的意志力和强烈的感情之上。这三者的结合体使各种肉体和精神的敏感性增高。高度的想象力使人的不耐阻碍、厌恶挫折等性质得到加强并进而使整个思潮都好像真实存在一样。人受苦的种类取决于人的天赋气质，为了对付他所忍受的苦难人总要采取手段来影响客观环境，因此，客观事件对他总是具有特殊意义。

智慧首先努力争取的无非是免于痛苦和烦恼的自由，求得安静和闲暇，生活得平静和节俭。减少与他人的接触，所以在他与同胞相处了极短的时间后就会退隐；若他有极多的智慧，他就会独居。具备内在财富越多的人，向他人求助的机会就会越少；也可以这样说，他人能给自己的也越少。所以，一个人智慧越高，越不合群。倘使智慧的"量"可以代替"质"的话，人活在大千世界中的自由度就会多一些。不幸的是，人世间一百个傻子无法代替一个智者。更不幸的是人世间傻子又何其多。

‖佳作点评‖

叔本华是悲观主义哲学的代表人物，在他眼中，世界充满着不幸与悲观。

单从文章标题"痛苦与厌倦之间"看，便可以明白上述对叔本华的评述，在他的思想和生存世界里，没有什么快乐而言，即使有，也是瞬间的，他时刻生活在痛苦与厌倦的两极间，像钟摆一样，从这个点摆到那个点。

其实，叔本华的目标是想塑造一个完美的世界，所以这中间必然产生断裂，于是痛苦便产生了。我们应当看到，在他悲观思想的背后，深藏着对这个世界的冷静思考和深切洞察。

版权声明

本书部分作品无法与权利人取得联系，为了尊重作者的著作权，特委托北京版权代理有限责任公司向权利人转付稿酬。请您与北京版权代理有限责任公司联系并领取稿酬。联系方式如下：

北京版权代理有限责任公司

北京市东城区朝阳门内 55 号南门 1006 室

邮编：100010

电话：（010）58642004

E-mail:bookpodcn@gmail.com

Website:www.bookpod.cn